作家出版社建社70周年珍本文库

1953 — 2023

作家出版社建社70周年珍本文库

策划 / 鲍 坚 张亚丽
终审 / 颜 慧 王 松 胡 军 方 文
监印 / 扈文建
统筹 / 姬小琴

出版说明

　　1953年，作家出版社在祖国蒸蒸日上的新气象中成立，至今谱写了70年华彩乐章。时代风起云涌间，中国文学名家力作迭出，流派异彩纷呈，取得的成绩令世人瞩目。作为中国出版事业的中坚力量，作家出版社在经典文学出版、作家队伍建设、文学风气引领等方面成就卓著，用一部部厚重扎实的作品，夯实了新中国文学的根基。为庆祝作家出版社成立70周年，向老一代经典作家致敬，向伟大的文学时代致敬，我们启动"作家出版社建社70周年珍本文库"文学工程，选取部分建社初期作家出版社首次出版的作品重装出版，彰显中国风格、中国气派和文学价值观上的人民立场，共同见证新中国文学事业的勃发和生机。相信这套文库的文学价值和社会意义，将随着时间的推移而日益显示出来。需要说明的是，由于一些原因，未能尽数收录建社初期所有重要作品，我们心存遗憾。衷心感谢中国作家协会、各位作家及作家亲属给予本文库的大力支持。

作家出版社

内容简介：

本书深刻反映了内蒙古草原人民在中国共产党的领导下，在内蒙古自治运动和解放战争初期进行的尖锐复杂的斗争。作品以一支内蒙古人民的革命武装——明安旗骑兵部队的建立作为描写的中心内容，并通过铁木尔与斯琴的悲欢离合，巧妙地表现了这一时期草原上错综复杂的阶级关系和你死我活的两条道路斗争。小说鲜明地塑造了一系列具有独特生活道路和个性的人物，浓郁的民族特色和优美的抒情风格构成了作品的鲜明艺术特色。

玛拉沁夫

中国蒙古族作家，1930年出生于内蒙古卓索图盟土默特旗。1945年参加革命，1948年加入中国共产党。1946年起从事文艺创作，1951年创作成名作《科尔沁草原的人们》。1952年入中央文学研究所研究生班学习。1954年返回内蒙古，挂职任明太旗委常委兼宣传部长。其间，出版短篇小说集《春的喜歌》，创作完成长篇小说《茫茫的草原》（上部），并加入中国作家协会。先后任《民族文学》主编，作家出版社社长、总编辑，中国作家协会书记处书记、常务书记、党组副书记。长期从事少数民族文学的组织与推广工作，曾任中国少数民族作家学会会长和中国作家协会少数民族文学委员会主任。

作家出版社 首版封面

《在茫茫的草原上》（上部）

玛拉沁夫 著
作家出版社1957年4月

在茫茫的草原上（上部）

玛拉沁夫 著

作家出版社

图书在版编目（CIP）数据

在茫茫的草原上. 上部 / 玛拉沁夫著. -- 北京：作家出版社，2023.10

（作家出版社建社70周年珍本文库）

ISBN 978-7-5212-2480-1

Ⅰ.①在… Ⅱ.①玛… Ⅲ.①长篇小说—中国—当代 Ⅳ.① I247.5

中国国家版本馆CIP数据核字（2023）第162444号

在茫茫的草原上（上部）

策　　划：鲍　坚　张亚丽
统　　筹：姬小琴
作　　者：玛拉沁夫
责任编辑：张　平
装帧设计：棱角视觉
出版发行：作家出版社有限公司
社　　址：北京农展馆南里10号　　邮　　编：100125
电话传真：86-10-65067186（发行中心及邮购部）
　　　　　86-10-65004079（总编室）
E-mail:zuojia @ zuojia.net.cn
http://www.zuojiachubanshe.com
印　　刷：北京盛通印刷股份有限公司
成品尺寸：142×210
字　　数：240千
印　　张：10.375
版　　次：2023年10月第1版
印　　次：2023年10月第1次印刷
ISBN 978-7-5212-2480-1
定　　价：80.00元

作家版图书，版权所有，侵权必究。
作家版图书，印装错误可随时退换。

献　给

察哈尔草原的牧民们

——作者

卷 一

一

一千九百四十六年的春天，察哈尔草原的人们生活在多雾的日子里。每天早晨，浓雾淹没了山野、河川和道路，草原清净而凉爽的空气，变得就像马群踏过的泉水一样，又混浊又肮脏！人们困惑地、焦急地期待着晴朗的夏天！

就在这样一个下雾的早晨，一个挎着大枪的骑马的人，直奔特古日克村走来。他走到离村不远的一座小山上，贪婪地四处张望。浓雾遮住了他的视线，看不远。"盼哪，盼哪！盼望着回到家乡来，今天回来了，可巧遇上了这样大雾天气，我多想站在这座小山上，看看家乡广阔的草原，呼吸一下家乡新鲜的空气啊！……"他失望地自言自语地走下山来。

马艰难地踏着深雪向村里走去。路两旁，柳树枝上挂满了冰霜，野雀在林中穿来穿去，雾天的早晨格外寂静，好像草原还没有从梦中苏醒……

过了一会儿，从雾幕中徐徐传来牛车在雪地上行走的吱嘎吱嘎声响，听到这声音，那骑马的人心想："大概是拉水的牛车。"立刻脸上露出微笑。对他来说，家乡的一切景物、声音，都是非常亲切的。

果然有一个衣着褴褛的女人，赶着两辆拉水车走了过来。骑马的人上前寒暄，他自信村里随便什么人都认识他。

"女乡亲，你好吗？"

"好。你好？"

那赶车的女人好似受惊的鸟儿，停了下来，用头巾角遮住脸部，只露出两只大而深陷的眼睛。

骑马的人认不出她是谁，也许是他被抓去当兵以后，新搬来的人吧！

"我打听一下，斯琴的家还在这村住吗？"

"你说什么？问谁？"她谨慎而恐惧地抬起头来，目不转睛地瞧他的脸。

"我是问斯琴，就是外号叫'小燕'的那个姑娘。"

她仍然站在原地，她那呆傻的眼光从他脸上一直没有移开。骑马的人感到奇怪，不由得把日伪军防寒帽往脑后推了一下，一缕缕热气从宽阔的额头往上直冒，显然他有些着急了。这时不知为什么，那女人的肩头和眼角突然猛烈地抽动起来，泪水糊住了两眼；她竭力压抑着声音，在嘴里叨咕着"天哪！是……是他……铁木尔！"就"啊"地叫喊着丢下水车，向被深雪覆盖的荒山上疯狂地、无目的地跑去，跑出不远跌倒了，爬起来又跑……

在她跌倒的雪地上，从她长衫上撕落下来的几块破布片，在晨风中轻轻地摇动着……

他起初想去追她，后来一想她也许是个疯子，再说自己刚回到家乡来就满山遍野地追一个女人也不大体面，于是勒过马头，赶自己的路了。

雾，还没有散；太阳，就像日落前的月亮，没有光辉，没有温暖。远处的沙丘和草原，像是被一面巨大的纱包裹起来，虽然已经是小晌时刻，而草原依然昏昏土土的。

当铁木尔来到村头时，微风吹来，雾淡了，太阳也毫不吝啬地洒下光辉，草原渐渐显现出来。铁木尔贪婪而多情地看着自己家乡，热泪不由得流了出来！啊！离别特古日克村，离别亲人们，已经一年多了！故乡，一点都没变样，村落中央结了冻的特古日克湖闪耀着为他所熟悉的白光，湖两旁柳林和榆树仍然向天空伸着深褐色的手，还有那环抱村落的黄色沙漠，也仍然躺在那里……

刚进村里，看见刚盖老太太赶着几头牛，向他迎面走来。他上前去热情地寒暄，打听斯琴是不是在家。刚盖老太太却以对久别重逢的乡亲不应有的支吾和冷淡态度，只说了一句"她家还住在原来的地方"就走了。他看着她走远的身影，说了一句："亏你能活这么大年纪！"打马向前走去。

远远看见在村落尽西头，立着五座雪白、崭新的蒙古包，那是堂堂大名的贡郭尔扎冷[1]的家："他还住在这里，可恨的家伙！"一想到贡郭尔他不由得把马往外拉了一下，好像用这来表示与他疏远。在特古日克湖东岸上走着一个女人，粉红色的头巾在朝阳下闪着光，她是谁呢？也许就是他日夜思念的斯琴吧！……刚才遇见那个疯女人又是谁呢？没等得出答案，他又想别的事情了。

走到一座破旧发黑的蒙古包前，他把全身是汗的马拴在马

---

1. 扎冷：察哈尔盟的行政官衔与内蒙古其他各盟不同，一旗之长不叫王爷，而叫安奔；其次是扎冷（分耶合扎冷和巴嘎扎冷两种）、章刻、专达、混都等等。

桩上。马桩周围长满了枯草,由此可以推断:这家已经好久没有来过骑马的客人了。然而,在他离开家时,斯琴不是还有一匹三岁骑马吗?他这样胡乱想着,一步一步地走近这座蒙古包,心,也跟着步伐的节奏跳了起来!看见蒙古包顶上冒出的灰白色炊烟,他想道:这就是斯琴的家啊!她也许蹲在"吐拉克"¹旁烧茶呢!走到门口,刚要伸手去开门,又把手收了回来,他想站在门外,先听一听斯琴的声音,站了半天,没听到人声,只听见铁勺碰在锅沿上的叮当声响,他有些发急了,猛地把门一开,喊道:

"斯琴,我回来了!"

包里只有一位满脸皱纹的老人,是斯琴的爸爸道尔吉老头儿。他刚烧好茶,把茶倒进木桶里,回过头来看是谁闯进包来:

"啊!铁木尔……"

咚的一声,茶桶从他两手中掉在地上,滚热的茶水,溅得满包全是。

老人走上前来,用颤抖的手抚摸着铁木尔结实的肩头,泪水从干枯的眼窝中流了出来:

"铁木尔,铁木尔,你……"

"您的身体好吗,大叔?"铁木尔也含着泪问道。

"好。你的身体好?"

铁木尔答完,把茶桶收拾起来,两个人都坐下来了。

道尔吉老头儿总是用不安的、惭愧的眼光看着铁木尔。他俩交谈了一阵,铁木尔一直没好意思问斯琴到哪儿去了,道尔吉老头儿早就看出这一点,然而他越是了解铁木尔的心思,越

---

1. 吐拉克:蒙古包里的火炉。

觉得有千斤重的铁块压在他的胸口，万把刀子刺在他的心头！铁木尔的意外归来，使他不知怎样把这离别一年多的生活，详细地照实地告诉他。

一直到喝完茶，铁木尔也没好意思打听斯琴，道尔吉老头儿也没提到她。

铁木尔饱饱地喝了一顿一年多没喝过的草原奶子茶，出了一身汗，解下皮带，脱了皮大衣，刚要擦汗时，忽然听到包外一阵马蹄声：

"外边出了什么事？"

道尔吉老头儿从半开的蒙古包门，探出头去窥望，这时有人向他喊道：

"大清早的客人，来报喜，这是谁的马呀？"

没等铁木尔站起来，贡郭尔扎冷就闯进来了。他穿着一身黄呢军衣，外边披着一件黑斗篷。靴子是漆皮的，靴筒跟镜子一样发亮。高鼻梁上卡着一副黄色化学边养目镜，上嘴唇上留着两撇与他三十五岁的年龄不相称的八字胡，这更显得他英俊、威严了。

铁木尔的意外出现，使贡郭尔大吃一惊。好像突然有一股冷风向他脸上吹来，他那美丽的八字胡痛苦地颤动了几下。但是他像许多有社会经验的官员们一样，毫不费力地把神情镇定下来，对铁木尔发出亲切的，甚至是友谊的微笑，并且打破因身份关系从来不先向人寒暄的惯例，向这个在外边转了一两年、不知道长了几斤肉的铁木尔不自然地寒暄之后，说道：

"从去年事变后，我们全屯的人都盼望着你早些回来，今天果然回来了，这真叫人高兴！铁木尔你也会知道，在这样多风多雨的年头，人们都是希望英雄好汉守在自己身边的。不是吗？"

对贡郭尔扎冷这不寻常的殷勤和健谈，铁木尔有些纳闷。在明安旗一手遮天的贡郭尔扎冷，怎会变得这样平易近人？想到这里他不由得产生几分疑心，说道：

"贡郭尔扎冷，我刚刚回到家，对家乡的事情一点也不摸底，尤其对你称呼我是'英雄好汉'的意思更不明白。我算什么英雄好汉？只不过叫你给抓到蒙疆军队里去，扛了两年大枪啊！"

听了这话，贡郭尔扎冷奸猾地笑了。好像一个猎人站在高岗上寻找野物线索似的，他把眼光集中在铁木尔脸上。他相信以自己机警的双眼，几眼就可以把铁木尔的骨肉看穿，然而他却失败了。"他知道斯琴的事情了吗？不，看样子还没有听说呢！"他在心中自问自答着。这时他看见铁木尔身后的"哈那"[1]上靠着一把"三八式"步枪，心，轻轻悸跳了一下，探索地问道：

"那是你的枪吗？好枪。哎，听说现在八路军也都使用这种枪，是吗？"

"不完全是这种枪。"

"你见过八路军吗？"

"不但见过，还在他们那儿住了一些日子呢。"

"这么说，你跟他们很熟悉啦！"

铁木尔看见贡郭尔一句逼一句地问八路军的情形，忽然发觉自己刚才说的话不够妥当，所以他急忙以对一个扎冷不应有的粗野的态度，说道：

---

1. 哈那：蒙古包的围墙。

"我什么都不知道,您去问别人吧!"

贡郭尔冷静地微笑着将八字胡捋了一下。对他说来,铁木尔的出现和他这种粗野的态度,构成了一个不可解的谜!他已经不是一年前的铁木尔了!俗话说得好:不知道河多深,不能轻易下水。所以他温情和气地说:

"噢,你也许没有注意这些事,你歇一歇吧,赶了好些天路,一定累了,以后有空再谈吧,我倒很想听一听外地的情形。"

说罢,走出门去,领上他那个贴身仆人宝音图就走了。

在他们谈话时,为铁木尔的粗鲁和没有礼貌的话语,担心得出了一身凉汗的道尔吉老头儿,回头来向铁木尔有几分怪责地摇了摇头。

* * *

生命的暴风雨残酷地袭击着斯琴。

她拉水回来,如同得了一场大病,全身虚弱。把拉车的牛卸下来,拴在车轱辘上,便迈着沉重的步子向自己那座千孔万洞的破黑蒙古包走去,刚走了两步,忽然听见主人住的包里有人在喊:

"把灰土拿去倒了。"

她只好转回来,走进主人的包里。贡郭尔的大太太骂道:

"拉一车水为什么这么久?是狼咬了你的脚后跟,还是种牛向你调情了?臭女人,看你那个穷样!"

日夜听惯了谩骂的斯琴,驯服地弯下腰,把灰土箱拿出去,倒在离蒙古包不远的灰土堆上。这时看见刚出去打猎的贡郭尔扎冷和仆人,不知为什么中途返回来了。贡郭尔的脸色就像大雨前的天空那样阴森、冰冷而可怕!下马后,把马缰绳往仆人手中一扔，便急速地走进他父亲住的蒙古包。

"扎冷，也许看见铁木尔回来了吧？"斯琴偷偷地向自己家的方向看去，一片树林遮住了她的家，什么也看不见。她放轻脚步，走过老主人的蒙古包门前时，听见贡郭尔在说：

"爸爸，真奇怪，铁木尔回来了！"

听了这话，她的心咚咚直跳，然而不知从哪儿来了一股勇气，促使她敢于大胆地停下来，又偷听了一会儿：

"怎么，他回来了？"是老主人的声音。

"我看这是不祥之兆，他知道了斯琴的事……我们还是把……"

由于过度恐惧、紧张，断断续续地听到这几句话，她的头就有些发晕，全身寒战，几乎倒了下去！她咬紧牙关硬挺着，刚走进自己住的包门，就咕咚地倒在铺着干草的地上。她两只手痉挛着抓住一把干草，眼前出现一片火星，胸中好像燃烧着大火，嘴发干，想喝水，水，水，冰冷的水！……

"铁木尔，你为什么回来？为什么回来呀！……如今我变成了这个样子，有什么脸见你啊？……不，我任死也不能见你，不能见你呀！……"

自从铁木尔被抓去当兵，她日日夜夜地想念他，希望在她生命被人完全吞没之前，能够跟他见一次面，把自己宁死不屈的心愿向他倾诉！但是，今天铁木尔回来了，她亲眼看见他回来了的时候，她又自卑地痛苦地抚摸着自己一天比一天鼓大了的肚子，决心不跟他见面了。

冷风在包顶上呼啸，被风吹起的雪花，从天窗轻轻地落在她的头发上、身上；雪花见了温气化成水珠，与她的眼泪，同时闪着白色的、寒冷的光。

　　　　　　*　　*　　*

　　第二天早晨,铁木尔醒来时,耳边响着奶茶的沸开声,包内充满了奶茶的清香。这对久别草原的他,该有多么亲切啊!他不由得回忆起多难的童年时代,那时每天早晨妈妈总是在这样奶茶的沸开声中叫醒他……与今天多么相似啊!

　　昨天晚上,道尔吉老头儿把在这一年多,村里发生的事情和他女儿怎样被贡郭尔扎冷逼婚,都一一告诉了他,他听了那些话,抑制不住心里的怒火,马上就要去跟贡郭尔拼了!道尔吉怕他惹出大乱来,就拉手扯脚地劝了他多半夜,才劝下来。他昨晚一整夜没睡着,直到天亮时才蒙蒙眬眬地打了一个盹儿。

　　"不管怎样,我还是要见她一面。"早晨他醒来一边穿衣服一边这样想。

　　喝过早茶,铁木尔把枪交给道尔吉大叔,就走出包去。三月的草原仍然披着冬装,冷风无休止地从北山上把积雪一片一片地向村落吹扬过来,天空闪烁着灰白色的冷光——看来春天还没有影呢!

　　铁木尔想把全村人家都串一串,从他们那里也许能听到斯琴更多的消息。他沿着特古日克湖边,踏着有牛马蹄印的雪地,向湖北面的莱波尔玛那座孤独的蒙古包走去。

　　莱波尔玛是一个年轻美丽、心地善良的寡妇,是铁木尔妈妈的表妹的女儿,也就是他的远亲姐姐。她家没有看家狗,他预先也没打个招呼就走进包去。莱波尔玛坐在烧着干牛粪的"吐拉克"旁,赤裸着上身正在缝补自己的棉袍,火光烤得她那跟许多男人的胸脯贴靠过的丰满的乳房,有些发红了。她看见铁木尔走进来，羞得嫩白的两颊上泛出一片潮红，赶忙披上棉袍。

"昨天夜里才听宝音图说你回来了。我刚才要去看你，可是这三个小崽子没有人看管，脱不开身，没承想大清早你就来了。"

"谁叫宝音图？"

"你忘了，就是贡郭尔扎冷那个贴身老仆人，他说昨天看见你了。"

"他也到她这儿来住吗？"铁木尔想到这事对她有几分同情地问道：

"莱波尔玛，一年多没见面，日子过得怎样啊？"

"跟从前一样，还是跟这三个孩子混着过呢！"

"怎么三个孩子呢？"他被抓去当兵时，她有两个孩子，在这一年多的工夫，又跟谁养了一个呢？他心里想的这事，可嘴上问的是别的事：

"该找个男人了，对你，对孩子都会有好处，你为什么一个人冷清清地过呢？"

"是啊，可是……"她温柔地笑了笑说，"惯了！"

她烧了茶，又拿出家中最好的点心款待了他。

"离开家乡一年多，咱这地方变化可不小呀！"铁木尔一边喝茶一边探问道。

"是啊，该告诉你的事太多了，有些你也许听说了，唉！提起来真叫人伤心！"

"我到你这儿来，一来见见面，二来也想打听一下斯琴。"

"铁木尔，你听了可别太难过，唉，咱们穷人命苦，听人说，她……她有点疯了！我有两个月没见她面了。前些日子刚盖老太太告诉我说，斯琴每天晚上都散着头发，一个人整夜整夜地在特古日克湖岸上走来走去,也有人说,还听见她奇声怪气地乱喊叫。唉,她疯了!可我刚才已经说过,我是没亲眼看见。这些话,也许不应该跟你说……"

"不,你应当这样四六八十地全告诉我,不要担心,我在军队的时候,什么都想过的,有时想她一定在家等着我呢,可有时也想过这些意外的事情。今天无论怎样吧,我也要跟斯琴见一面,贡郭尔逼婚,她有什么办法呢?过去的事,不能全部怪罪她,只要她今天愿意回到我这儿来,我就一定接她回来。要是贡郭尔捣乱,我非得叫他吃吃苦头!"他把一只像千斤重铁锤似的拳头握得紧紧的,在眼前晃了一晃,又说:

"莱波尔玛,你要知道,往后就要平等了!"

她惊讶地瞪大了眼睛,小声地问:

"你说什么?平等?"

"平等就是人和人都一样,谁也不许欺负谁,早先日本人欺负咱们,贡郭尔也欺负咱们,往后就不许了,天底下就不会再有一群人光吃肉,一群人光喝汤的事啦!"

她听了这话,吓坏了:

"好弟弟,还是管一管你的舌头吧!叫贡郭尔听到,会打断你腿的!"

"打断我的腿?呸!我还想把他打进地里去呢!好姐姐,平等,这句话不是我瞎说,这是人家告诉我的,他们都是好人,是可以相信的。"

"你说的人家是谁?"

"哎,这以后再说吧!今天你还是给我出个主意,怎么才能跟斯琴见到面?"

她想了想,回答了:

"我每天傍黑儿的时候,看见她赶着一群牛犊到湖边来饮水,今天晚上,你在湖边的柳林里等着,她饮完牛犊走回来,你就能跟她见上面了。"

……

冷风卷着雪花刮了一天,到黄昏时,才住了下来。留在空中的雪花,就像白色蝴蝶上下扇动的翅膀一样,轻轻地飘飞着,落在柳林的枯枝上。这披上白衣的柳林,跟西天边那五色缤纷的彩霞相映起来,宇宙变得如同鲜艳而秀美的刺绣一般。特古日克湖还没有解冻,几只野鸭时而从深草里温暖的巢窝中走出来,在湖岸上徘徊,为这草原特有的漫长的寒冷季节,低声唱着忧伤的怨歌。这时一轮圆月从东方冒出头来,向大地洒出土红色的光辉;山川、草原和沙漠沉浸在静谧之中。

柳林里更是静悄悄的。在那条通往湖边的小路上,落了一层树叶,斑斑点点,就像一条花皮蛇。树枝上挂满了雪片,在月亮下闪闪发光,即使有一阵最轻微的夜风,也会刮掉它们的。俗话说得好:树枝上的雪,待不长。

一群活泼的小牛犊穿过柳林中的小路,向湖南岸走来,斯琴在后边赶着它们。她不断地向父亲那座蒙古包的方向忧郁地观望,前边黑糊糊的,什么都看不清,她只好专心致意地赶自己的路。路旁被老牛吃过的干草梗绊她的脚,刮得她衣襟嚓嚓作响。

铁木尔在柳林里等待好久了,当他听见斯琴的脚步声越来越近时,他的心也跳得越厉害。不一会儿隐约地看见斯琴的身影,并且听到她那变得沙哑了的吆喝牛犊的声音,又一晃她走过去了,他急忙从暗影的地方跑出来追上她:

"斯琴,你停一下,停一下,我是铁木尔!"

"啊!"

她被这突然的人声吓得目瞪口呆。起初她摸不清到底发生了什么事,急忙回过头来一看,在月光下,有一个男人的身影,这时一切都明白了。她用发抖的手拉过头巾,把脸蒙住,就像着了魔似的向前跑去。

"你别怕,我是铁木尔,铁木尔!"

他赶紧追上她,刚要拉住她的手时,她却把手猛地往身后一藏,严厉而冷酷地喊道:

"离我远一点,不要挨近我!你不知道我是贡郭尔扎冷的太太吗?"

她这句话说得那样果断而干脆,就像刚开刃的马刀砍了一下呼日钦敖包山上的小白桦树一样。

铁木尔好像被人在胸口上狠狠地捶了一拳,不由自主地向后退了两步,他模模糊糊地看见了斯琴那憔悴而苍白的面庞,她的眼睛向他投射着怕人的冷光!

"这么说,你要跟贡郭尔过下去,是吗?斯琴,我为了你才……"

"住嘴吧!我不听这些!"

说完,她转身就走,走出不远变成了小跑。从身后看去,她的两肩在剧烈地抖动,显然她一边跑着一边在哭!但是,铁木尔没有发觉这些,只看见她消失在黑色的夜幕之中。

在这短短的一刻,他的心碎了,血在暗暗地流!

夜风又刮起来了,雪花从树上一大片一大片地倾洒下来,纷纷乱乱;月光更加冷却了,迷迷蒙蒙!

他已经失去了迈动双脚的力量,长久地伫立在风雪的柳林小路上,就像一只无家可归的夜鹰啊!

远处,群狗在狂吠,也许村南头闯进狼来了。

二

瓦其尔老头儿住在特古日克村的紧东头，门前是一片好牧场，房后长着几棵又粗又高的老榆树，往西走不了百步远就是湖水；所以他经常洋洋自得地说："咱这地方要草有草，要水有水，真是一块好地方——就连大雁从上面飞过去的时候，也得停下来赞美三声啊！"

他是本村最老的住户。据说他的父亲是清朝往外蒙古通信的驿使，后来偷了一家富户的几匹马，惹了祸，才逃到这地方来避难。那时这地方还是一片荒地，前山后岭尽是密树丛林，夜间到处是虎吼狼叫。他父亲是个能干的人，在这里，用双手建立起了家园。

在他十六岁的那年，又搬来了一个人，名叫桑布，也是穷苦人，他们成了友好的邻居。

后来有一年，父亲进山里寻找一头失踪的牛，被群狼吃掉了。母亲无奈就跟桑布搭了伙，桑布成了瓦其尔的第二个父亲。那时他们除了牧养牛羊之外，还下套子，挖暗洞打些野物，日子虽不富足，可也满够自由的。

后来，断断续续地又搬来了尼玛、桑杰和丹基等三户人家，这样就形成了一个村落。这地方有一块圆如银盘般的湖，所以起名为"特古日克[1]村"。

---

1. 特古日克：蒙古语，圆。

民国二十四年,这地方流传伤寒病,瓦其尔和他父亲都病倒了。没有人管家做饭,万般无奈!这时与他们友好的丹基来帮助他们,住在他们家,给他们烧水做饭,甚至清除病人的便污,结果丹基自己也患上了伤寒,那年五月间,桑布死后不久,丹基也死了。善良的丹基死去时,他的妻子已经怀孕三个月了。第二年春天生了一个儿子,起名叫铁木尔。

桑布死后,瓦其尔继承了他的财产,共有羊三百多只,牛三十头,马二十多匹,还有一头瘸腿的老母骆驼……

二十年后的今天,瓦其尔的光景与从前大不相同了,他虽然没有当过差,做过官,但是以他几千只羊、几百头牛和几百多匹马的家产,被附近居民称为尊贵的"巴彦"[1]了。

瓦其尔有两个儿子:大儿子叫旺丹,二儿子叫沙克蒂尔。

旺丹是个少有的漂亮男人,附近几个村的姑娘们都曾经被他的俊美所迷恋,向他献过媚,红着脸拉他要到柳林中去,这使得村里许多青年都嫉恨他,但又羡慕他。可是叫人莫名其妙的是,他却娶了一个小眼睛、黄头发、又丑又黑的女人,并且结婚后他总是表露出十分满足的、幸福的神情。他一结婚,就再也没跟别的女人睡过觉,就是在贡郭尔扎冷的警察大队里当差时也是如此。这使村里的人们感到奇怪!他进过张家口,到过呼和浩特,在外边闯了几年,把牧民勤劳的传统忘得一干二净,事变后回到家来,成天跟他那个黄毛小眼的丑女人,泡在紧东头那座蒙古包里,除解便之外,从不出来一趟。这使他渐渐发胖了的父亲非常气恨,起初还有点原谅,后来就经常到他包前大骂:

---

1. 巴彦:蒙古语,富户。

"老鹰飞得再高,影子还在地上,可是你哪?在外边当几年差,回到家来就忘了我们是勤劳的牧民!你他妈的就像九月里的公狗一样整天躺在包里,动都不动,你以为眼下这几头牲畜是你爹从天上赶下来的吗?你再这样懒下去,我非抽断你的筋不可!"

被父亲这样大骂一通之后,他才不得不离开妻子温暖的怀抱,懒洋洋地走出包来,抓抓这个,摸摸那个,装点做活的模样,可是一到下晚,还没点灯时,又回到包里去了。

沙克蒂尔比旺丹小两岁,是瓦其尔老头儿在二十二年前,跟一个回族商人的老婆私通养下的。在沙克蒂尔深青色的血管中,流着回、蒙两族的混合血液。他从小就在家帮助父亲干活,所以跟他哥哥合不来,就像城里人和乡下人合不来一样。在他身上回族母亲的温和平顺和蒙古族父亲的强悍真诚的性格,密不可分地混合在一起了。

沙克蒂尔娶过两房老婆,头一个得病死了,第二个跟外村一个青年相好,夜里逃走了。现在他正跟白音宝拉格村的一个女人勾搭,但是本村的小寡妇莱波尔玛又经常拉他去同居,因此他眼下不打算结婚。

铁木尔回来的消息,瓦其尔老头儿今天早晨才从羊倌那儿听到。喝过早茶,他把两个儿子唤来说:

"听说铁木尔回来了。你们去找他,就说我请他回到咱们家过日子。你们都知道,自打他被抓去当兵,贡郭尔就抢占了他的斯琴(说这话时,他愤怒地看了旺丹一眼),现在他一没亲,二没家,我要拨给他一些牲畜,帮助他另找一个女人,成家立户。我跟你们说过很多回,他的父亲是在咱们全家闹伤寒病的时候伺候咱们,传染上那病死的!老佛爷在上,咱们应当祖孙八辈,记住人家的恩德!我要把他跟你们一样看待。"

两个儿子遵照父亲的话,去请铁木尔。瓦其尔目送着两个儿子的背影,得意地微笑着心里想:

"我有几箱金银,有上万头五种牲口,再有他们这样三个青年,就是到孤山荒野上过日子,也不为难了!"

六天以前,全家刚刚庆贺过瓦其尔的五十六岁寿辰。他虽然迈入了生命的后一阶段,但是为了把日子过得更富足,仍然每天黎明起、半夜眠的,除了挤牛奶这项妇女的专门活计之外,没有他不插手的活,至今他手掌上还有几条铁硬的茧子。他是一个虔诚的佛教徒,别人去五台山拜佛时都来约他同行,可是他为了节省几块银大洋,就都用"心到佛知"这句话谢绝了。"国法"对他是最神圣的,日本人曾经赶走过他的几百头牲畜,他心疼得流过泪,然而一想到那是"国法",他就没有说一句怨言。他是一个善良的人,为了接济附近的贫苦牧民,把整羊整牛施舍给他们,他从来不曾伤害过生物,附近居民们称他为佛心肠的人。瓦其尔用沉默的骄傲来接受这种荣誉。

没有不刮风的春天,没有不下雪的冬天,瓦其尔的平静而安稳的生活的水流中,也卷起了浪涛。日本垮台了,德王跑了,有人传说要恢复老中华民国,蒋介石当皇帝;又有人传说,穿红衣裳的"红党八路"要统治天下,领头的名叫"朱毛";也有人传说,内外蒙古要合并,成立蒙古大帝国,就像伟大的圣祖成吉思汗皇朝那样……瓦其尔巴彦时常问自己:"我跟哪一头呢?"结论是:只要叫我安心掌管自己这上万头牲畜的巨大家业,不管哪个国,哪个皇帝都行。然而近几个月来,来往过路的行人所带来的种种消息,把瓦其尔的幻想打破了!

两个月前,有人传说:"八路军在阿鲁科尔沁旗抓住一个大牧主，剥了皮，把他肉都烧着吃了。八路红党杀人放火，世界上没有一个国家不反对它，日本人反对它，德王反对它，据说住在东天边的美国都反对它呢！"听了这话，瓦其尔只有衷心地祈祷："但愿老佛爷保佑，千万不要叫红党八路的大脚，践踏我们神圣而古老的察哈尔的青草！"前些日子又发生了一件事：有一天天刚蒙蒙亮，村里突然出现了五个双枪双马的人，据说其中四个是汉人，一个是蒙古人，他们在官布家吃了一顿饭，讲了许多新鲜、可怕的消息。等他们走后，官布的老婆添头加尾地在村里到处乱讲："国民党在呼和浩特，用机关枪杀了二百多蒙古学生，血都流成了河呢！那地方的蒙古人都拿上枪，到大青山里去了。蒋介石是蒙古人的死对头！咱们内蒙古出了一个叫乌兰夫的八路王爷，高个子，二十多岁，会讲十三国话，他是一个大力士，一个人就能把喇嘛庙的大钟举起来呢……"听了这些话，瓦其尔一夜没睡着，这成了什么世界呀！一天一个动静，一夜一个风声，老天爷啊！快点发发慈悲，把这混沌的世界，用你圣洁的"仙水"洗净吧！他知道这种"仙水"是不可能有的，所以最后得出一个结论：在这荒乱年月，还是躲避起来为妙。

有一次他到哈登浩树庙去上佛供，可巧碰见了老朋友达木汀安奔，他把自己的打算跟安奔说了，安奔听了他的话，安详地笑了笑，没有说什么。瓦其尔问他为什么笑，安奔这才说："原来你也要走我的老路了。"

大牧主瓦其尔巴彦，跟达木汀安奔从年轻时就要好，尤其在十七年前达木汀用金银贿赂上边，买到一旗之长——安奔官位的时候，瓦其尔不但出过力，而且还出过一口袋银大洋呢！达木汀当了安奔，当然对瓦其尔巴彦有过种种的照顾。从前年达木汀安奔回家养老之后,他俩来往更加密切了。

瓦其尔巴彦说出躲避兵荒马乱的意图时,达木汀安奔说:"搬到我那儿去住吧!大沙坨子里,只有我一户人家,你要去的话,我把靠东山那块好牧场让给你用。"这样,他们就说定要做一个友好的邻居。

三天前,他曾经到安奔西热的东沙坨子里勘察过新营地,那里牧场小,井又少,他打心眼儿里不满意,但是一来不好推辞达木汀安奔的善意的邀请,二来那里偏僻,没有人声马叫的,为躲避这荒乱年月,还是搬到那儿去住为妙!但是他听说铁木尔回来的消息之后,就又决定晚搬几天,先请铁木尔来谈谈,他除了真心真意地想帮助铁木尔安家立户之外,也想多听到一些外地的消息。他相信铁木尔会跟他说真道实。

太阳光落到"哈那"顶上的时候,沙克蒂尔和旺丹把铁木尔请来了。当铁木尔向瓦其尔请安时,他泪水盈盈地说:

"孩子,真没承想你能回来,为什么一去近两年没个信呢?"

"大叔,我本来昨天就想来给你请安,因为听到一些事情,心里不痛快,就没有来。"

"咱们刚见面,别提那些痛心事了。今天我叫你到家里来,是叫你喝几碗自己酿的牛奶酒,我敢说,你在外边一定没有喝过的。"他回过头喊道:"拿酒来!"

这时,铁木尔问布琪大婶到哪里去了。瓦其尔告诉他说,她这两天不舒服,在东边的包里躺着呢。铁木尔到东边的包里向婶母请安后,又回到这座蒙古包,大家围坐着喝起酒来。旺丹的老婆一次又一次地端来各种茶食,就像哪个活佛光临了似的。

"事变后,你住在什么地方?在这荒乱年头,一个人在外边闯来闯去可真不容易啊!跟你一块儿被抓去当兵的人,去年冬天都回来了,可就不见你的影子,我以为你在外边成家了呢!"瓦其尔老头儿喝过两碗酒,来了酒兴,话也多起来了。

"在外边成家倒是容易。可是,俗话说得好,马儿走出千里远,也要跑回生养它的牧场来。人怎能像一只没有窝的野雀似的东跑跑西飞飞的呢!"

瓦其尔敏感地看出铁木尔的忧郁的心情,所以竭力不用话语去刺痛他的创伤。这时,大儿子旺丹开口了:

"这一两年,你一直住在呼和浩特吗?"

"是啊,在那儿给一个叫哈吐的连长当跟差。他对我挺好,一次也没有惩罚过我。事变后,国民党一进呼和浩特,不分黑白地杀了许多蒙古青年,那时哈吐连长对我说:'只要我不死,你就会活着,跟我走吧!'这样我就跟他到了他家乡——四子王旗,在那儿我给一家牧主放马,过了几个月八路军到那地方了……"

听到"八路"二字,瓦其尔把送到嘴唇边的酒杯放了下来,紧忙打断铁木尔的话问道:

"孩子你说什么,八路军?就是那些'红党八路'吗?"

"是八路军。我给他们带过两回路,他们看我挺诚实,就叫我给他们喂了一个多月马。"

瓦其尔有许多事情想问他,但为了叫他继续讲下去,就没插嘴。

沙克蒂尔坐在紧靠门口那块栽绒毡上,一直没开口,他注意听着他的好朋友——铁木尔的话,脸上呈现出一种幼稚的羡慕的微笑,心里暗暗地钦佩:"人家铁木尔离开家乡还不到两年,可知道了多少新鲜事啊!见过国民党,又跟八路军一块儿待过,真是了不起!在咱们察哈尔恐怕他是最见过世面的人了。

贡郭尔虽然是扎冷，又当过警察大队长，可他也比不过铁木尔啦！"想到这里，他为自己的朋友感到骄傲！

"照你说，国民党杀蒙古人是真事吗？"瓦其尔问道。

"是真事，我亲眼看见的！"

"那么八路军对咱们蒙古人怎样呢？"旺丹从一旁向铁木尔瞟了一眼，傲慢地别有用心地问。

"我怎么告诉你呢？八路军对我个人实在不错，有一个王连长时常跟我谈天，他说的话很合我的意，譬如，他说：天底下人跟人都应当平等啦，穷人要翻身啦，内蒙古人民自己管理自己的事啦……再说人家八路军里官兵都一样，不像日本军队那样官对兵说打就打，说骂就骂。他们也很讲情意，临我离开他们的时候，还给了我一匹马——我骑回那匹就是。可是就像俗话里说的那样：一个窝的燕子，有的往东飞，有的往西飞，人们对八路军的看法也不一样。就说我的好朋友哈吐连长吧，他常说：'黄羊碰见猎人，还想三想往哪个方向跑，我们蒙古人再也不能闭着眼乱跟别人走了。你想想，八路军那么好，为什么没有一个蒙古人当八路呢？'他的话也许对，人家的狗再好，也不会给咱们守家门，八路军再好，还不都是汉人！本来我打算在八路军里干几天，只因为他们是为汉人打仗的，所以就没干。我们要当兵就为自己蒙古民族去干，用哈吐连长的话说：'就是死，也要脸朝北倒下！'"

铁木尔重复哈吐连长这句话时，是那样激动，以致太阳窝那条青筋都鼓出来了。最后这句话，像电流一样传染了全包里的人，沙克蒂尔甚至被这种"民族热"激出了眼泪！

"你说的这些话，我们听着都很新鲜，但是我想再问你一件事：如果叫你在国民党和八路军当中，挑选一个做朋友，你选哪个？"

旺丹又提出一个出乎铁木尔意料的问题，并且用两只美丽的眼睛挑衅地看着他，好像在说："你答不出来了。"然而铁木尔连思索都没有思索，立刻回答出来：

"当然是八路！"

听了这个回答，旺丹狡猾地笑了，并且口是心非地加了一句："铁木尔，我真钦佩你！"

对铁木尔讲过的这些话，瓦其尔老头儿非常满意，这倒不是因为对目前形势的看法，他跟铁木尔完全一致，而是这些话提供了许多值得他深思的事情。不过当铁木尔最后说到要选八路军做朋友的时候，他的态度却十分慎重起来，但为了不跟刚刚见面的铁木尔发生争论（我们蒙古人自古认为那是不吉祥的），没有把心里的话说出来，而是巧妙地转了话题：

"好了，咱们别再谈这些叫人心慌意乱的国家大事了！老佛爷保佑，让我们谈谈自己的生活吧！蒙古就像一把沙土，谁也保不住谁，只有自己寻找安身的地方，你往后想怎么过呢？"

"回到家来，听到、看到的事情太出乎我的意料，我还没来得及想那些事。"

"孩子，你父亲临死的时候嘱咐我：把你跟我自己的儿女一样看待。我把你从小拉扯成人，前几年，你非得要跟道尔吉去学打猎，到他家没过两年就被抓去当了兵，现在你回来了，可是斯琴已经嫁了人，你往后当然不能跟道尔吉一块儿过下去。我打算叫你再回到家来，给你另娶个女人，平平安安、富富裕裕地过咱们牧民的日子。只要我有肉吃，就不会叫你喝汤；只要我有马骑，就不会叫你步行。再过些日子，我们搬到安奔西热沙坨子里去住，那地方很清净——就是一只兔子在大风天还要找个背风地方哩！"

"瓦其尔大叔，你的好意我全明白，但是我眼下还没心思想这些事情。"

……

月亮好像一面镜子，挂在天空。铁木尔在瓦其尔家坐了一整天，当他告辞出来时，全家人都出来送他，而沙克蒂尔非得要把他送到道尔吉家去不可。

沙克蒂尔和铁木尔并肩走着。从湖面上吹来的夜风，用冰冷的手亲切地抚摸着他们在月光下发白了的脸颊。铁木尔吃晚饭时喝了点酒，眼睛里布满了红丝，身上也有些发冷。他一路上想着瓦其尔大叔今天向他提起的那件事，所以没有注意到沙克蒂尔的渴望着与他交谈的表情。又走了一段路，沙克蒂尔显然有点憋不住了，把铁木尔的肩轻轻一碰，说道：

"铁木尔，我告诉你一件要紧的事儿，你可别对别人说啊！八路军工作团的人，时常到咱村来，大半是在早晨……我还听说，贡郭尔扎冷要建立一批兵马，咱也不知道他为了对付谁。反正听了你的话我觉得咱们蒙古人的枪口不应当对八路军。"

"贡郭尔扎冷建立军队的事情你跟谁听说的？"

"我哥哥说过，莱波尔玛也对我说过。"

"噢！我听说莱波尔玛把你那点油水都快抽干啦，是吗？小心点吧，小伙子，糖吃多了发苦，你的眼圈都有些发青了！"铁木尔故意把他的"最要紧的事"，用玩笑回答了。

沙克蒂尔的脸发起烧来，但他不肯吃亏，马上来个回击：

"哼！你还说我呢！我爸爸说，等你搬到我们家来，要给你娶村南头那个没出嫁就养了两个孩子的南斯日玛呢！"

"你别胡扯了！其实娶了她也不错，刚结婚就当了两个孩子的爸爸！哈哈哈……"

铁木尔的笑声，显得非常勉强，连他自己也感觉到了这一点，这也许是因为在这样不适当的时候，谈到结婚、孩子等等所引起的吧！……

把铁木尔送到道尔吉家门口，沙克蒂尔就回来了。他走到湖岸时，看见湖北岸的莱波尔玛那座蒙古包闪耀着一缕强烈的引诱人的灯光，于是他身不由己地向那座蒙古包走去。

等他走进包里，不一会儿，灯就熄了。

三

铁木尔突然归来，对贡郭尔而言是一个不解的谜。前天他跟父亲商量对策，父亲劝他说，不要慌张，等再过两天，到村里打听他在外边干了些什么，为什么这时候才回来，摸了底再出对策也不算迟。

今天贡郭尔的父亲——一个又高又瘦的喇嘛大夫普日布，以给瓦其尔老婆看病为借口，大清早就到瓦其尔家去了。

普日布大夫每次出门来，都穿他那身紫缎长袍和黄国花缎马褂，患着颤抖症的双手不住地拨动玛尼佛珠，嘴里真诚地念佛道神，显得格外慈悲而和善。有些村民说他是"修好积德"的人，这也许有几分"道理"，譬如他不论有多么急的事，只要看见大道上有石头砖块或者其他有碍行车走路的东西时，总是停下拾起来，扔到离道老远的地方去。据说他这种"修好积德"的习惯是从三十二岁的那年得了一场大病后养成的。

父亲走出不多时,贡郭尔也出来了。他穿得很朴素,但为了保持旧日的威严,把养目镜又戴上了,虽然他从来没有眼病。他到莱波尔玛和刚盖老太太家坐了半晌。

在约定好的时间,父子俩都回到家来了。

普日布大夫住在从西数第二座包里,这是一座双层新毡的蒙古包。门前有精制的铺砖台阶,包内满地都铺着深红色的地毯。因为另有一座佛堂,这包内没有佛龛,靠左侧"哈那"立着的那两个大木柜里,收藏着用黄缎包裹的祖辈传下的各种家宝。在柜上放着一个不大的旧式皮箱,是普日布大夫的药箱,进到包来闻到的那股逼人的浓烈的药味,就是从这皮箱中散发出来的。

普日布大夫从外头走进来,感到身上有一股凉气,靠近火炉坐了许久,等身心暖过来后,才对儿子说:

"瓦其尔要搬家,昨天去新营地修盖圈棚没有回来,我跟旺丹聊了半天。他说,铁木尔在八路军里待过一个多月,还跟八路的一个连长交了朋友;还说他带回来一支枪,没说是大枪还是小枪。"

"莱波尔玛说,他也许带来了许多金银!"

"金钱有什么用?旺丹说他要成立一个小队人马,跟八路里应外合。他真有了枪马,你想一想,他的枪口对谁?"

"别听他瞎说,一个四尺半的黑小子还能翻了天!"

"雨大的年头,蛤蟆能成精啊!眼下,正是不知道哪块云彩下雨的时候,谁知道哪个皇帝坐金銮哪!你不能像从前那样想怎着就怎着,往后办一件事要想几条路,等有那么一天出了真头实主,只要咱们有本事,还怕像尘土一样被扬在路旁?"

"爸爸,你说得也对,可我觉得越是在这样年月,我们就越应当挺直腰板走路，叫那些老百姓知道，贡郭尔还是扎冷，还是官，他们的命运还攥在我的手里。这样他们才会服从你，见了你才会从马上跳下来请安！您刚才说，办一件事要想几条路，我想这也多余，刘木匠上次来不是说过八路军不可能占住察哈尔，过些时国民党就派一个师来占领锡林郭勒和察哈尔吗？这样的好机会，我只想快些建立一支队伍，等他们一来，马前请功。"

"不，不，你把事儿想得太容易了。刘木匠是国民党派来的人，他当然说些好听的话，可是从眼下这步棋来看，八路军已经比国民党早走了一步，他们断断续续地在察哈尔穿来穿去，再说又有一批蒙古八路给他们当走狗，来势很凶啊！像你那样蛮干要吃亏的！依我看，你还是先把军队建立起来，一不打国民党的旗，二不吹八路的号，暂时叫'明安旗旗队'，就说是保护本旗的，这样一来，人们都会跟你走。只要咱们把住枪杆，有了人马，以后——那就看风从哪边刮了。"

"爸爸你说的也许是对的，可是刘木匠说，八路军是穷人的党，八路军专门打杀像咱们这样有钱的人，尤其我，还当过日本人的警察大队长，落到他们手里没个好，因为这个，我抱定决心跟着国民党干，就是给他们当'马'，也比落到八路手里强！您说，把队伍暂时叫'旗队'，说它是保护本旗的，这样来拢住旗民之心，这倒是一个好办法。"

"在这兵荒马乱的年月闯世面，就跟瞎子在独木桥上走路一样，一不小心就有断送性命的危险！办事万不能粗心大意，现下老百姓就跟冬月的干牛粪一样，见火就着！有些人——譬如官布吧，见了你连马都不下了，他们也许都在想：变天了，不归你管了！在这时候，铁木尔再一活动，那些穷小子们就敢起来跟你作对！铁木尔回来以后，你净想斯琴那件事，可我觉得更重要的是这一点。"

不知道是提起斯琴使他不愉快，还是父亲的主张使他反感，他很烦厌地说：

"你们老年人办事就是这样缩手缩脚，怕东怕西的。我不能那样，要干就干，别说一个黑小子——铁木尔，就是比他还硬的我也碰过千千万，可结果怎样，他们一个一个都垮下去了，站在察哈尔的还是我贡郭尔！爸爸，照实说，我只担心一件事，就是那几十支枪从哪儿弄到呢？"

显然在儿子的进攻下，普日布让步了，他迎合着说：

"日本垮台的时候，枪支散落在百姓手里的很多，只要我们说保护他们，他们就会交出来。再说你不是跟你老婆的哥哥齐木德和蓝旗的戈瓦商量过吗？叫他们在这方面多出点力吧！"

他们父子俩又谈了一阵之后，提起斯琴的事来。

"依我看，铁木尔回来这件事，早晚是瞒不过她的，"贡郭尔说，"不如开门见山地告诉她，看她能怎样？"

"这两天她好像已经知道他回来了，跟谁听说的呢？"

"知道就知道去吧！这些事真他妈的讨厌！唉，如果是在前两年哪——嗯！……"

把话说半句咽半句，这对贡郭尔扎冷是一种耻辱！真的，在前几年，贡郭尔扎冷什么时候这样顾三怕四呢？那时他是全明安旗的扎冷，又兼任警察大队长，虽然在他上边还有一个老头子挂个安奔的名义，其实大权是被他攥在自己那只多纹的手掌里。

一群羊里有白的有花的，颜色各不相同。说起察哈尔来，它的行政机构跟任何蒙古地方都是不同的。前清时代，清皇在蒙古地方封了许许多多的王公。王位是世袭的，父亲是王爷，儿子一定也当王爷，不管他是瞎子还是瘸子。察哈尔没有这样的王爷和公爷，因为这片草原被清室划为皇家牧场和皇家军队驻扎区，这里一切行政机构，都用清室军队的名称划分的。这里一旗之长是安奔，它不是世袭官位，谁有黄色的和白色的金银，向上边贿赂得最多，谁就当安奔。谈到明安旗，安奔叫达木汀，是一个已经掉了十八个牙齿的人。论家产，贡郭尔比起他来就像俗话说的那样，不过是"老牛身上的一根毛"，比不过他；但是论权威，这两年贡郭尔已经压过了他。贡郭尔明里暗里，几次强迫他退位，可是达木汀安奔说："在我死去以前，就是班禅圣人也休想抢占我的位！"既然他不退位，贡郭尔就处处排挤他，尤其是他当了日伪警察大队长之后，更依仗日本人的势力压迫他，最后使得他不得不挂个安奔的虚名，而把旗里大权交给贡郭尔扎冷，自己回家去养老。现在这位有职无权的达木汀安奔独自一家住在安奔西热，守着百万家产，每天关在家里，用白麻纸一厚本又一厚本地抄写《三国演义》《红楼梦》以及蒙古古代文学作品和民间诗歌。他常对人说："抄书、信佛、爱百姓是我的三种天性。"大多数旗民仍旧尊敬他，称他为"我们的安奔"，对贡郭尔扎冷的阴险恶毒，善良而诚实的旗民早就厌恶了……

把话再说回来吧！贡郭尔跟父亲商量对策的那天晚上，他把埋在地下那几支枪挖出来，叫仆人们擦了又擦，父亲看见，满意地笑着说：

"听见狗咬攥紧马棒，听见狼嗥提起钢枪——做得对！"

* * *

草原，春天的天气很特殊：白天风雪交加，天昏地暗；晚上天高月明，风停雪住。所以人们说，白天是"残暴的醉汉"，晚上是"温柔的姑娘"。这几天连续刮着风雪，把去村南头井边的道路堵塞住了。斯琴只好拿上砸冰用的铁棒，到近处一口旧井上砸开冰眼，来饮牛犊。

自从那天她跟铁木尔在柳林中邂逅之后，在这短短的几天当中，她眼球发黑，脸白如乳，有点空就站在背人的地方发呆，干起活来丢三落四，拖拖拉拉的。这两天大太太骂得更勤了："母狐狸，站在那儿干什么呢？你爹没给你造两条腿吗？""你这母狗，春天一到，就翘起你那遮羞的尾巴，让公狗戳翻你的心！不值钱的骚货！……"

对于这一切的辱骂，斯琴总是咬住嘴唇听之任之。

她走到井台上，探下身去可力气砸着冰层，砸了许久出来水了，她再用柳斗打上水来，饮那些等待已久的牛犊。一斗又一斗，每斗水都像千斤重的铁块，直往下沉，她咬着牙往上提，忽然头昏眼花，一阵冷汗，全身无力，"扑通"一声，倒在井台上。

那些不懂世故的牛犊起先受了一惊，随后又走过来舔她的脏而没有血气的手和脸。

贡郭尔扎冷今天出外筹办建立"旗队"的事回来，路过井边看见一个人躺在井台上，他回过身来对仆人说：

"你去看看那是谁，干什么躺在井台上，喝醉了吗？"

仆人把晕倒的斯琴抬起来，报告说：

"队长，不……不，扎冷！这是斯琴！"

听说是斯琴，贡郭尔跳下马走了过来，但是对仆人的过错仍不饶恕地骂道：

"操他妈的，告诉你多少遍了，不让你叫我队长，总是忘，再这样叫,非撵走你不可!"

"扎冷大人,她是晕倒的,您看她头磕破了!"

血从头上流出来,在蓬散的头发上结成了红色的冰条,贡郭尔走过来扶了她一把,斯琴慢慢苏醒过来。这时贡郭尔想到一件事,于是向仆人说:

"你们饮完牛犊,把我的马牵回去,我扶她回去。"

斯琴断断续续地闻到男人的汗味,轻轻地睁眼看了一下贡郭尔,他向她热情地低声说:

"斯琴,你怎么晕倒了,来,我扶你回家去。"

贡郭尔扶她走回家来时,可巧被大太太看见,她把柳叶眉一弯,话里带刺地道:

"真是世道大变,当扎冷的人,当人面搂着小老婆走路啦!"

"你住嘴,再说这说那,割掉你的舌头!"

大太太被意外的辱骂气得哭叫着回到自己包里去了。

等斯琴完全苏醒过来时,夜已深了。包里没有点灯,黑洞洞的,她发觉自己睡在一只男人的粗大的手腕上。

"你醒来了吗?"贡郭尔格外殷勤地问道。

她没有答话,自己费力地站起来,倒两碗温茶喝完,又回到原处躺下了。

"你身体怎样?"

她已经知道贡郭尔今天为什么这般温和了,但,正是因为她知道了这一点,才越发落入了痛苦的深渊里!她把头藏在皮衣里,汪汪的泪水从她那捂在眼下的五指中间流下去,润湿了地毡。贡郭尔趁她暗暗哭泣的机会,幸灾乐祸地说:

"我告诉你一件事情:铁木尔回来了。"

本来他估计听了这消息,她立刻就会有所反应,然而完全

出他所料,她听了这话,连动都没动一下。他以为她没听见就又说了一遍,过了一阵她才说:

"他回来他的,跟我有什么关系?"

"那么你……"

在黑暗中,贡郭尔得意地微笑了。然而他突然又觉得斯琴说的不是真心话,于是收敛了笑容,在心里想:"表面上越平静的水越深哪!你不用骗我啦!"

过了一阵,听见贡郭尔疲倦的鼾声时,斯琴才轻轻地转过身去。她自己在心里盘算了许久:他为什么把铁木尔回来的消息告诉给她呢?又为什么偏要在今天来找她?记得过去只在每月初三到初七中间来找她的,可今天是二月十八呀!……

整夜做梦。早晨醒来时,那些梦境,犹新的在她记忆之中。多么不吉祥的梦啊!她想。

四

昨夜接连四只母羊养了羔,道尔吉老头儿害眼疾,不能接羔,只有铁木尔一个人跑东走西地忙了一夜。早晨,他刚睡着,道尔吉老头儿又叫醒他说,昨晚丢了两头两岁小牛,铁木尔睡眼惺忪地爬起来,出去找牛。

初春的早晨很冷,灰色的云好似懒女人的头巾,遮住了太阳;针刺般的北风,从特古日克湖冰面上,把雪片吹到岸上妇女们夏天坐着洗衣服的木板和石块上,那耐寒的柳梢,也在晨风中打战了。

铁木尔把防寒帽扣得紧紧的，低着头在落着一层枯碎的柳叶的雪地上，码着新踏出的牛蹄印，向村南头走去。

特古日克村是埋伏在柳林中的一个幽静的小村庄。在这里躲藏着千百只野兔。村人们有一种爱生物的风俗，从来不曾伤害它们，但是野兔们有一种天然的恐惧心，见了人就箭也似的四处逃跑。当铁木尔的皮靴声在柳林小径上响起的时候，有许多野兔都惊跑起来，其中有一只小兔撞在树上，滚了几滚，流着血逃走了。在柳林中间有一块洼地，住在村南头的几户人家在这里挖了一口井，井台是用草坯砌成的，挺秀绮。"牛犊也许到井边去喝水。"铁木尔向井台走去。

井台上有一个女人在汲水，她打完水把手掌遮在眉毛上，向他张望着，当她认出是铁木尔，放下手来在前襟上擦了一擦，笑嘻嘻地喊了起来：

"噢！铁木尔，是你呀！听见喜鹊叫，看不见喜鹊的影，早就听说你回来了，可你往我们这儿都不看一眼！旧邻居，身体好吗？"

"好。南斯日玛你过得好吗？"

"好。家里就是四口人，只要一年到头跟着牛尾巴转，怎样也饿不死！"

在这女人大胆的目光下，他窘迫地将左脚蹬在水槽沿上，无目的地用柳条戳碎槽里的冰块，找不出什么话来跟她应付。可她，却像没有顶够架的小牤牛似的站在井台上，把那骚情的眼光，无耻地盯在他的脸上，咯咯地笑着，说：

"在外边转了一两年，身板越发壮实了，可就是脸还是那么黑呀！远方来的客人，比亲人还亲，到我家里坐坐吧！"

"不了，我是给道尔吉大叔找两头小牛的，你看见没有？"

"是不是他那两头'喜鹊花'和'兔子黑'呀？天亮的时候我看见往西南下去了。哎，铁木尔，你怎么还住在道尔吉家里呀？你不是要搬到瓦其尔家去吗？"

"道尔吉大叔家没做活的人，眼下正接羔，我得帮他几天。你怎么知道我要到瓦其尔家呢？"

"昨天晚上，有一个人到我家来说的。"

听了这话，铁木尔才知道了刚才南斯日玛那种不正常的眼光和骚情大笑的原因，他突然感到有些不自在了："沙克蒂尔一定把他父亲的打算告诉给她了，这小家伙，那天还故意捉弄我，其实他自己早就跟她来往了。"

想到这里，他想马上离开她：

"再见！我要找牛去了。"

"有空可千万迈迈咱家门限啦！"

她目送着铁木尔的背影，长长地叹了一口气，但不知为什么又微笑着摇了摇头，担上水回家去了。

自从斯琴断然拒绝跟铁木尔见面之后，瓦其尔几次热情地邀请他到家里去住，但是他没有搬去。几年前他从瓦其尔家搬到道尔吉家来住，一不是为斯琴的爱情，二不是跟瓦其尔有什么过不去的事情，而是道尔吉的猎人生活强烈地吸引住他，使他不能不把自己的命运跟他联结在一起，所以他今天不忍马上离开道尔吉，至于往后到底怎么办，他根本不敢去想。

在村西南头，有一座小山，山下是一片洼地，在这洼地里有一块不大的水池，它的四周长满了山杏树。铁木尔走到水池附近的一棵杏树下停下来，折下一根干枯而冰冷的树枝，拧了一拧又扔到地上。

这块水池和这棵杏树使他不由得沉浸在回忆里：

从前,每年春天,他跟斯琴常常从家里跑到这儿来玩。斯琴每次到这儿来,先在水池里洗她那粉红色的头巾(是他用猎获的一张狼皮为她换来的),洗完就晾在这棵杏树上(那时这棵杏树才有小马驹那么高),微风吹来,那头巾在树上呼啦呼啦直响……

想到这里,铁木尔那粗黑的眉头痉挛地结成了疙瘩。他为了打散这已经变成了痛苦的回忆,硬扭着劲儿哼起在伪军里学的一支歌子。

太阳突破云层,将在空中被风吹凉了的光辉洒在洼地上。北风掠过草叶和树梢,发出夏天牧童们用"切合洛托克"草根做成的口哨的那种声响。他倾听着这故乡的"音乐",走到水池旁。水面的冰,冻得很结实,他用马靴后跟踏碎一块冰,弯下腰拿起来放在嘴里,冰水顺着他的胃口流了下去,全身感到说不出的舒服。

他在不远的几棵白杨树下,找到了那两头小牛。

赶着小牛回家的道上,他又不连贯地回忆起以往的生活:

日本人进入察哈尔的第三年,村里的人们都嫉羡地谈论道尔吉,说他在呼日钦敖包山里住了一个秋天,打了价值五十头牛的野物。还神话般地传说,在一个大风的夜晚,山神给道尔吉托梦,告诉他在某山洞里有九九八十一只狐狸,道尔吉醒来,提上枪到那个山洞一看,果然不假……就这样发了大财!道尔吉对这些传说不说是或不是,人们问起他来,他就用"也许是吧!"搪塞了之。那年道尔吉的光景果然不同往年了:从多伦给他十二岁的女儿斯琴买了各种鲜艳的绸缎,又给老伴买了一副与她脸上的皱纹不相称的粉红色玉石镶着银边的头饰……

俗话说,美酒后边有苦水。

就在那年夏初，贡郭尔用九百块大头银圆买到了巴嘎扎冷的官位，一时权势如天，说东不西，说风不雨！道尔吉发财的消息传到他耳里，他虽然不信那些神话般的传说，但是他知道道尔吉枪法神奇，百发百中，要是走运一年之内发财是完全可能的。第二年道尔吉就成了贡郭尔扎冷的猎手。据说他们讲妥：所打的野物，皮毛归主人，骨肉归猎户；主人供给子弹、枪支，并供养猎户全家人口。道尔吉虽然知道这是给自己戴上了"镣铐"，但是怎敢在扎冷面前说一声"不"字呢？

铁木尔自幼失去父母，瓦其尔抚养他。他是一个"打猎迷"，从十四五岁时就经常到道尔吉的家来摸摸土枪，动动火药，问这问那，其中问得最多的是："怎样才能成一个猎人？"道尔吉也不厌其烦地回答说："肯吃苦、有耐性、枪法好、胆量大、能沉着，就是好猎人。"他把这些话都牢牢地记在心里。

他多么羡慕猎人生活，愿成一个猎人哪！他知道骑着"生个子"马，奔驰在狂风暴雨的草原上的牧马人是勇敢的，但是牧马人太多了，不值得羡慕；他知道挎洋刀，穿军衣的军官们是威武的，但是老百姓都痛恨他们，也不值得羡慕！在他心目中只有猎人是最勇敢、威武而神秘的！不管是风里雨里，不管是炎天寒夜，一个人，一年到头背着一支土枪、几袋火药和一把快刀，出没于深山草丛之中，与狡猾的狐狸周转，与凶恶的野狼搏斗，与勇猛的老虎交锋。在那密不见日的森林中，在那没有人烟的深山里，和在那广阔无边的草原上，到处都留下猎人的矫健的足迹！多打几只野物多喝几壶酒，少打几只野物少抽几袋烟。猎人的生活是多么自由而有趣啊！……天长日久，他跟道尔吉相处得很好，有一次他大胆地要求道尔吉出外打猎时把他也领去，从那以后，他好像小喇嘛学师父念经似的，跟道尔吉学打猎的本领，而道尔吉以他老猎人的锐敏的眼睛，也早就发现在少年铁木尔身上有一种天然的猎人性格和狩猎天才。

有一次他俩出去打猎，在平滩上遇见了一只狐狸，距离太远，无法射击，唯一的办法就是射手埋伏在原地，助手爬过去从对面向狐狸"虚射"，叫狐狸向射手埋伏的地方跑来，给射手以射击的机会。铁木尔爬过去"虚射"，但是刚爬出不远，前面有一条很宽的结了冰碴儿的水沟挡住了去路；而沟岸地势相当高，也没有遮身的草丛，如果他不涉水过去就会惊走狐狸，于是他毫不犹豫地从水沟爬了过去……事后道尔吉拍他肩说："这就是猎人的'肯吃苦'。"

还有一次他俩分成两路追一只被射伤后失了踪的狼，铁木尔一个人在一片柳林里追寻，突然那只受伤的狼从背影的地方跳出向他扑来，那时他没枪，手里只拿着一根尺长的马棒，就在这千钧一发之际，他把左手的马蹄袖卷成很长一个筒，向狼伸去，狼立刻来咬马蹄袖，这时他不慌不忙地准确地用马棒往狼的鼻梁上敲了一下，狼晕倒了。他这才拾起一块像牧民的酒罐子大小的石头，砸碎了狼的头……晚上坐在篝火旁烤肉时，道尔吉对他说："这就是猎人的'胆量大、能沉着'。"

……

天长日久，他成了道尔吉不可缺少的帮手。在斯琴的妈妈去世那年，他就搬到道尔吉家里来了。道尔吉把他跟斯琴当成自己的一对亲生儿女，不分亲疏。他跟斯琴一起生活，一起劳动，真像一对亲兄妹。起初斯琴对他完全抱一种对兄长尊敬的态度，不论在家在外，多咱都坐在铁木尔的"下首"，盛饭倒茶总是把碗用双手递给他……然而随着日月的变迁和青春的成熟，这种对兄长尊敬的态度，就像微风掠过草梢般不知不觉地变成了少女对异性火热的爱恋了。有一年秋天,铁木尔从马上跌下来,受了伤,留在家里休息,道尔吉出外打猎,夜间没回来,斯琴他俩睡在一座包里,黎明时铁木尔醒来,忽然发现自己的手被斯琴紧紧握着放在她那温热的轻轻跳动着的乳峰上……从那以后,好像有一条清净而温暖的感情的泉水,把他俩紧紧围绕起来了……

铁木尔再也不敢往下想了,虽然以后的生活中仍有许多值得回忆的、回忆起来也令人愉快的事情,但是,一个巨大的阴影把那些灿烂的青春的生活给遮盖住了。

两头小牛在他前面不愉快地走着,因为他妨碍了它们在草原上任意奔跑。尤其那头"兔子黑"不是走东就是跑西,铁木尔用柳条抽打了它几下,柳条断了,牛犊也老实了。

官布的蒙古包出现在铁木尔的眼前,他想:"听说前些日子八路来他家住过,去打听打听这里的八路是不是跟我认识的八路一样?"

官布的老婆叫托娅,是一个瘸腿的虚胖的中年女人,她蹲在蒙古包前,用灌满奶汁的牛犄角喂着被残忍的母羊丢弃了的小羊羔。她身后有一个汉族装束的男子在修理散了架的包门。托娅认出是铁木尔,忙把羊羔抱起来扔进篱笆圈里,愉快地笑着迎上来说:

"真可怜哪!铁木尔你什么时候回来的?身体好吗?路上累了吧?今年可比往年冷啊!"

她有一种习惯:一口气把寒暄的话都说完之后,才去听别人的话。

铁木尔只好不连贯地答说:"好。""没有。""可不是。"最后才问:"官布不在家吗?"

"不在家。他就像一个野马呀,整天不着家,东走西串的也不知道干些什么!唉!一见面说这些干啥!快进包里坐坐吧!"

铁木尔将两头小牛赶进她家牛圈,走进包来。

"在外边飞了一两年,见过大世面,一定不想回来了吧?"

"故乡是母亲,怎不想回来呢?托娅姐,你们过得怎样?"

"命运是老天爷给安排的,苦日子过不完哪!他……还是那样,一清早就出去了……"

从她那颤抖的声音中,他明白了她——作为一个女人还没说出口来的许多苦处,因此他有意地把话题岔开了:

"你说今年天气冷,可我从回到家乡来,感到就像躺在温泉里一样温暖!"

托娅听了这话用怀疑的眼光看了他一下,好像在问:"这是真心话吗?"

与此同时,铁木尔也用怀疑的眼光,看着那个默默无言的修理包门的陌生的汉人,并把这种眼光慢慢地又移到托娅脸上。"官布不在家……这是谁呢?谁呢?"想到这里,他有些不好意思了:"噢!原来我来得不是时候啊!"

托娅本是一个精明的人,他那点心眼早被她看穿了。她打了一个弯说道:

"我小时候听妈妈讲故事说:有那么一年冬天,来得很早,没等小鸿雁的羽毛长全就冷了;有一群小鸿雁被丢在风雪的大草地上,都快被冻死的时候,叫一个好心肠的穷苦老人带回自己家里,养活了它们。后来那穷苦老人缺什么,小鸿雁们就给他拿来什么。过了许多年以后,老人快要死的时候,被小鸿雁们抬到幸福的天国去了。唉!眼下也变成那样年头了,多少人流浪在外,没家可归呀!可怜哪!可怜!"她转过身去,指着那个汉人说:"那个汉人是北京人,前两年跟你姐夫在张北是同事,事变后没处去,就奔我们这儿来了。老佛爷劝导我们:见苦必救。我们怎能不留下他呢!你喝茶吧!"

好像完全相信了她的解释,铁木尔喝起茶来。

"托娅姐,我一喝奶茶就想起姨妈来了,她老人家煮茶是格外香的。姨妈还住在且达木吗?"

"还住在那儿。前些日子大哥来说:她的老病又犯了,咳嗽得很厉害,上了年纪的人,我真担心……前两天我到二姐那儿去叫她跟老丈人——普日布大夫求两服药,可她把我的话都当了耳旁风,我一生气就回来了。有钱的人,心都是黑的,闭上眼睛不认亲,他们好像都是石头缝里钻出来的!"

"现在姨妈的病怎样了?"

"我从村东头巴拉珠尔喇嘛那儿求了几服药捎去了。后来一直没信,不知道好了没有。"

"你大哥齐木德在家过得惯吗?去过日本,当过官,他在咱们察哈尔也是个人物呢!"

"唉!什么人物不人物的,他那次来,可巧碰上几个八路军打这儿路过,住在咱家里,人家八路军对他倒不错,可他还摆那套老架子,像草刺卡住了嗓口似的,问十句话不答一句,咱算不知道他到底啃过几根老虎骨头!"

正在苦于无法问八路军情况的铁木尔,一听她提起八路,就顺口问道:

"八路军来往路过都说些什么?"

"家里家外我一个人忙,他们说的话我一点没留心。你姐夫跟他们叨叨咕咕地唠了一晚上,天亮的时候我醒来,还听他们用汉话谈天呢,我一句也没听懂。"

"八路，八路，到处是八路。我在西边，也在八路军里住了一个多月，人家对待咱蒙古人实在不错，可是人常说：一个泉子的水一种滋味，谁知道这地方的八路什么样呢！"

听了这话，那个一直不言不语的修理着蒙古包门的汉人，慢慢地转过头来，从侧面偷着把铁木尔仔细地看了一阵。当铁木尔发觉有人在注视他时，那汉人敏感地又转过头去。

铁木尔没有听到八路军的什么消息，有些失望，喝完茶，赶着小牛回家去了。

官布在村外边跑了一天，晚上刚回到家来，老婆告诉他说，铁木尔晌午来过，他问铁木尔说了些什么，她装没听见，一甩手就走出去了。她是因为他整天不着家而产生许多疑心，才这样给他点脸色看。等她走出包去，躺在包的西北角的那个汉人坐起来，向他问铁木尔是干什么的，家住在哪儿……官布一五一十地把铁木尔介绍给他时，他沉思了一会儿，把官布拉到身边，悄声说了一阵话，官布一声不响地不断地点头……

正在这时传来托娅的脚步声，那个汉人又躺下去假装睡觉了。跟那汉人谈过话后，官布要去找铁木尔。他刚要走，托娅从外边走进正巧碰上，她一见就火了：

"白天跟你相好的还没玩够，刚回到家来又要走！你还管不管家啦！你把我当人看待不？"说着哭叫起来。

官布没理她，走出门去。

那个汉人旁听着他们夫妇的吵架，不知道为什么却把头蒙在皮大衣里偷偷地笑了。

*　　*　　*

在道尔吉大叔的牛圈东南角上，有一所篱笆小房，那是仓房。从前一到秋后,这小房里挂满各种晒干的野物的肉条,和没有失掉毛羽的野鸡、老鹰、沙斑鸡和大雁;小房里还放着一口从前酿酒用的大缸和两个木箱。大些的木箱里装着道尔吉那身古旧了的缎子蒙古袍,一双二十年前买的蒙古靴,和死去的斯琴妈妈出嫁时带来的一部分嫁妆;小些的木箱里,装着道尔吉爱吃的食品。从前这间小房对村里的人们来说是一座神秘的小房,这可以从人们的言语之间了解到的。比如平时两个人谈话,甲说一句话,乙不相信时,甲则说道:"道尔吉的柳条棚不起眼,里边可有千珍万宝,你不能看外表啊!"

自从两年前,道尔吉害了眼病,就不能狩猎了,尤其铁木尔被抓去当兵,斯琴被贡郭尔抢走之后,他更没有心思经营生活,混一天算一天,反正也是五十开外的人了。这样他的小仓房也就慢慢地空了,不再被人注意了。放在小木箱里的食品,有的长了毛,有的发了霉,他也没有心思吃它,铁木尔回来后,他才把好吃的东西都翻腾出来给他吃,每次喝茶都摆上一桌子点心、冰糖、蜜枣、葡萄干、杏干、黄油和糖料奶豆腐等等,几乎如同安奔吃的茶点了。但,即使这样,他俩却有一个共同感觉:如今吃什么东西也没有滋味,不甜、不香,好像舌头失去了味觉。今天喝完茶,道尔吉又说再喝点酒解解寒,他俩就着红糖喝起酒来,刚喝两碗,铁木尔说头痛不喝了。他从前是见酒不要命的人,今天为什么不喝了呢?

这时,包门一响,进来了一个人,铁木尔一见这人,狂喜得跳起来说:

"你这个'夜游神',非得晚上才串门呵!你好吗?"

"好,你好!我老婆说你到我家去过,可巧我不在家……"

"官布,你还跟从前一样折磨着我表姐吗?该叫老婆过几天安生日子啦！"

"看你刚离开草地就有点多伦的商人味了，见面不说一句吉利话，先挑起人家刺儿来了！"

他俩都大笑起来，等他们坐下来时，道尔吉递给官布一碗酒，官布一摆手说：

"不敢喝酒，你没见我老婆的表弟把我训了一顿吗？"

"你要早这样听话，表姐早就不会哭哭啼啼的了。"铁木尔说，"来吧！为了咱们今天见面，喝几碗吧！"

说罢，没等对方表示态度，他"呼"地喝了一碗酒。

"好样的，从你一口气能喝这么一大碗酒来看，你还是蒙古人！"官布说着也喝了一碗。

"刚才我到你家去，看见有一个汉人，他是干什么的？"

"他也是一个苦命人！"官布只作了这样简单的回答，就岔开话题，"你在外边跑了这么久，知不知道咱们蒙古该受哪个皇帝管治了？人们一见我就问这事，我实在答不出来。"

"这我怎知道呢！"

"听说你交了许多八路朋友，是吗？"

"在这些事上，我还不如你，你交的八路朋友不是更多吗？"

铁木尔故意这样探了一句，官布只是笑了一下，没说什么……

官布和铁木尔喝着酒一直谈到半夜，他把从铁木尔这里所要打听的事都打听了，最后还有几句话想对他说一说，但在道尔吉大叔面前，不便开口，于是他站起来说：

"太晚了，我该回去了，你表姐可能还在家骂我呢！"

今天晚上谈得很投机，铁木尔兴奋地说：

"说实在的，你跟我说的这些话很合我的口味，以后有空还得跟你聊聊。"

"适胃的茶喝不够，合意的话说不完，咱们以后再谈！"他向门口走去。

"官布你是不是喝醉了，不戴帽子就走吗？"道尔吉大叔从他身后喊道。

"真有点醉了，不是大叔提醒，可真把帽子落在这儿啦！"说着回头来取帽子，这时才看见在他皮帽后边放着一支大枪，他从容不迫地拿起它来看了看，问：

"你当兵还没当够吗？嗯？"

"兵是当够了，可是为了自己，为了乡亲们，也许还扛它几天呢！"说着从官布手中接过枪来，挎在肩上说："你有些醉了，走，我送你回去。"

他俩互相扶靠着走出包去。

晚升的月亮，像老牛似的在东南方上空慢慢地爬着，它给甜睡着的草原披上了一层薄纱，月光下官布和铁木尔那伸长了的身影，就像走在这面巨纱上的两只小蚂蚁，夜风吹在被酒气烧红的脸上，他们感到有些凉，但很舒服！他俩不语地并肩走着，除有时踏在车辙里或牲畜蹄坑里的薄冰上，发出嚓嚓声音之外，只听见在特古日克湖岸上藏在茅草中，还没有睡去的野鸟，唱着抒情的夜歌。这鸟群的歌声，把铁木尔引进童年时期的回忆之中：他小时，一到夏天就跟淘气的朋友们（其中年纪最大的是官布），夜间偷偷从家里跑出来，赤着脚（为了不惊动鸟群）到特古日克湖岸上来捉野鸟，听乌顺哈日鸟的歌声！……

"好了，你不用扶我，我没醉。"

官布打断了他的思路，但他好像还没从回忆中清醒过来，瞪着眼有点发呆。

"铁木尔，你想什么呢？"

"我忽然想起咱们小时，夜里到这儿来听野鸟的叫唤声，和捉野鸟的事来了。"

"咱们今天晚上再跟小时一样，到湖边的杂草上躺一会儿吧！"

"现在不是夏天，躺在那儿不受冻吗？"

"不躺还不可以坐坐吗？"

他们走到小时坐过的一块大石头上坐了下来。在月光下，特古日克湖的冰面，就像安奔的女儿使用的镜子一样晶明、通亮，闪着白光；湖岸上的柳林的倒影在它上面轻轻摇动；乌顺哈日鸟的歌声在夜空中荡漾……

"多好的夜呀！"铁木尔轻轻地说。

"可是人们都说：最好的夜，也不如最坏的早晨。"官布反对道。

"那是人们指着黑暗的世界说的。"

"你说得对。那么咱们就谈谈黑暗的世界吧！"

"你又醉了，我们到这儿不是来谈黑暗世界的。"

官布把铁木尔拉近身边说道：

"不，我没醉。我叫你到这儿来就是要跟你谈一件要紧的事。"

"既然是要紧事，就说吧！"

"我还得先抽袋烟。"

他从靴筒里掏出不长的小烟袋，用火石打出火来点着了烟。

* * *

第二天早晨，道尔吉看见铁木尔没喝早茶就在整理行装，心里想："他要到哪儿去呢？"铁木尔会告诉他的，所以没问。

铁木尔帮助道尔吉大叔煮了一锅茶。当道尔吉大叔用铜勺子把奶茶倒进壶里时，铁木尔看见他的手在那样抖动："他老人家怎么啦？"铁木尔再也没有勇气把昨晚跟官布商量决定的话告诉他了。一直到喝完茶，他还在犹豫着。

"你今天出门吗？"道尔吉等不及，先开口问道。

"是。"铁木尔说，"大叔你知道，我从小就爱打猎，昨天晚上官布说，附近几个村的青年人，要合伙到呼日钦敖包山里去打猎，前几天刚下雪，真是个好机会，我在家待不住，也想出去走走。"

道尔吉紧紧地注视着铁木尔的脸，他猜想铁木尔这次离开他，不是去打猎，但是他并不想埋怨他。

"铁木尔，你跟我山上山下，沟里沟外，冬夏春秋，风天雪地跑了好几年，我知道你是一个有出息的猎人，你去吧！不要挂念我，我一个人能够活下去……"

"大叔，我还回来……"

"不，你还年轻，我不能把你拖在这个又黑又小的蒙古包里。从前我们一起生活，我心里亮堂、痛快；现在，我还跟过去一样疼你，可是我看见你守着我这个快死了的老头子过日子，心里就难受！铁木尔，我能对你说什么好呢？我对不住你！"

道尔吉大叔的两腮上挂满了泪水。

一股感动的激流通过铁木尔的全身。他找不到别的话，只是重复地说着：

"大叔，我还要回来的！"

五

这两天在瓦其尔那凹缩的唇边总是挂着笑丝。由于心情愉快，早晨起得越早了。他那懒散成性的大儿子倒了霉，每天天刚亮，爸爸就到他包前喊起来，叫他不是照管牛犊羊羔，就是修理圈门棚顶的。今天早晨正当旺丹做甜梦时，爸爸又来叫他起来修理井旁的挡风篱笆。旺丹刚要起来，他那小眼睛的丑女人卡洛，把他一推，暗示不叫他出声，她躺在被窝里向公公答说：

"他昨天给妈妈到巴拉珠尔喇嘛那儿取药，伤了风，头痛，昨晚一夜没睡好觉。"

虽然知道这又是大儿媳妇在出诡计，瓦其尔也不好再催大儿子起来，心想："就是土鼠闹病，太阳还多晒它一会儿，何况人呢？"就回到自己的包去了。

听见公公的靴声，越来越小了，小眼睛的丑女人又放肆无忌地把脸贴在旺丹那温暖的多毛的胸口，抱怨地说：

"牛越老越笨，人越老越糊涂，真对！过几天就要搬到安奔西热北边去住，还修理井边挡风篱笆干什么？他是成心不叫咱俩睡一会儿懒觉啊！他就没经过年轻的时候？……"她骚情地一笑，又说："昨晚上，你可真……"

旺丹抬起疲倦的眼皮，说：

"哎，你知道爸爸这两天为什么起得越早了吗？"

"我不是说过，反正不叫咱们……"

"倒不是因为这个。你还没摸透爸爸的脾气？他只要一有高兴的事，就起得越早，他这两天有两件高兴的事，所以又睡不着觉了。"

"都是啥事啦？"

"昨天头晌贡郭尔扎冷叫我到且达木村跟齐木德商量扩兵的事，我告诉齐木德说，铁木尔回来了，爸爸叫他搬到咱家来，又要给他娶南斯日玛呢！他听了我的话一笑说：'南斯日玛的妈妈年轻时，跟你爸爸是相好的。'……"

还没等他说完，卡洛就插嘴了：

"这算啥新鲜事，附近的人们谁不知道啊？"

"哎，你听我说完哪！齐木德还说，南斯日玛是我爸爸的孩子，据说，她父亲死后，咱爸爸就有心扶养她们全家，可是又不大方便。这次乘铁木尔的斯琴叫贡郭尔娶走，他还没线儿的时候，爸爸把他接到家来，给他娶上南斯日玛，通过铁木尔的名义用咱们的家产扶养她们全家，这不是两全其美，他老人家怎能不高兴呢？"

"真是湖心落石圈套圈，这些勾当咱才听说，除了这还有啥事啦？"

"再就是咱们的新营地已经准备好了。爸爸早就想离开人杂马乱的村，到沙坨子里独自一家，过清闲安静的日子，他说咱家什么都有，到什么地方也不用求人。"

两头小牛犊从圈里跑出来，在旺丹住的蒙古包的围毡上蹭着腰身解痒痒，母牛在圈里吼叫，闹得他俩的谈话再不能继续下去。卡洛坐起来刚要穿衣服，旺丹又拉住她的手……

"别闹了，我该挤牛奶去了。"

她扣着右腋下的纽扣走出门来。太阳已经升到两根套马杆高了。雪地的闪光耀得她不由得眯起眼来。在南边井旁，公公和铁木尔正在修理挡风篱笆，从他们那精神焕发的神色看来，证实旺丹刚才说的话是对的。这时公公看见了她，他在招手叫她，她回过身拉开蒙古包天窗的毡子，理了理头发向井边走去。

"旺丹病了，你也病了？后圈的老乳牛都到草场上去了，可你刚刚起来，这成了什么样子？蒙古人要都像你们这样还能复兴吗？蒙古人是勤劳又能吃苦，圣祖成吉思汗就是最好的榜样，他当了汗还自己拿套马杆去套马，你们能配得起做他的子孙吗？"

卡洛被公公骂得狼狈地低下头去，最恨人的是，当公公这样骂她时，铁木尔却站在一旁幸灾乐祸地嘲笑她！卡洛真想甩手就走，但是古老而神圣的礼教是不允许这样做的。

"今天的事就这样吧，明天你们再不早起，我非得进包去把你们撵出来不可！"瓦其尔换了换口气又说，"听着，明天铁木尔和沙克蒂尔出外去打猎，今天晚上给他们煮只整羊，再给准备些肉干、奶豆腐、酸奶干和黄油果子。记住没有？"

"记住了。"卡洛答应，说完就走了。

"唉，娶这样媳妇，还不如把儿子扔进湖里喂蛤蟆呢！每天只知道吃、喝，跟男人睡觉，实在不成体统！因为这个，我刚才才提起南斯日玛来，那姑娘可真不像她（指了一下卡洛的背影），家里家外的活计样样都行，长得也是百里数一，再说你们俩年岁也差不多，依我看，你该答应这件事。孩子，你大叔是为你着想啊！"

铁木尔搬到瓦其尔家来这四天当中，瓦其尔把这件事已经提过两次了。这真难住了他：答应也不是，不答应也不是。他想：只要这次应付过去，明天就走了。他为了躲避瓦其尔的目

光,故意蹲下去用铁锹敲了敲篱笆的木桩,过了一会儿,又觉得这样也不能顶事,只好站起来照直说道:

"我知道大叔是为我着想,可是这件事我还不能答应。因为两年前我对斯琴发过誓:除她死,我绝不娶旁的女人,我绝不娶……不娶!"

他重复地说着这句话,好像这不是对瓦其尔说的而是向斯琴表白着自己的心情一样。听了这话,瓦其尔好半天没吱声,心里想道:"他没有变,一点也没有变,还是两年前的铁木尔!"

"孩子,你跟斯琴好——这我知道,老佛爷也知道!你说,你对斯琴发过誓,这么说她一定也对你发过誓:'除你死,我绝不嫁旁的男人!'是吧?那么事到如今,她怎样呢?她是一只无耻的母狗,是一个下贱肮脏的女人!她没守住自己的誓言——嫁了人!你说你要守住自己的誓言,这是对的,我们蒙古人自古以来,最讲究遵守自己誓言,圣祖成吉思汗是最好的榜样!但是成吉思汗也告诉我们说:'当发现你的朋友是藏起尾巴的狐狸,就马上用毒箭射死它!'你的斯琴就是这样一只狐狸!……"

铁木尔实在听不下去这些话了。"无耻的母狗""下贱肮脏的女人""藏起尾巴的狐狸"这些字眼能和他心目中的斯琴连在一起吗?但是他又没有话来回答瓦其尔大叔,斯琴确实嫁了人啦!当他抬起头来,看见瓦其尔那真诚而慈祥的眼光时,更加肯定,他这些话不是出于恶意的。

"大叔,这事咱们以后再谈吧!"

牧马人,知道骟马子的脾气,瓦其尔不再提这事,他们又干起活来。

当天下午,铁木尔去找官布商量明天出去打猎的事。一进蒙古包，看见官布正在跟那个汉人摊开一张纸商量着什么，那汉人看见铁木尔进来，把纸放在一边，像老朋友似的一笑，露出两排整齐的白牙，亲切地打招呼说：

"铁木尔，我们不用互相介绍了吧？怎样，明天能动身吗？"

那个汉人完全没有铁木尔第一次来时所看到的流浪者的神态了。他为了照顾铁木尔，有意地把话说得又慢又清楚，他说的汉话很好懂，其实铁木尔完全能听懂汉话，只是自己说起话来有些走音罢了。

"明天一清早就出发，我们村去四个人。"

"那太好了，合在一起十七个人了。"

谈话中铁木尔向官布用蒙古语问了一句话，官布只答应了两个字："洪涛。"那汉人一听就知道铁木尔是在问他的名字。

"我叫洪涛，家住在北京。"

"家在北京？你是有福气的人哪！"

铁木尔一边说一边仔细观察他的脸，好像非得从他脸上寻找出福气的所在似的。我们蒙古人有句俗话："进一趟北京城多活十年。"何况他是北京人哪！

洪涛，看来二十四五岁，土红色的脸，高鼻梁，两条黑眉下，摆着一对小而有神的眼睛，在他右耳边有一道一寸长发红的伤疤，这伤疤好像治愈不久，说起话来他总是用右手捂着它，不知是发痛，还是伤了颚骨而说话费力。

他给了铁木尔一种亲切的印象，他跟在绥远地区相识的那个八路军王连长很相像，因此铁木尔想："他一定是个好人。"

"你会说汉话，我们交朋友就更方便了。我在伊克昭盟学了两年蒙古话，没学好，舌头太笨，总是转不过弯来。"洪涛半自我介绍地说道，"这次你们去打猎，真是个好机会。听说你在我们军队住过一阵子，对我们军队一定很托底，你是一个真诚的蒙古人，我们要走的是一条道，只要我们合起力来，事情一定会成功！我不知道你是不是同意我的说法？"

"洪同志！我还没空儿想这么多的事，但是，我是一个蒙古人，蒙古人不能再像从前那样任人宰杀了！我们要复兴！我只想：在这样混乱年头，为自己民族出些力，多出些力！我也喜欢交朋友，可是我的朋友必须是好人。我在你们军队住了一个多月，有一个王连长他多咱也不说骗人的话，他是一个好人，真的，洪同志——在你们八路军好人可多呢！所以那天晚上，官布找我谈，我就马上答应跟你合作了。可是我要把话说在前头：我相信的是八路军，可不是你一个人，如果以后我发觉你不是好人，不为我们蒙古人办好事的时候，我马上就不跟你合作了——这一点你可千万记住！"

他说最后那句话时，把拳头在空中晃了几下，好像洪涛已经不是好人了，他要举拳去打他。这无礼貌的动作并没有使洪涛产生不愉快，恰恰相反，他却为认识了这样一个粗犷、正直而又勇敢无畏的青年而高兴！洪涛从铁木尔那无表情的脸孔和颤抖的声音中，看出他不但内心是激动的，而且所说的也都是真心话。洪涛感动了，对这样一个可爱的人，实在不忍说出一句虚假的话来，为这他有些惶惑了：应当对他说什么呢？……

"铁木尔，我只能对你说：我愿意做你的朋友，最好的朋友！"

他把手伸给铁木尔，他不知是对握手不习惯，还是对洪涛的话有些不相信，犹豫了一会儿才握了他的手。

"咱们还是来谈谈明天出去打猎的事吧！"官布从一旁提议道。

铁木尔说他就是为了这个来的。

"那天我跟铁木尔也说过了,我们尽可能每个人带两支枪或者三支,反正越多越好。"官布像一个参谋长似的对洪涛说,"为了这,我们把动身日期推迟了两天,今天我出去转了一圈,除咱屯的四个人以外,都是双套家什了。我们屯的枪都掌握在贡郭尔和他亲信的手里,听说他们还准备扩兵呢!"

"是这样,昨天旺丹到且达木村去找齐木德,就是贡郭尔派去商量扩兵的事情,听说,齐木德还不甘心给贡郭尔当手下小卒呢!"铁木尔补充道。

"这是很自然的。依我看来,贡郭尔早就有心建立一支队伍,掌握几十个人,或者再多些。但是事情并不那么随心,他光靠自己的力量还是不行的,所以想联合齐木德,还想跟蓝旗的戈瓦通上气,互相支援。正像你刚才说的那样,齐木德是不甘心给他当个手下小卒;至于蓝旗的戈瓦那个家伙,他还想自己跋扈天下呢,所以他们马上还搞不到一起。我们应当乘这机会,很快地把附近几个村的青年带出去打猎,这样就比他们早跳了一步棋。你们说明天一定能出发吗?"

"保准能出发。"

"那就好办了。"洪涛轻轻地松了一口气,但是没等把这口气松到底,又蹙紧了眉头,说:"这两天从南边也该来人了,不会出什么意外的事吧?……前两天有人说,在张北北边,有一股土匪闹得挺凶,说是害了我们的几个同志,不知道这是真是假?……"

沉默。

从包外传来夜风的喧闹声。

羊油灯越来越暗了。

洪涛两眼看着跳动的灯花,脸上罩上了一层灰影。在这紧要的关头,他多么需要得到上级的指示啊!他明白,事变后,在察哈尔草原上呈现的那一阵不正常的风平气和的景象渐渐地在改变着,冷风又开始一阵一阵地吹起北沙坨上的黏性沙土,察哈尔大地又在酝酿着狂风暴雨!任谁也猜测不到这场风雨来临的日期,但是察哈尔在这场风雨之后一定会新生起来的!

官布坐在一张牛犊皮上抽着烟。听了洪涛刚才说的话,他心中多少有些紧张,就像牧民在春末看见西北方天空上出现乌云时产生的那种忧虑的心情一样。官布有一个特点:每当心情忧虑或紧张的时候,总是盘起两腿把双手交叉着抱在胸前,不言不语地吧嗒吧嗒抽烟。记得他十八岁那年,给人家放牲畜,丢了一匹马,也是用这样姿势坐在大草地上抽烟。后来他在张北给一个姓周的汽车司机当助手时,有一次在大雪天,途中汽车电瓶出了毛病,挂不上火了,他也用这种姿势坐在车棚里抽过烟。官布每当想起周司机来,心里老是感到暖烘烘的!他们在一起生活了三年,是周司机把一个刚刚走出草原的牧人官布,教导成了一个有明确生活目的的人。如果说爹爹妈妈给他的那对眼睛是用来给牧主放马,或者用来观看自己脏黑的蒙古包的话,那么可以说周司机也给了他一对眼睛,而这对眼睛是用来透视这无边无际的草原——看出春天还没有到来之前,枯草下边的土壤中嫩芽在怎样生长着;看出东天边鱼肚皮色的曦光下面就是将要升出的太阳!刚事变时,周司机以十年地下工作者的身份回到自己部队去了。从那以后,只听说他当了团政委,没有别的音信。

铁木尔不喜欢长久地沉默和深思,他甚至认为碰到困难或者危险就沉默和深思是懦弱而渺小的人,碰到困难和危险要用勇敢和力量去克服的。他在伪蒙军时,有一次几个人在草甸子上纵马奔驰,突然前边出现了一条深沟,旁的人立刻勒住了马,而他却不然,猛劲地把马打了一下,马甩起四蹄飞也似的越过沟去。为这事他受到哈吐连长的夸奖,第二天哈吐连长就叫他当自己的传令兵了。刚才他看见洪涛和官布沉默起来,心里很不耐烦。他想:"大概北京人都有这种短处吧?真的,城里的人怪脾气可多哩!官布为什么也学这个北京人,坐在那里就像一尊泥佛像似的一言不发呢?这么几天他就学坏了!可是真正的蒙古人铁木尔,永远不会变样的!"

洪涛似乎发觉了铁木尔的心情,他转过脸来向他笑了。在洪涛眼里,铁木尔好比是一棵埋在地里的嫩苗,它一方面感到身上压着一层土,希望突破土层伸出头来;另一方面并不知道露出头来之前,以及露出头来以后,还要经过多少风霜雨雪。听了官布的介绍,他非常重视铁木尔,铁木尔在八路军住过,就是以"眼见者为实"来说,他也会靠拢或者同情八路军的,再说他回到家来,又碰到这样许多不痛快的事情,以及他对贡郭尔的仇恨等等,都决定了他的倾向。因此他叫官布用最大的努力去争取他,今天他总算跟他站在一起了。刚才一见面他说的那段坦率的话,又警告他:把这样特殊性格的人,完全改变成一个革命战士,还需要做许许多多的工作呢!

"听说大伙儿一起去打猎,屯里的年轻人都挺高兴。"还是铁木尔忍不住地先开了口,"事变后,他们在家里都快憋愁死了。有些人刚从军队回来,他们跟我一样都想再扛上枪为自己民族干点事儿,现在就看咱们是不是联合他们了。"

"你的意思是组织起一支军队吗?"

铁木尔回答洪涛说是,并且接着说:

"我们乘这次打猎的机会,应当建立起一队人马,要是贡郭尔还骑在老百姓的脖子上,我们就有力量把他扯下来,扔到一边去!"

贡郭尔这样,贡郭尔那样,洪涛听见许多人在咒骂他。当洪涛被派到这来打"前站"时,上级曾经指示过他:对民族上层分子的政策是,不究查他们的过去,只要今天,他愿意跟自己的人民站在一起,不出卖自己民族,我们就联合他们。贡郭尔是民族上层分子,按照上级的指示,洪涛应当积极地争取他,联合他,但是来到这里,洪涛发现人民对贡郭尔是不满的。又有人说他当过警察大队长,干过许多坏事情,现在还跟一些来路不明的人来往,因此洪涛干脆不去争取他,并且把他列在民族叛徒、蒙奸之列。他对自己这种做法,也有过怀疑,这样是不是违背了党的民族政策?后来得出这样一个结论:一个共产党员绝不能跟一个蒙奸联合,那将是失掉立场的原则错误。他起初也跟铁木尔的主张一样,首先成立起一支队伍来对付贡郭尔。为了这,他叫官布鼓动青年人去打猎,通过打猎把青年人组织起来,但是今天,他又改变了主意,他觉得在没有一点群众工作基础和起码的政策宣传的地方,先提出建军问题,是过于盲目,它的结果不会好的。因此在这次集体打猎中,决定不提出建军问题,而给官布只布置了如下几点工作:一、初步地宣传党的民族政策;二、宣传内蒙古自治运动联合会;三、尽可能地把青年们团结在自己周围,叫他们明白:贡郭尔不是牧民的朋友。

铁木尔仍然坚持自己的主张,就是立刻成立起来一支军队,对付贡郭尔。洪涛再三地向他解释目前没有建军的条件,等过些时候,工作有了基础再建立也不算迟。

洪涛好费了一阵口舌,才算说服了他。他们又谈了许多话,谈得很投机，铁木尔完全忘掉了几天来的忧愁和痛苦，直到羊油灯快烧干了的时候，才告辞出来。

洪涛送出门来握着他的手说：

"祝你出外打猎一路平安！过些日子，我一定找你们去。"

"好吧！山里再见！"

铁木尔又转过来跟官布说：

"咱俩明天早晨要比别人早起来一会儿，当打猎队领头的，可不是一件容易事啊！"

"我有个习惯：一要出门，晚上就睡不着觉，放心吧，明天早晨我去叫你。"

"哎，托娅姐，怎么不在家呀？"

官布回答说：岳母病了，她回娘家探病去了。

夜笼罩着草原。

没有风，没有云，也没有月亮。

在路上，他几次向道尔吉大叔的蒙古包看去，那里没有炊烟，没有火光，也没有灯亮，在他眼前出现了一个怀着沉重的心绪、孤独地生活着的老人的身影。道尔吉大叔，再见吧！他不在行前去向他老人家告别了，因为见了面又分别对谁都是痛苦的。他又把眼睛转向贡郭尔的家，那里灯光通明，有几条只在夜晚才放开的大狗，在包前包后，转来转去。他又想到斯琴，她不会知道他又要离开她了，不，她也许根本不想知道，或者即使知道了，也会把头一扭说："他走他的，关我什么事呀！……"但是这都不能怨她，贡郭尔不放她走，她有什么办法呢？仇恨的矛头又冲向了贡郭尔，是贡郭尔用罪恶的魔手破坏了他们的爱情！一股不可抑制的怒火，在他心中燃烧起来！他要找贡郭尔去算账，反正你有一支枪，我也有一支枪……他直奔贡郭尔家去。

真是巧遇。正这时，贡郭尔一个人自由自在地骑着马，打着口哨从柳林中走出来了，他大概在外边筹办扩兵才回来。铁木尔急忙躲在一棵树后边，将枪口对准了贡郭尔的胸口，现在只要食指一动，贡郭尔马上就会变成死鬼！……然而他忽然放下了枪，好汉铁木尔不能干这种勾当，他应当理直气壮地叫他停下来，明明白白地告诉他：斯琴是铁木尔的，快点放她回到家来。

"贡郭尔扎冷，你等等！"

贡郭尔一惊，右手立刻贴在手枪上。

"噢，是你！"他的手没有离开手枪把。

"我们用不着动枪，如果动枪的话，你早就不在世了。"

"这么说你已经在这儿等我好久了。"

"不，这是巧遇。"

贡郭尔故意表示镇静，他下了马，但右手时时刻刻在准备着一种动作。

"我们照直说吧，你把斯琴快还给我！"

出乎意料，贡郭尔突然大笑起来：

"铁木尔，我们俩是在做买卖吗？"

他前天从仆人宝音图那儿听说，铁木尔在柳林中与斯琴相会，而斯琴断然拒绝了他，现在铁木尔直接找上他来，这显然是铁木尔走投无路了，因此他很大方，镇静地说：

"铁木尔，我可以把斯琴还给你，可是斯琴的心中没有你的影子。我跟她已经一年多的夫妻，这些你是知道的……"

"我告诉你：现在人跟人是平等的，谁也不兴压迫谁！一句话，你还我的斯琴！"

在明安旗，在察哈尔，有谁对贡郭尔扎冷这样放肆过？就像一个皇帝怒骂他的奴才一样。平等，平等，平等，这两个字就像一支箭射在脑门上，使他震惊。他气得手直抖，真想掏出手枪给他一下，但是铁木尔手中的那支枪，使他打消了这个念头。他忽然悔恨今天出门没有带仆人，真是失算。如今既然处在这样的地步，只好来软的了。

"人跟人要平等，真是新鲜话，我打心眼儿里同意这句话。你逼我还给你斯琴，我也没什么可说的。我们不是牲口，是人，好吧，现在你跟我到家去，当面跟她谈谈。如果斯琴愿意跟你过日子，那么你就领走她；可是我告诉你：她要不跟你去，那么往后你再也别来找我麻烦！当然我还要告诉你：她是不会跟你走的，她很爱我，她已经怀孕好几个月了。好吧，咱们一起到我家去吧！"

什么？她已经怀孕了！这又是他没有想到的事情！她也许真的爱上了贡郭尔……这时斯琴在柳林中说的那些话，又在他耳边响了起来："你不要挨近我，远一点！你不知道我是贡郭尔扎冷的太太吗？"她那可怕的声音，可怕的脸……他失去了勇气，甚至后悔这次与贡郭尔的巧遇了。

"我不愿意迈你们有钱人家的门限，我不到你家去，但是斯琴……她是我的！"

他说完一转身走了。

贡郭尔的右手松弛下来了。他牵着马向家走去。

铁木尔虽然话说得挺硬，可是心确实有点虚了。从前他为斯琴产生过种种痛苦，而那些痛苦里仍然包含着一线希望——希望她终究属于他，但是今天却不然，一切希望都破灭了，他第一次尝受到了真正的、没有一点希望的痛苦！

他迎着从湖面上吹来的夜风，无目的地向湖岸走去。

夜，墨黑的夜啊！没有风，没有云，也没有月亮。

铁木尔拖着沉重的步子，来到湖岸那块平坦的牧场上。他就像掉进了一口黑洞洞的深渊，一切都被夜幕遮盖住了。真的，夜幕是这样讨厌的东西，你用手去摸它，摸不到，你想跑出它的控制，那更办不到，黑夜往往给人一种沉重的压抑。

铁木尔来到一棵老柳树下，停了下来，不知为什么他把左手掌良久地贴在自己额头上，一动不动，就像试着发烧的病人那样。"我到哪儿去呀！"他忧郁地想着把背靠在老柳树上。他忽然想到月亮快出来了，站在这儿看看初升的圆月，散一散心吧！

月亮没有出来。远处传来一头老牛的粗沙的吼声。夜鹰为什么也不唱歌，它们全被黑夜吓倒了吗？突然有一只夜鹰鸣叫了，但是它只叫了一声，就又沉默了。

月亮还没有出来。

他等得不耐烦了。当他回到家门口来时，沙克蒂尔从家走了出来。他看见铁木尔从南边走来，顽皮地一笑，说：

"噢！你跟南斯日玛告别去了吗？她可……"

"见鬼！你才是那种人！"他发脾气走了。

"那有什么？人嘛！一走多少天，临出门还不兴去住一宿？"

他向莱波尔玛家走去。

六

铁木尔出去打猎已经四天了。这消息早就传到贡郭尔的耳里。起初他暗暗自喜，铁木尔离开村子好像就意味着他家庭生活平静似的。后来又听说，铁木尔联合上二十多人，每个人都是双枪双马的时候，他又敏感地觉出这是不祥之兆了。这两天他从早到晚，急切地等待着刘木匠的到来，一连等了三天，还没有见影，实在等不下去，昨天派宝音图到且达木村去请齐木德，直到这时还没有回来。

贡郭尔从雪白的蒙古包走出来，向西北方通往且达木村的大道上眺望。大道上没有人影，在那像一头花白的老牛躺下休息着似的沙坨上，飞着两只野鸟。

他素来喜爱自己家乡的自然景色，然而今天这一切都对他失去了吸引力。看见昏暗的太阳一步一步下落时，他的心好像也跟着沉下去了。他不由得粗喘一口气，这样似乎轻松一些。这时有一头淘气的小牛犊走过来，舔他黄呢马裤的裤角，他猛地踢了一脚，正踢在牛犊的带黏沫的嘴唇上，它一扎头就跑了。

刘木匠赶不回来倒情有可原，齐木德请不来可真有点莫名其妙。他为什么对扩兵这件事，总是犹犹豫豫的呢？好像一条狗想啃牛骨头，又怕主人用皮鞭打它似的。早就知道他是这种货色，唉，又不得不联合他，真也是……

在西南方柳林小道上出现一个骑骆驼的人，这打断了他的思路。贡郭尔喜爱打猎，可不是猎手，所以没有猎人敏锐的眼力。

这是谁呢？

刘木匠伴随着黑夜的来临，来到了察哈尔草原的特古日克村。

当贡郭尔在昏暗的暮色中，看出刘木匠那瘦长的身躯时，产生几乎跟六年前被委任为张北直辖警察大队长时的同样欣慰的心情，但他不愿意叫对方看出自己轻率的喜悦，就站在原地，一直等他走近时，才逗笑地说：

"人们说,汉人是瘦子。老刘你这一去一来,受苦不少,更瘦了。"

"唉!生来就是苦命人嘛!"

"老刘,你怎么骑的是骆驼,这多累身子啊!我给你的那匹走马呢?"

"木匠是卖苦力的人,怎能配得上骑走马呢!提起那匹走马来话可不少,它差点把我摔进泥坑里呢,要是出了事,不但咱们今天见不着面,你就连这匹骆驼也看不见了,哈哈哈……"

他俩都笑了起来。可是在这笑声还没有离开耳边的当儿,贡郭尔突然感觉到刘木匠是苦笑,再把刚才说的"差点把我摔进泥坑里"那句话连在一起,就可以猜测出,刘木匠这次给他带来的并不一定是像昨夜梦见的那朵百合花般美丽的东西。这使他心中有点不安,所以把笑声结束得非常突然,以致刘木匠也只好收敛了笑容,前后走进蒙古包里……

第二天早晨,贡郭尔的忠实随从宝音图,从且达木回来报告说:齐木德下晌才能来。贡郭尔马上猜透齐木德又在耍花招。管他耍什么花招,只要他来就行。他安下心来,把女厨师笃日玛和斯琴唤来,告诉她们准备今天晚上设酒宴,她俩接受吩咐后,刚要走出去,贡郭尔又把斯琴叫住了。

"今天来客人,你也像点人样,早晨起来为什么没洗脸?再看看你的手!"

她低着头没吱声,等贡郭尔说"去吧!"就走出包去。

在贡郭尔扎冷的一排五座蒙古包的西北角上,有两间砖房,玻璃窗上总是挂着褪了色的蓝帷帘:这是客厅。当年他当警察大队长时,在这客厅里,曾经招待过许多阔气而有礼貌的朋友们。其中包括东岛三太郎警正和日本特务机关的山村先生。那些阔气而有礼貌的先生们，为了回报主人的殷勤招待，有的题字留名，有的把摆着威武姿势的照片，或者把自吹自擂的名片，赠送给主人；主人非常珍贵这些礼品，不管是题字、照片或名片，统统都镶在一个黄木框的玻璃框里，并且经常叫斯琴和女厨师笃日玛用擦布蘸着白酒擦得它贼亮亮的，使它永远闪着温柔的光。在他看来，这光就象征着他的光荣资历。然而事变后，苏联红军和蒙古人民共和国人民革命军的坦克声震撼着特古日克湖岸上的柳枝时，他不得不万般无奈地把这个镜框，埋在牛圈旁一块老牛蹭痒痒的石头底下。他虽然经常为自己走红运而自负，甚至有时把自己比作云雀，一步一步上升，一直飞到云霄之上；但是埋下那个玻璃框时，他不由得流下几滴眼泪！也罢，这有什么！你看没过几个月，苏、蒙军一回国，那美丽的玻璃框不是又在这座客厅的墙上闪光了吗？

昨天到来的刘木匠被招待在这间客厅里。他早晨醒来，看见从浅蓝色窗帘透进微弱的阴霾的光线。今天又是阴天。前后赶了十来天路，睡了一夜还没解乏，腰腿生痛。他躺在床上两眼懒散地在顶棚和墙上打转，不一会儿视线落在那个玻璃框上了。他发现在几个日本人的照片和名片当中，夹着他的一张四寸全身像，这使他像触了电似的"霍"地跳下床，上前仔细一瞧，正是他前年春天在呼和浩特照的那张照片，右下角还标着"刘峰"二字。贡郭尔从哪儿弄到的呢？奇怪，奇怪！他想立刻扯下它来，但这会惹起贡郭尔的怀疑，反正这两天也没外人，等贡郭尔来后，问清来路，再拿下它来也不算迟，这样他又上床躺下了。

在那张照片上刘木匠穿一身长袍，戴一顶礼帽，虽然身瘦如竹，可是与现在比较起来，还胖得多，那时他抽大烟，脸色没正气，就像一张晒干的青山羊皮。

他想起这张照片是为了跟呼和浩特市财神庙街一个野妓勾搭才照的。那女人跟他过了五个月就旧病复发，死了。正巧当时他有一笔"外落"，是给日本特务机关告发一个八路军密探而得到的奖赏，所以没过十天就娶了现在这个老婆。这次回呼和浩特去，听见不少风言风语，说他老婆跟一个姓任的军官勾勾搭搭，唉！公事在身，没有办法，不几天只好又离开她，来到这荒僻的大草地……不过他这样想：总有一天他这些辛苦将会变成功劳，被提升为一个师甚至一个军的长官，回到呼和浩特去。目前的一切艰难困苦都被这美妙的理想所驱散了，克服了。

小晌时，贡郭尔来了。刘木匠刚洗漱完。

"昨晚睡得好吗？"

他答说还没解乏，腰腿有点酸痛。

"我们蒙古人常说，酒是解乏的良药。我已经告诉家里的人，晚上炒炒煮煮，咱俩跟齐木德喝它几碗，敢比比酒量吗？"

"好吧，喝起来看。"

"齐木德快来了，咱们是不是先谈哪？再过一会儿有人送早茶。"

"你想听到一些什么呢？"

刘峰本应抢先告诉他一些什么，现在这样反问他，是想从问话当中，先了解一下他们离开之后，他有了那些波动，或者说他到底最关心什么。

"国军的情况怎样？"贡郭尔坦率地问道。

"国军的情况吗，从哪儿说起呢？……"刘峰故意把语调拉长，是在推敲贡郭尔问这句话的目的，隔了一会儿好像摸透了底，答说，"去年我离开呼和浩特的时候，咱们的军队（他故意把'咱们'二字说得很重），都穿粗布、土布，使的是日本人留下的破烂枪炮，可是现在不同了！不论官兵都穿呢子军衣，用的是美国枪炮，吓！全是油亮亮的！听说，有一种美国炮能射三十里呢！"

"军官里有蒙古人吗？"

"有，多着呢！老实说，有些人过去在蒙疆军队里只不过是上等兵，可现在，有的当排长，有的当连长了。依我看，像老兄这样的人才，要是在呼和浩特至少也得当营长……"

"营长！……营长！……"他兴奋得几乎叫喊起来。

"是的，营长。你高兴吗？"

"高兴顶个啥！我不能到呼和浩特去呀！"

"那有什么，现在我想告诉你比这还好的一个消息！"

刘峰从一个土布包里拿出一张发光的硬纸来。

"这是什么？"

"这是我给你带来的礼物：国军第十二战区长官部委任状。"

刘峰郑重其事地立正站着宣读道："委任状：兹委任察哈尔盟明安旗扎冷贡郭尔先生为明安旗剿匪保安团上校团长。中华民国三十五年二月十一日……"

当贡郭尔从刘峰手中接过委任状时，不知是突然的兴奋，还是过分紧张，心怦怦直跳，但是在他那老练的、泰然的外表下，使刘峰很难看出他对这次委任的明显反应。

"谢谢你！真没承想像我这样蠢笨无知的蒙古人，能受到国军方面这样器重，这全由于你对我的好意！"

"党国爱良才，像老兄这样的人，只要诚诚恳恳为党国效劳，日后还兴许被提升为师长、军长呢。现在我只希望你全力帮助我，只有这样，我们站在党国面前才问心无愧！"

"我不喜欢说空话，老刘，我们相处的日子还长啦。"

说完，走过去拿下挂在墙上的玻璃框，刘峰一看就知道他要把委任状镶起来，故作镇静地说道：

"你想把委任状镶起来吗？依我看，不必过忙，这个架子里东西太多，等过两天我给你另做一个像样的架子，把它单独镶起来不好吗？噢！这上还有我的照片，老兄，真神通，你从哪儿弄到的？"

他把委任状轻轻地放在床上，答说：

"你上次来把王良海的信交给我的时候，信里就有这张照片。"
"我想求你一件事，不知你能不能帮我忙？"
"什么事，只要我能做到的，尽力帮忙。"他非常诚恳地说。
"这次我回家，老婆非跟我要张照片，那几天事太忙，我没来得及照就出来了，这真对不起她！我的意思是你把这张照片还给我，碰上人给她捎去，等以后有机会再照一张给你，你说行吗？"

贡郭尔马上从玻璃框中取出那张照片给了他，他满意地点了点头。

被神圣的荣誉感所迷醉的贡郭尔的脸上，闪耀着春阳般温暖的光辉，笑丝不断地在他唇角上出现。天下能有几个人在一生中几次享受升官晋位的幸福呢！尤其在这古老的、沉睡着的察哈尔！这样的人确实为数不多！而贡郭尔就是这为数不多中的一位。因此今天他脸上的光辉，唇角的笑丝，自然也是寻常所罕见的。"既然人家这样看重我，我就应该像一只猛狮一样抬起头来吼叫！像一个真正的成吉思汗子孙那样流尽我的黑色的血来回答这个光荣！"贡郭尔扎冷越想越激动，全身的血液就像奔流的河水一样直往头上冲。从这激动中，他慢慢镇静下来，对刘峰问道：

"我们什么时候才能跟国军接头见面呢？"

"前几天我从无线电里听到我们国民党二中全会上通过了消灭共产党的决议，最近美国给我们派来了一个很大的军事顾问团。在美国朋友协助下，我们把整师整师的军队运到东北，各线战争就要开始了。蒋委员长有决心彻底消灭共产党！至于我们跟国军接头的日子，当然也不会太久了。"

显然他对刘木匠的回答很满意，从裤袋里掏出两支香烟，递给刘木匠一支，自己点着一支，就坐在刘木匠昨天带来的那个木箱上抽起烟来。

"请你坐在床上吧！这箱子怕压，尤其怕火。"

"这里装着什么呢？"

"以后你自然会知道。"

贡郭尔见他回答含糊，更加好奇地站起来端详了一阵，又弯下腰去搬了一下。天哪！好重啊！"也许是金子吧！"他有些羡慕地想。

为了探出点眉目来，他绕了个弯问道：

"老人们常说：越沉重的东西，越贵重，这话有道理。老刘，这么沉的东西你怎么带来的？"

"就是为了带它来，我才丢下走马骑骆驼，颠动得我全身没有不痛的地方……"

话还没说完，斯琴端着茶点走进屋来，他停住说话，目不转睛地盯着她的脸。她在这强烈的眼光下，小心翼翼地把点心放在桌子上，又给他们盛好茶，就走了。

贡郭尔发觉刘木匠一直注视着她，心里想："他也想尝尝这块嫩肉吗？"刘木匠把斯琴目送出去，转过脸来一看，贡郭尔正在注意他，他稍许有些尴尬，把话一变说：

"她比前些日子好像瘦了。"

贡郭尔不愿谈起她，所以说了一句："请喝茶吧！"捧着碗喝起茶来。

"贡郭尔，我回到草地有这样一种感觉：这地方就像这碗茶水，没波没浪，可外边却是翻江倒海，真热闹啊！"

"我虽然在草地长大，可是我最喜欢热闹。"

"这一点我跟你完全一样，但是赶热闹这件事也并不怎么容易呀！譬如，我们现在委任你当明安旗剿匪保安团团长，要组织一支军队反对共党，反对八路军——这不必再说，你早已经同意了。那么眼下的问题就是怎么组织军队，怎么反对共党八路，这就得多动点脑筋了。"他喝了一口茶润了润嗓子又说，"我这次路过张家口，看见八路军在那儿闹得挺凶，有一群蒙古八路又成立了什么'内蒙古自治运动联合会'。据情报说，他们最近要侵入察哈尔和锡林郭勒地区，把锡察两盟用双手送给他们的干爹——八路军！贡郭尔，我知道你是一个真正的蒙古人，你为自己民族奋斗了十几年，今天你要明白：八路军一旦侵入草地，像你们这样有名有姓的人物都会被他们杀死，还要烧毁你们的家！不，还不止这些，他们一来，就等于整个蒙古民族灭亡！光复后全中国的民心都向着我们的蒋委员长，我们的中央军、全国民众都承认蒋委员长是他们的救星！我们要胜利，八路要失败，这是注定了的。八路军侵入蒙古草地，是准备日后被国军打得在南边无立足之地的时候，逃到这儿来，乘草地地广人稀，整顿人马。在这样的局势下，我们的责任太重大了，我们应当想尽一切办法不叫他们侵入察哈尔，如果做到这一点，他们就没处躲逃，只有死路一条！这是一个火急的任务，今天等齐木德来，咱们商量一下，怎样才能更快地建立起我们的明安旗剿匪保安团。我的上校团长，你看怎样？"

"我跟你想的完全一样。"

* * *

阳光从蒙古包天窗上落在两条地毡中间的时候，普日布老头儿睡午觉醒了，他完全出于对神的信仰和长年养成的习惯，睡觉醒来在做任何事情之前，要用那最洁净的手，先拿起佛珠来念"温玛尼巴达玛洪"[1]。现在佛珠的"特敖"[2]已经拨过了八颗，由此可以看出今天念佛珠再有两遍就可以结束了。

"温玛尼巴达玛洪……温玛尼巴达玛洪……"

普日布老头儿正在静心念佛时，包门吱嘎一响，贡郭尔走进来了。从儿子的神色中看出他今天一定有什么高兴的事。由此普日布很自然地联想到刘木匠。"他一定给我儿子带来了喜讯。"他猜想道。

果然没猜错。贡郭尔从头至尾把刘峰的话告诉了他。他从儿子这番话当中感到最动听的只有两个字："团长！"用我们俗话来说，他儿子真正"骑上幸运的马"了！普日布停下拨动佛珠的手指，嘴里也不念祈祷咒了。他那闻鼻烟而染黄了的八字胡轻轻颤抖起来——熟悉他的人一看就知道他又高兴了。

普日布从半开的蒙古包门，看见西南方几十里以外的深褐色的山峦上飘动着朵朵白云。他骄傲地想：在千山万水的那边，

---

1. 念佛珠的咒语。
2. 特敖：佛珠上计算次数的珠子。

在有名的呼和浩特市，人们都知道我的儿子是一个好样的蒙古人，我的天！这是祖先前辈修好积德的结果呀！

正在这时，拴在蒙古包西南角两棵树下的守门狗突然狂吠起来，接着传来马蹄声，又听见有人在互相寒暄。贡郭尔隐约听出其中有他内弟——且达木村的齐木德的声音。他说着"他来了"，立刻走出包去。

齐木德把马拴在马桩上，向贡郭尔走来。他身材高大，五官端正，穿着长皮袍，腰束宽带，虽说论年纪与贡郭尔是同岁，但比起他来却精神得多。他的左眼角上，有一条长方形疤痕，是在九年前，以喇嘛留学生身份，在日本留学时，与一个日本教官练刺杀而被刺伤的。在日本住了三年，也学了日本人所富有的虚荣心，为了掩盖这条疤痕，回国后在张家口当伪蒙疆政府副厅长时，从一家钟表眼镜店敲诈了一副化学框养目镜，戴上那眼镜，别人离他稍远一点就看不出那条伤疤了。然而不幸得很，去年事变时，怕蒙古人民共和国军把他当成蒙奸逮捕，在一个黑夜跑到大山上去躲避时，不慎眼镜掉在石头上，摔碎了。这样一来，伤疤又显露出来，但是经过这半年来风吹日晒，脸色变成跟那伤疤一样颜色，离稍远一点就看不出伤疤来了。

"天上的神难请，地下的王难请，你比神和王都难请，进包里坐吧！"互相问过安之后，贡郭尔一边开着玩笑，一边领齐木德进了包。

"我本来昨天就打算来，只因母亲病了，不好脱身出来。"

"岳母的病很重吗？"

"不很重，可是上了年岁的人……"

没等他说完话，贡郭尔老婆从外边弯着腰进来，齐木德起身问安，她请他坐下，并且装出一派孝顺父母的样子，说：

"妈妈病了，我真着急，恨不得马上飞去看她老人家，唉，就是家务太忙，总是没有个空儿，她老人家一定骂我呢吧？"

"没有骂你，她叫我告诉你：她的病不吃药也能治好。"

她一听这句话就知道她妹妹——托娅回家去一定把她没给买药的事告诉母亲，母亲这话是一句气话。但是她故意装成若无其事的样子，一边嘴里祷告着："老佛爷，多加保佑吧！"一边给齐木德倒茶，端来点心，显得格外亲热。

在喝茶的时候，贡郭尔把刘木匠的归来，以及刘木匠今天早晨对他谈的事情，简略地告诉了齐木德，并且说，过一会儿他们三个人要正式商谈这些问题。

齐木德是非常傲慢的人，他把谁也不放在眼里。他有文化，到过外国，走南闯北，见过大世面；论官位，他做过大官；论家产，他比大富户瓦其尔不差几头牲口。所以刚才听说贡郭尔当了团长，而自己不过是一个配角，心里十分不服，但是如果现在有人叫他出面当团长，他还真不想干。

事变后，他一直关在家里不露头。据说他不愿意再为别人去卖命，只等有朝一日蒙古独立建国后，才出来为自己民族永生效劳。这几个月贡郭尔约他来商量招兵建军的事，他都拒绝了。理由是在外边闯够了，想在家过几天安生日子。贡郭尔知道这不是他的真心话，可又不得不迁就他，因为且达木一带的青年们都被齐木德掌握住了，你不把齐木德联合住，就休想在且达木一带招募一卒一兵。

近一个多月以来，齐木德的态度好像有点变化，跟他谈起招兵建军，也不像过去那样一口拒绝了，只不过有点保留地附加一个条件：我是蒙古人，我背枪打仗只为了复兴自己的民族，除了这个目的,就是封我元帅也不干。对他这一转变,贡郭尔非常欢迎,至于他转变的原因,任谁也不知道了。

"建立一支军队这一点,我跟你的打算是一样的,"齐木德说,"但是我们不能跟过去一样任人家摆弄来摆弄去的,现在蒙古人应当独立,复兴自己的民族!要是我们组织的兵马,都听一个山东蛮子——刘木匠发号施令,我们还有脸做蒙古人吗?尤其'剿匪保安'那几个字,我一听就不顺耳,我们好像都归中央军——汉人们管似的,这样的军队我是不干的。你告诉他吧,蒙古人的军队,就是为了蒙古人,不是给他们'剿匪保安'。"

齐木德这段话里,教训味太重,听来很不入耳,贡郭尔心想:我又不是小孩子,你何苦拉这个腔调!但,当他回味齐木德这段话,并从中发现了齐木德所以那样善于掌握青年人的秘密时,他那不愉快的心绪,渐渐消失下去,不由得透露出几分兴奋,说:

"你的话很对,我们是蒙古人,应当为蒙古而生、而死!青色蒙古一定要复兴,我们要像自己祖先那样,让我们的马蹄震动整个亚细亚洲!"

"你这些话,刘木匠能同意吗?"

是啊,刘木匠能同意吗?贡郭尔心中暗暗地盘算着,但是在齐木德面前不能食言,他忙回答说:

"像你说的那样:我们蒙古人不能任他摆布!"

齐木德微笑了。通常微笑和点头本是表示同样意思的,可是贡郭尔觉得他的微笑是出于不相信他的话,想了想,找出他不相信的缘由,补充道:

"咱们可以把'剿匪'两个字去掉,只要咱俩一致反对,他也不敢硬往咱们头上安。依我看,这支队伍就叫'明安旗保安团'。它，一不跟八路，二不跟国民党，只是保护本旗旗民。至于刘木匠，我看还有点本事，能给咱出点主意，但是军事大权，当然要掌握在咱俩手里，你看这样行不行？"

"刘木匠是国民党，老百姓知道了恐怕对咱们不利。"

"你的意思是，我们还得另找一个八路参谋吗？"

"倒不是这个意思。我虽然主张蒙古独立，但也知道咱们光靠自己是不行的，必须交朋友，会利用别人。譬如，圣祖成吉思汗手下的名将耶律楚材就不是蒙古人，成吉思汗善于利用他，他替圣汗出了许多宝贵的计谋，打了无数次胜仗，征服了许多国家。但是有一点你一定要记住：不管耶律楚材多有才气，世界上的人们却没有几个人知道他，而我们的圣汗，名扬百世，家喻户晓。这就是说，我们在刘木匠面前不能显得太软，应当叫他知道：今天是他依靠我们，不是我们依靠他，要是他不同意就滚他的，俗话说得好：'没有芨芨草，牲畜也能饱。'"

贡郭尔表示完全支持齐木德的见解，随后又谈了一些零碎家常，他俩一起到客厅见刘木匠去了。

* * *

他们三个人的第一次会谈，直到夜幕降临时才告结束。从那挂着浅蓝色帷帘的客房，传出三个人轻松的、满意的谈笑声来，由此可以断定，这次会谈不但不是"不欢而散"，而且互相都做了相当的让步。

女厨师笃日玛早就把酒菜准备妥当，坐在炉火旁闲散地抽着烟，只等主人们办完事，来进晚餐了。屯里的人们都知道，贡郭尔扎冷这位中年女厨师是一个最冷酷的人，有的人给她起绰号叫"腊月的冰"，老年人骂她是"黑心肠的人"。据说所以有这些风言流语，是她有一次看见一只快死去的兔子不但没设法搭救，反而顺脚踢死了它。可是也有一些从前认识她的人说，前些年她不是这样孤僻、冷酷的人，至于她到底为什么变成了如此这般，就任谁也不得而知了。眼下，笃日玛心中只恨一个人，就是刚刚从她身边走过去的斯琴："是她占了我的位！"她一看见斯琴就咬牙切齿地这样想着，投以恶毒的嫉恨的眼光。

斯琴拖着沉重的步子，在中间那座蒙古包进进出出，摆设着筷、碗、刀、盘等各种食具。她的脸色更加苍白了，一个月来，她什么都不能吃，喝两碗水还吐呢！身上不知什么地方，整天发痛。今天帮助笃日玛做了一天菜饭，油烟味熏得她头发昏，老是想呕吐，然而有谁来关照她，同情她呢？没有。她为了解除这些痛苦，曾经故意从水车上往下跳过，在夜间也曾咬着牙，猛劲地用拳头捶过下腹……可是苦痛仍然没有解除，反而一天比一天更加沉重了。

往桌子上摆放象牙筷子和吃肉用的刀时，她忽然想起铁木尔那把配着象牙筷子的"合德"刀[1]来了。据铁木尔说那是他爸爸留给他的唯一的遗物，铁木尔非常珍贵它，多咱出门总是掖在宽腰带上，就像带护身佛一样。去年他被抓去当兵，把那把刀留在她家中，她爸爸把它挂在靠左侧的"哈那"上，不叫任何人去动它。这把刀成了斯琴想念铁木尔的媒介物。有时她背着爸爸偷偷拿下它来，贴在脸上，把滚滚的热泪洒在白光闪闪的银花纹上，那时就好像闻到了铁木尔那醉人的手汗味儿……不久她就被拉到贡郭尔家来，来时她把那刀偷着随身带来了。

---

1. "合德"刀：蒙古牧民使用的一种刀。

现在就藏在她那发黑的蒙古包里……

想到这里,她像疯了似的陡地倒在桌子上哭了起来,这是她进贡郭尔家门后,第一次放肆无忌地大声哭泣。

正在这时,听见主人陪着客人,有说有笑地走来。斯琴惊醒过来,急忙拉起大襟角擦了擦眼泪,低着头迈出包门向厨房走去。然而在厨房等待她的并不是什么热情的话语,而是女厨师笃日玛的冷酷而毒狠的眼光……

夜深了,主人们的酒宴还没有散。斯琴忙碌了一天,筋疲力尽地坐在厨房旁的水车上,头靠着水箱,凝视着那密布乌云的夜空。在那阴森森的密云层中,可怜的月儿挣扎着,乌云越积越厚,月儿终于被吞没了!草原上更加黑暗起来。"这时候有一阵风该多好啊!"她想。

从酒宴的蒙古包,传来昨天骑骆驼来的那个人醉后的淫乱歌声:

鸡蛋蛋脸脸白脖颈,海菈花嘴嘴怎叫哥哥亲?
豌豆开花一点红,拉住妹妹小手手脸蛋上亲。

又听见主人含糊不清的声音:
"老刘,回……歇吧!"
"不……不,我没醉……嘻嘻嘻……我没醉……"
这时,包门一响,走出一个人来,原来是齐木德先告辞出来,领着随从到他妹夫家借宿去了。

"你能……帮我的忙……吗?"刘木匠仍在蒙古包内说着醉话。

"噢!你的意思我全明白,能,完全能帮忙!"

贡郭尔说罢，彳亍地走出门来喊道：

"喂！你来帮我把刘先生扶回客房去。"

斯琴一听见主人喊"喂"，就知道是叫她，从水车上跳下来走进蒙古包。包内浓烈的酒味、烟味和腐臭的汗味，几乎使她呕吐，为了快些走出包来，她上前扶刘木匠。刘木匠用他那酒后充血的眼睛看了看她，又故意用枯瘦的手把她脸一摸，咯咯地淫笑着站了起来。

斯琴帮助主人把刘木匠搀回客房后，刚要走出门来，就听见主人在身后喊：

"你上哪儿去？回来！"

她又回到屋里。

"刘先生醉了，今天晚上你在这儿陪他一夜，他一定嘴发干，想喝水，好好伺候他。"贡郭尔又转过身去，对刘木匠用汉话说："我让她来陪你，这总算帮忙了吧？早些休息吧！"

说完走出门去，把房门从外面扣好就走了。

斯琴一个人被留了下来，她很害怕，但不知该如何是好！

刘木匠半死地躺在床上，像一条狗似的急促地呼喘着，在他发肿的眼皮上，挂着两颗汗珠，好像他已昏迷入睡了。她心想："这条老狗，一夜不醒来才好呢！"但正在这时，他昏昏沉沉地醒了来，张着嘴，眯着眼，向她瞟了一下，淫笑着叨咕说："你，你这儿来，这儿来！"

她没有走过去，她已经知道可能要发生什么不幸的事情了，心咚咚直跳！这时她忽然想到逃跑，忙走过去拉房门，门拉不开——从外面扣住了！天哪！一切都明显了！想哭，哭不出泪来；想喊，喊不出声来。霎时冰凉的汗水像雨点似的从头上往下流！她不敢再看那家伙，但又逃不出去，急得她蹲在墙脚双手抱住头哭了起来。不一会儿，她猛然惊醒："这不是等着被糟蹋吗？"陡地站起来，又去疯狂地拉门，然而门是拉不开的！……正在这时，忽然从身后传来一股难闻的酒味，没等她回过头去，就有一只哆嗦的大手，抓住了她的胸口，另一只手搂住了她的腰，她赶紧挣脱，但来不及了！

"别……动，别……你丈夫把你拉……拉来，跟……我睡……你怕什么？"刘木匠摇摇晃晃地像一只狼似的张着大嘴，吐着臭气，把满腮胡碴儿的脸，挨近她的脸。

"撒开手，撒开！"

斯琴终于挣脱开来，她看见他手脚没个轻重的样子，知道酒劲开始在他身上发作，乘这机会她骂了一句："你这狗养的！"就猛力地用双手在他胸口上推了一下，他两脚站不稳，摇晃了几下，"啊"地一叫，立刻向后倒去，头正好碰在桌腿上，撞破了，鲜血从耳朵根往下直流。他几次挣扎着想站起来，可是过度的酒醉，使他连那点力气都没有了，嘴里淌着白沫，呼哈粗喘着躺在桌下。

她忽然看见他头上流着血，心中着了慌："惹出事来了！莫非他死了？……我怎么办哪！怎么办哪！"她一时没主意，好像傻了似的木呆呆地靠门口站着一动不动。主人要知道了这事，绝不会饶她的！还是逃跑吧！可是往哪儿逃啊？如今自己变成了这副样子……她急得头发涨，口发干，实在没主张，但是终于一跺脚，下了决心："唉！事到如今，反正怎也活不成了，就是死，也要死在铁木尔面前，他知道我这样受罪，也许会原谅我的……"

可是从哪儿逃出去呢？——门扣得紧紧的！……她忽然想起玻璃窗是能打开的，一转身走到窗前，刚要开窗户，一想这房里有灯亮,会叫人看见的,于是她轻轻地绕过刘木匠身旁,把灯吹灭;再去慢慢地把窗户打开来,先探出头去听了一听,外边没有什么动静,她这才一纵身就往外跳了出去。但是还没等她脚板落地,忽然有一股耀眼的手电筒光,向她猛然射来,接着有人在喊:

"站住,你往哪儿跑!"

原来贡郭尔扎冷,刚才听见刘木匠"啊"的喊声,知道出了事,赶忙跑来,正好看见斯琴跳出窗来。

听出是贡郭尔的声音,斯琴不顾一切地撒腿就跑,跑着,跌着,爬起来再跑,再跌……然而没跑出几十步远,终究被贡郭尔的忠实随从宝音图撵上了。当她被拖回客房门前时,已经全身无力,瘫在地上,人们从她那微弱的喘息中,才能知道她还活着,活在这冰冷漆黑的深夜里。

贡郭尔进客门把刘木匠安顿好之后,怒气冲天地走出包来,一边骂着,一边用马棒把斯琴不分耳目手脚地一阵痛打。她就像一只被宰杀前的绵羊似的哭叫着在雪地上滚来滚去……打,还解不了他的怒气,又用脚踢,她前后左右,万防不及,有一脚正踢在她的小肚上,立刻引起一阵开肠破腹般的骤痛,眼前一团乌黑,她全力地怪吼了一下便失去了知觉……

看她不动弹了,贡郭尔用油黑的马靴蹬着她的头,用手电往她脸上照了一照,向宝音图命令道:

"抬回她的蒙古包去!"

宝音图弯下身,用双手刚要抱起她来,忽然缩回手,慌张地报告说:

"扎冷大人,她下半身全是血呀!"

"出点血怕什么?快拉走!"

"不是伤口出血,您看,出血太多,直往下滴答呀!"

贡郭尔的父亲听见这儿嚷嚷吵吵的,披上衣服也来探问出了啥事,贡郭尔没答话。

"扎冷大人,她是小产了!"宝音图又报告说。

"多肮脏呵!饶恕我吧!老天!"

贡郭尔的父亲一听说斯琴小产了,赶忙把双手贴在胸前祈祷着走了。

"快点拉走,拉走!小产不小产关你什么事?"贡郭尔大怒了。

刺骨的北风像哭夜狼似的低声呜咽,雪片在空中打着旋儿飞来飞去。

斯琴的血滴像一条细绳,从客房门前一直流到自己住的蒙古包里……

再过一会儿,东方就要发白了。

七

森林是喧闹的。

呼日钦敖包的原始大森林全是白桦树。早些年有几股土匪到这儿躲藏过,还有一些大胆的猎人到这儿来打过猎,除此外再没有人到过这里。多少世纪以来它以自己的规律,过着孤独、单调的生活:老树腐朽了,小树生长起来;小树又慢慢变成老树,再有一批小树又来代替它们。这里的树木长得没有一点秩序:有的一片长得又高又直,好像苍穹是由它们支撑着似的;

有的一片却是虚枝丛生,东歪西斜。它们那些烂枝朽干把大地遮盖得严严实实的,好像有一群永远见不得天日的生物,故意把自己隐藏在它的下边。一年一度凋落的树叶在地面上积得老厚的,之后经雪润雨淋发了霉,不分春夏秋冬永远散发一股难闻的气味。

在呼日钦敖包的每条小沟里,都可以听到淙淙的流水声,人们知道这是小河,但任你怎样巡视也看不见它,小河全被那横倒竖躺的树木覆盖住了。由此你可以知道,到呼日钦敖包来打猎,确实不是一件容易的事,要没有熟悉道路的人领路,时时刻刻都有连人带马跌进河里的危险!河身并不宽,才四五尺,最宽处也不过一丈左右,但是水深得可真怕人:浅处有一两丈,深处没个底。所以人们走在呼日钦敖包山沟里,总是提心吊胆,好像在你看不见的地方有一只大手时时刻刻准备把你拉进死亡中去。

这条小河太有用了。它是这一带树木和住在森林里的千万只野物的母乳。它哺育着它们,滋养着它们;它们靠它而生存着,繁殖着。这一带有各种各样的野物,从前有些胆大不怕死的猎人到这儿住上十天半个月,就满载而归。道尔吉大叔前些年就走过这样红运。但是进山来的人,不一定都能走红运,有些人也曾在这里葬送了性命——不是被那条无名的可怕的小河淹死,就是被群狼吃掉了。所以附近的居民,都用羡慕的但又是惊疑的眼光,站在遥远的山冈上观望它,而不敢接近它。

呼日钦敖包是雄伟,但又是可怕的地方!

这几天呼日钦敖包森林骤然变了。清脆的枪声和群马的嘶叫声同时震荡着这原始的山谷,不断地骚扰那些躲藏在密林深处的野物。

森林的白昼是短暂的。等你刚刚看见阳光时，天已中午时分了，再一转眼，黄昏的影子就笼罩了下来，而这一段时间，却比起白昼来还要漫长得多呢！打猎的人们一到达时就该往马上把打获的野物一驮，返回宿营地去了。

铁木尔今天打获的野物不算少，在他马鞍后边拴着两条狐狸皮和一条狼皮，还有三只小兔和两只野鸡（准备晚上熬鸡汤喝）。他那匹不知疲倦的马，也被这陌生的不好走的道路折磨得走路有些吃力了。它的主人却恰恰相反，打了一天猎，一点也看不出累来，两眼依然闪着机智的好斗的光，右手的食指套在枪机上——他还想在返回宿营地的途中，再打获一些什么呢。走在他后头的达瓦，嘴里一直叨叨咕咕地埋怨他，不该只为了打一只野鸡，爬行那么长一段路，把他那条新棉裤都刮破了。别人衣服破了，脱下来往老婆或者相好的女人手里一扔，就补好了。可是达瓦呢？今年二十八岁了，别说老婆，就连一个相好的也没有！对他来说，缝缝补补确是一件大事。提起达瓦，为人耿直，劳动又好，这谁都知道，但，就因为他睡觉时打鼾响太大，谁也不嫁他，虽然他也曾多次托人说过媒。前年从苏尼特搬来一个寡妇，带着三个孩子，生活实在困难，她急需找一个男人。四邻朋友们都帮达瓦的忙，大家说定，谁也不许给那个寡妇透露达瓦打鼾响的短处，果然不久这门亲事说成了。人人都为他高兴，但是达瓦心里想："咱不能骗一个孤苦伶仃的寡妇啊，把自己的短处应该告诉人家，她愿意，咱们就成夫妇，要是不愿意，就算了。"有一天晚上，他到那寡妇家去，把自己短处，照实全告诉了她，心中生怕她听了这话就不嫁他，说话时嘴唇直抖。出乎他意料，听了这话那寡妇不但没有变卦，反而紧紧搂住他，当着三个孩子的面，亲他，还对他说："人嘛，谁不打鼾响呢？这算啥！你今天晚上就别走了。"

达瓦仍然不信那女人的话，他想："可怜的小寡妇啊！你也许真想拉个男人来睡觉，但是不过几天，你就会骂走我的！"他又向她告诉自己打鼾声太大，可是她，就像没听见似的，伸过手来，替他解衣脱鞋……不一会儿，熄了灯……

她是多么善良的女人哪！她毫无顾忌地把整个爱交给了他。在那短暂的时间内，达瓦完全沉醉在从来没尝受过的女人的抚爱中了。但是，这幸福是不长久的。在同居那天晚上，他就打起那寡妇从未听见过的大得怕人的鼾声，三个孩子吓得抱住她直哭，母子四人一夜没睡。即使这样，那善良的女人也没后悔，想办法叫三个睡眠不足的孩子白天睡觉，而自己却忍受因缺觉而头脑昏迷、全身无力的痛苦，仍然爱着他。这样过了一个来月，达瓦发觉他们母子四人的脸色一天比一天消瘦、憔悴了。他知道这"病"根在哪儿，心情沉重不安，一天甚于一天，好像干了一件天大的亏心事似的。终究在一天黄昏时，他背着孩子，拉住她的手说："我们还是离开吧！离开会好一些！你别怪我，我不是不好的人。你对我的恩爱，我多咱也忘不了，但是你另找一个男人吧！"第二天他们就离开了。那寡妇搬到古日板归冷村去，跟一个五十岁的老光棍搭伙了。从那以后，达瓦再也没提过婚事，甚至连想都不想了。独自住在一座蒙古包，日子虽然不富裕，可也不困难。一匹马跑到哪儿还弄不到一口草吃呢？

前些天官布去找他一起出来打猎，他无牵无挂地背上事变时捡到的一支枪就来了。

铁木尔听他一路上叨叨咕咕，就开玩笑说：

"没有人给你补裤子，我给补，唉！咱俩，谁也不用说谁，一个乳牛养的犊,一样。"

"我能跟你比?你到过呼和浩特,论本事有本事,挑毛病没毛病,这几天晚上,大伙儿听你说的那些话,从八路军说到中央军,从内蒙古说到全中国,哪个不佩服!可是我,从小连咱们察哈尔都没爬出去过……唉!还有那个倒霉的毛病!"达瓦很懊丧地停了一会儿,问道:"哎,呼和浩特那地方,有没有治这种病的大夫?"

"有是有,不过你这也不算病,只是长得胖了。你身子里憋着那么一股气呢,想法让它往外冒一冒就好了。"

"那股气啥时候才能冒出来呢?我的天!"他知道铁木尔在开玩笑,所以也说了一句笑话。

他俩一同大笑起来。

当看见宿营地的帐篷时,不知为什么铁木尔的脸色忽然郑重起来了。"是成是败,就在今天晚上了。"他想。

他们二十几个青年进山来打猎,生活得可真快活。年轻人碰在一起没有不谈的事:某某人老婆跟人私通怀了孕,某某人买了一匹好走马,某某人家里有多少块银大洋,但是谈得最多也最起劲的还是在这荒乱年月,青年人最关心的国内局势。铁木尔刚从外边回来,每天晚上大伙围着他,问这问那的直到半夜才散。铁木尔把在外边看到听到的全讲光了,大家还想听,这时官布给他出主意,叫他宣传内蒙古自治运动联合会,左讲右讲,把大家的心都讲活动了。他们当中有许多人当过伪蒙疆的兵,是在外闯惯的人,都不愿意憋在家里,就像窜惯了群的牤牛不愿被拴在棚里一样。他们说:"这半年来,把我们在家憋苦了,脚心手心全发痒,听说贡郭尔扎冷要成立军队,我们非得去报名不可。只要不是当贼,不管干啥样差事,也比在家里强。"听了这话,铁木尔想了一晚上:"是呵!谁愿意像掉了牙的老尼姑似的一天喝三顿奶茶,再出两把汗,坐在家里不干事呢?大伙儿都心慌慌的,只想扛上枪在外边走走,有的人凭着这个火头,要到贡郭尔那里去报名,他能把他们往好道路上领吗?……不,在他们去报名以前,我们应当先成立起军队来……可是这叫什么军队呢?没有肩章、薪水、给养、营房,也没有司令官……"他蒙蒙眬眬地入睡了。不知睡了多久,忽然听见有人在他耳边小声喊他,睁眼看去,是官布,他向他一招手就走出帐篷,铁木尔披上皮袍也跟了出去。他俩牵着马,走到森林里一口泉水旁饮完马,坐在一棵被大风吹倒的树干上。

"早点起来,到泉边饮马,多舒服啊!空气多新鲜哪!"

官布做了一个深呼吸,好像叫他出来就是为了呼吸新鲜空气。铁木尔装没有听见,连头都没抬。

"铁木尔,你大概没睡足觉吧?一点都不振作。"

"别说这些了。你没听见昨晚上有人说,要到贡郭尔那儿报名吗?"

"听见了。想去就去吧!难道有什么办法不叫人家去吗?"

官布对铁木尔想了一夜的心事很不感兴趣,从皮袍怀里掏出一小口袋烟末,用纸卷起烟来。

铁木尔没做回答,两眼盯着冒着白气、潺潺下流的泉水。水面上映着一层淡淡的早霞。

"昨天晚上你不是翻来覆去想了一夜心事吗?嗯,怎不说话呀?"

"我想,不管怎样应当先把军队成立起来……"

"好啊!你成立军队,保险我头一个报名,这合你的意吧?"

铁木尔当然知道这是官布说笑话。

"成立军队人马倒不是大事，有的是。困难的是它的军号叫什么呢？再说，没有肩章、薪水、供给和营房，也没有司令官。"

"这你可想错了。天下没有肩章的军队多啦，给养、营房和薪水以后再想办法，你就是司令官——我选你，大家也会选你的。"

"这么说，你跟我的主意一样啦！"

铁木尔高兴地跳起来这么一喊，把马惊得竖起两耳，喷着哈气，往后退了好几步。

"咱们从家出来的时候，洪涛告诉咱们暂时别提成立军队……"

没等他说完，铁木尔马上插嘴道：

"他想得不周到。他把自己关在你那个小蒙古包里，对外边的动静，对眼下青年人的心思，全不知道——咱们不能听他的话。"

"不过他要是这次也来这儿看一看的话，也许跟咱们的想法就一样了。"

他们俩谈定：今天晚上向大家正式提出由这二十几个人成立一支骑兵队。但是，这不是一件容易事。他们全都愿意干吗？能一条心吗？家里的爹妈老婆能答应吗？这些问题在铁木尔脑海里转了一天，所以刚才看到宿营地时，他的神情确实有些紧张。"就看今天晚上了。"他又不安地想道。

"哎，达瓦！别净想你那条棉裤了，我问你一句正经的话：要是眼下有人来招兵的话，你干不干？"

"那可得看什么人来招兵！"

"招兵的是一个真正为自己蒙古民族敢生敢死的人。"

"我是个光棍汉，没牵没挂的，有那样好人出来打头，为啥不干哪！"

铁木尔狠狠地在达瓦背上拍了一下，高兴地喊道："好样的！"他的心情轻松了一些。

比他俩早回来的人们，已经做好晚饭。有几个人在帐篷跟前另弄起一堆火，烤野兔肉吃呢；还有两个爱惜马的人，一个给马搔着痒痒，一个用红布条编着马尾巴。在东边那块平场上有两个跟野物打了一天交道仍不知疲倦的青年正在摔跤，其中一个扎着一条浅绿色腰带，那是沙克蒂尔。在他们周围站着一帮人，比比画画，有说有笑，看来摔跤正在"火头上"。铁木尔是最爱摔跤的人，好歹把马往树上一拴，就奔他们去了。正在这时，官布从帐篷出来，看见铁木尔，说道：

"你们俩不回来不能开晚饭，大家饿得直骂你们呢！"

"你们先吃吧，我先摔它一跤去。"

他向摔跤场跑去……

晚饭时，大家围坐在帐篷外篝火旁，喝着奶酒，吃着烤肉，说说笑笑，真是红火。

夜已深了，四周漆黑，森林入睡了，静静的，静静的。只有这堆篝火，向夜空闪射着光亮。

酒后人们的脸红了。一个个懒散地呆视着忽明忽暗的篝火，好像都沉入各自不同的幻想、思念和忧虑之中。这时坐在昏暗角落的一个人低声唱起歌来，这个人是曾经当过伪蒙军中士班长的爬杰，人们都称他为"爬杰班长"。他的歌声立刻打动了每个人的心，大家随着也唱了起来：

坐在老白桦树下唱起来哟！

> 让我们的歌声震荡无边的草原
> 坐在小白桦树下唱起来哟！
> 让我们的歌声震动巍峨的山巅
> 蓝色的蒙古哟！啊哈荷依
> 古老的察哈尔哟！啊哈荷依
> 你那散了架的勒勒车声
> 你那烧燃干牛粪的青烟
> ……

他们的歌声格外忧郁，这不是森林的静谧给人的错觉，而是他们的声音中，充满着一种彷徨不安的情绪。在这样不安定的年月，谁都容易不自觉地传染上几分忧郁！日本垮台了，人们强烈地渴望安定的生活，希望草原上不再掀起风暴，不再烧起荒火！但是总是有一股逆风给人一种预感：草原是不能平静的。是风暴，是大火？现在谁也猜测不到。要是来风暴，就快些来吧！要是起大火，就快些起吧！为什么让人们生活在这样不安的气氛中呢？

> 蓝色的蒙古哟！啊哈荷依
> 古老的察哈尔哟！啊哈荷依
> 你那散了架的勒勒车声
> 你那烧燃干牛粪的青烟
> ……

歌声消失了，谁也不想头一个说话，围着篝火，安安静静地各想各的事该多好啊！每个人眼前出现着各种各样的画面：

妻子、情人、战火和死亡。但是他们到底共同寻求着什么呢？寻求着什么呵？只是想着明天多打几只野物吗？……

在这没有人注意的当儿，官布偷偷地向铁木尔使了一个眼色，铁木尔会意地从人堆中跳起来喊道：

"朋友们！……"

"我的天！你小点声吧！把人吓死啦！"靠着一棵小树正在静静地回忆跟老婆分别时甜蜜亲吻的纳木吉乐，被他的喊声一惊，两手合在胸前，粗吐了一口气说道。

"朋友们！"铁木尔向他看了一眼，又重复了一句，"咱们大家为啥都像没奶吃的羊羔似的傻在这儿啊？我们的身上连一点蒙古人的血液都没有了吗？你们互相看一看，哪个不像被打断腿的老乳牛啊！真正的蒙古青年能像咱们这样吗？大伙儿的心事我全明白……"

"那么就叫我们在这儿安静地坐一会儿吧！"有人插嘴道。

"不，咱们不能这样坐下去。我想跟大家商量一件事情，要紧的事情，不知道你们愿不愿意听？"

"说不说由你吧！我不太愿意听什么'要紧的事情'。"有一个青年在搭话，但是很多人都向铁木尔围拢过来。

"咱们牧民从祖辈流传下来一句话：要来大风暴，牲畜保住群。牧民都知道，在大风暴里牲口跑散了，不是冻死，就得被雪埋死。眼下，在察哈尔又要起风暴了，咱们大家可要手拉着手，心贴着心，抱住团，对付这场风暴！……"

"你的意思是……"

"我的意思是：我们背上身边那支枪，变成一支军队。"

突然大家骚动起来，他一言，你一语，哄成一团。这时官布站在一个木墩上，紧张地视察着每一个人对铁木尔这句话的反应。看来谁也没有固定的主意,也许这话对他们太突然了。他又往铁木尔扫了一眼,他那两条眉中间,出现了一条老长的黑影,额上挂着几粒豆大的汗珠。官布不由得对他产生一种同情心,而这同情心很快又变成了爱——只有在志同道合的人之间才能了解的那种爱。他知道,现在铁木尔非常需要有人出来支援他。如果现在有一个人出来支持他,他就能胜利;有一个人出来反对他,他就会失败。这是成败关头。

"铁木尔刚才说的话千真万确,"他向大家高声说道,"他前天跟大家也说过,国民党中央军,跟过去的日本人一样,为了拉走我们的牲畜,抢走我们的财产,欺压我们的人民,消灭我们蒙古民族,他们向察哈尔走来了。现在有一点良心、热爱自己民族的青年,为了察哈尔,为了蒙古民族,应当站起来,骑上马,扛起枪,建立起一支军队来。只有这样,我们才对得起自己祖先和我们的草原!"

听了官布这段话,青年们从吵嚷骚动中沉默了下来。从他们的脸色上可以看出,这段话在他们每个人心中发生了强烈的作用。尤其达瓦坐立不安,看样子好像要说什么又不好意思开口似的。

"我的话起了一点效。"官布暗暗自喜。

"对呀!铁木尔和官布的话全对呀!咱们拿这支枪不能光打几只野兔,杀几只黄羊就算完事,应该叫它干点更有用的事。"达瓦终究向大家说,"铁木尔你领头成立军队吧!我头一个跟着你,为了自己民族,就是死也光彩!"

"什么搭羊圈哪、盖牛棚哪,忙里忙外地过日子呀,去他妈的吧!坏人一来什么都完了,咱们还是听铁木尔的话,骑上马,扛上枪,跟他们拼吧!铁木尔,也算上我一个。"

"在家没事干，出外转转也不错，我也干。"

"跟谁当兵还不一样？我们不去找贡郭尔了，就跟你们凑一帮吧！"

"我得回家跟老婆商量一下，只要她愿意，我一定跟你走。"纳木吉乐说。

"噢！原来你的脑袋是由你小娘儿们掌管哪！"

达瓦这么一说，惹得大家哈哈大笑起来。可是纳木吉乐怎肯吃亏，马上还嘴说：

"你又没有老婆，当然没有什么挂恋的，可是我刚尝到那滋味还不到两个月呢！"

大家又笑了起来。达瓦又叫人抓到短处，心里一痛，转过身去，把拿在手中的干树枝折成几段，往篝火里一扔，躲到人群中去了。

"这么说，除了纳木吉乐还要回去跟他娘儿们商量之外，别人是不是都愿意当兵啊？"

"愿意！我们过去就是当兵的嘛！"众人异口同声地答说。

纳木吉乐见大家都一边倒，他有些着慌，忙说：

"哎，铁木尔，我也没说一定要回去跟老婆商量呀！我现在就报名。"

"那更好了。"铁木尔又向大家说，"大伙既然都愿意当兵，我们就在这里正式成立军队。队名叫'明安旗骑兵小队'。"

"为什么叫'小队'呢？应当叫'大队'。"沙克蒂尔表示反对。

"咱们才二十几个人哪！"

"那么就叫'中队'也总比'小队'威风一些。"

"是呀，还是叫'中队'吧！"群众都这样说。

"好，那就叫'中队'，"铁木尔接着又说，"还有一点，就是咱们这军队，噢，咱们'明安旗骑兵中队'，眼下还没有肩章、薪水和军营，也没有司令官，咱们就像搭伙出门的朋友，各吃各的，各穿各的，走的是一条道，有了情况咱们凑到一起就是军队。"

"既然下决心为自己民族干，就不在乎吃穿，这没有什么。但是有一点不能含糊：我们成立了军队，怎也得有个队长呵，马无头不成群，雁无头不成队，军队没官怎打仗啊？再说要是有人问咱：'你们谁是官啦？'咱怎答呢？总不能说，我是，他是，大家都是啊！"

"爬杰班长"的话引起众人一阵哄笑。当人们心情兴奋时，即使一句最平凡的话也能引起一阵哄笑的。

众人的笑声将要结束时，铁木尔收住笑容，严肃地说：

"我提一个人当队长，看大家愿意不？他就是官布。官布在外边干过事，有本领，也厚实，办事还公正，这次出来打猎就是他带头的，这大家都知道……"

"官布还用你介绍吗？谁不知道他？同意他当队长！"

众人举起双手，官布当选了队长。

官布虽然尽力使自己镇静，但是脸还是红了。他整理一下衣服（真像军官那样），向大家说：

"众人选我当队长，我也不能推脱，你们相信我官布吧，他不会给弟兄们丢脸。咱们现在就是军人了，军人头一条就得守纪律，还要有一颗好心，要永远忠于自己的民族和人民！"

"官布队长，咱们就用你这句话起誓吧！"

铁木尔一边说，一边解开皮袍纽扣，把戴在胸前的小佛像（这是他三岁时闹病，母亲给他佩戴的）拿出来举在头上说：

"我们诚心诚意地对佛爷发誓吧!求佛爷当咱们的证人。"

二十几个人向佛爷跪了下来,四周立刻笼罩起庄严、肃穆的气氛。官布虽然早就不信佛了,但也同众人一齐跪下来,并且领大家发誓:

"我们一群察哈尔青年,发誓:我们永远为自己的民族和人民……"

众人的宣誓声,就像一阵春雷,穿过黑色的森林和重叠的群山,向沉睡着的草原传去,它渐渐消失了,好像草原的人民把它吸进了自己的梦乡。

这时天将黎明,晨风吻着冰冷的草原,几缕灰白色的薄雾,在空荡的草原上浮动,早醒的寒雀不停地南北飞旋,但是它们一直到东方呈现出朝霞时,才羞涩地唱出第一支晨歌。

早晨官布醒来,想到两件事:一、今天要派铁木尔和沙克蒂尔回去,把这里的情况告诉洪涛,问他能不能来,再把这些天打的野物拉回一车去;二、从今天开始叫大家熟悉一些军事生活和军事常识,再就是选爬杰当排长,日常事务交给他去做……

* * *

铁木尔和沙克蒂尔赶着一辆载满贵重皮物的马车,生怕在路上遇上土匪,提心吊胆地赶了一天路,他们原来不打算在途中停脚,但是傍晚时来到哈登浩树庙附近,车坏了,只好到庙上沙克蒂尔远亲喇嘛家里住了一宿。晚上把车修理好了,第二天东方刚冒亮,他俩就又动身了。那一天风不大,可是死冷,铁木尔不得不把骑马拴在车尾,背风坐在车上,一袋接一袋地抽烟取暖。不一会儿,他闻见一股难闻的烧皮毛的味,他知道自己走了烟火，赶忙背着沙克蒂尔（他坐在前边顶风赶车，闻不到这味）左找右找，费了半天事才找到一条黄鼠皮冒着烟。"糟糕，烧了人家皮子可怎交代呀！"他忙扯出它来扑灭火星一看，原来是自己打的皮子，这才松了一口气。

"铁木尔你在车尾动来动去的干啥呢？是你屁股底下着火了吗？"沙克蒂尔赶着车开玩笑说。

"唉！冷啊，冷得在一块地方都坐不住！"他撒了谎。

"下车去跑两步就热乎了。"

"宁可冻死，也不跑死，还是坐车走吧！"

铁木尔又想抽烟，可一想起刚才那条烧了的黄鼠皮就打消了这念头，但是没过几分钟，他到底又掏出了烟袋。对他来说，两天不吃饭没什么，半天不抽烟可受不了。

日头快落时，到了沙克蒂尔家的新营地。沙克蒂尔不在家时，瓦其尔老头儿费了五天工夫，把家全搬到这儿来。现在这里一切井然，好像他们在这儿居住已久了。圈棚、仓房都搭好了，干牛粪堆垒得还有花样，包前埋起高高的"玛厄"杆[1]，包后垛起小山似的羊草，守夜狗和瘦弱幼小牲畜都安排在固定地方，就连那些破砖碎瓦也都搬来整整齐齐地放在一块，过日子什么都会有用呢！看到这些，铁木尔从内心钦佩瓦其尔大叔管理家业的本领，尤其在这样人心惶惶的年月里。

瓦其尔看见铁木尔和他儿子拉一车贵重皮子回来，喜出望外，对他们格外亲热，连他们问安的话都没听，两眼只顾盯在那车皮子上。

"我的天！你们俩真行，打了多少东西呀！"

---

1. "玛厄"杆：牧民门前，立一木杆，上挂白旗，以象征吉祥。

他们为了不叫他老人家扫兴，谁也没解释说，这是二十几个人共同打的。

晚上，瓦其尔陪他们喝着酒，说起自己费了多少事，才把家搬了来，同时又对沙克蒂尔抱怨地说：

"养军千日，用兵一时，我养了你们这么多年，可是搬家费力的时候，你们就都走了。我老头子像一条老狗似的累得透不过气来。唉！你们别说对我孝顺，就连点可怜的意思都没有啦！"

"爸爸，我走的时候，大哥不是在家吗？他到哪儿去了？"

"那个闲不着的贡郭尔扎冷又成立什么'明安旗保安团'，你哥哥一听信儿就自己找上门去了。保安，保安，保谁的安？还不是保住贡郭尔？呸！"

"你没劝他不要去吗？"铁木尔从一旁问了一句。

"怎么没劝说呢？我劝了他一天一夜嘴都说痛了，可他歪着嘴笑着说：'爸爸，反正你怎也留不住我，倒不如早点让我走呢！'我一生气就把他撵走了。他一去六天没回来。他跟贡郭尔扎冷在外边闯惯了，在家待不住，他们的手不拿枪就会烂掉！我昨天回特古日克村去，看见贡郭尔扎冷那儿马嘶人叫的，听说他们才凑上十几个人，就分成三个连，旺丹还当上一个连的连长啦。呸！真不知丑！你们俩可别学他，不管别人在你们面前怎样显摆他的手枪和战马，你们也别动心。好人哪有当兵的？咱们在家守着几千头牲口，骑什么样好马都有，是走马、是颠马还是高个子俄国马，只要跟马倌说一声，他就给你套来。往后，我给你们俩都娶上媳妇，过咱们平平静静、富富裕裕的好日子吧！你们听不听我的话？——可别学旺丹。"

沙克蒂尔不知怎答是好，用眼光向铁木尔求援，铁木尔却从容不迫地回答说："一定听你老人家的话，我们绝不学旺丹。"

这话真叫沙克蒂尔摸不透。他们在山里不是一块儿发誓当了兵吗？那时铁木尔的劲头最足，可是……噢！他明白了铁木尔的意思，所以也做了同样回答。

显然他们的回答，使瓦其尔很满意，而且完全放下心了。于是思想马上转到那车贵重皮子上，他想：他俩打的那车皮子，能卖好多好多钱呢！

"明天把你们那车皮子，挂在仓房晾一晾，透透风，"他说，"过些日子，我派人去多伦请个皮匠来，熟好了可就值钱啦。"

诱人的幻想使他轻轻眯起眼来；跟前出现了一大串闪着白光的银大洋，他几乎高兴得喊出声来。

第二天早晨，他们把皮子卸下来，晾在仓房里。瓦其尔也殷勤地来帮忙，与其说是他来帮忙，不如说他亲自来察看一下到底有多少张皮子，大约值多少钱。

铁木尔和沙克蒂尔憋着笑，等他走出去后，交谈说：

"咱们别说这是大伙儿打的，让他老人家替咱们看守几天，等咱们从特古日克村回来再告诉他。"

"对，咱们一会儿走的时候，告诉他老人家，把皮子每天给翻一次，里外透风，不伤皮子。"

"可别把他老人家累垮了啊！"

说着他俩都笑了。

铁木尔和沙克蒂尔去特古日克村后，瓦其尔按照他们的嘱咐，每天早晨把全家人都叫来翻一次皮子。一边翻着皮，一边对家里人说：

"把这房门锁好，别叫那些羊倌、牛倌们知道这里有贵重皮子，不然他们要偷的。晚上把那条老黄狗拴在这门口上吧！"同时又故意给大媳妇听话："沙克蒂尔年小的时候，我就知道他长大是个会过日子的人,这些天他风里雪里,出山进林地打来这么多皮子,给家赚了多少钱!可是咱家也有些人,成天在外边转,有时回来就知道钻在包里睡大觉。谚语说得好:'好人能干活,坏人能吃喝。'呸!要是圣祖成吉思汗在世,一定饶不了这些人的!"

八

官布去打猎,托娅回了娘家,只剩下洪涛一个人。这两天他自己动手烧茶做饭,虽说茶饭做得没有一点滋味,可总算没挨饿。除了这些,他还要管养幼畜,挤牛奶,就像一个婆娘似的整天忙得不可开交。

早晨送走昨夜来借宿的齐木德和他的随从,他在包内独自喝茶,今天早茶煮得很可口,一碗接着一碗,喝得满头大汗,他用袖口擦着汗,心里想:"五年前的今天,做梦也没想到坐在察哈尔喝奶茶呀!"他不由得发笑了。

生活是千变万化的,有时你今天这样生活着,明天就可能完全投入另一种生活之中。这种不为人所预料的突变,在每个人的一生中都会有许多次,甚至许多许多次。

现在坐在偏僻的风雪弥漫的察哈尔大草原的一座破旧蒙古包里,喝着早茶的洪涛,五年前还是北京大学文学系的学生,那时他叫戈扬,在学校是优等生。他的父亲是一位建筑工程师,他在高中时想考入大学建筑系,但是他初恋的女朋友丽芳却喜爱文学,所以他们就一同考入了文学系。他很爱诗,也经常在校刊上发表诗作，那些诗无韵无律，用他自己的话说是"惠特曼派"的。他读过很多作品，古今中外的大作家，如李白、杜甫、密茨凯维支、拜伦、惠特曼、鲁迅、艾青、普希金、海涅、托尔斯泰、马雅可夫斯基……的作品都欣赏过。他是一个热情的青年，积极参加各种社会活动，同时又不甘心忍受亡国奴的耻辱，在自己的诗作中也曾大胆地喊过反对日本帝国主义的口号，那时他接近了中共地下组织，对他来说，这是新生活的开始！当时他在日记上写过这样一首短诗：

我无挂、无忌、大胆、勇敢甚至疯狂、粗野地
歌唱新生命的茁长；
我的心、血、意志、灵魂、眼睛、牙齿、耳朵和
头颅，
都属于慈母般的党！

写完这首热情的短诗，没过一个月，他的名字被列在日本特务的黑名单里。他不得不辍学，离别抚养他成人的温暖而富足的家庭，离别与丽芳黄昏时挎手散步过的秀美绮丽的昆明湖，走进新的、艰苦的革命边区。他和许多热情的青年一样，进入革命边区的同时，也更换名字，从那时他才开始用"洪涛"这个惊心动魄的名字。

时间过得多快，一转眼五年了。在这短短的五年中，他真变了样：娇嫩无纹的脸变成了土红色，出现了条条丝纹；柔白细长的手也结满了硬茧。去年秋后，在绥远受降日伪军时，他受了伤，被子弹穿伤的颧骨至今在阴天雨夜还发痛呢！他还经常写诗。在他那个发黄的草纸本上，写满了像下雨前密集的蚂蚁

群似的小字，记录着他在伊克昭盟蒙民抗日游击队的两年工作中所写的诗，其中也有几首去年冬季和今年春天在张家口内蒙古自治运动联合会工作时写的诗。最后几页上，记的是最近来察哈尔草原之后，写的一些富有"边疆风味"的短诗。

然而这三四天他没有写诗，原因是心情有些不安。

昨天晚上，齐木德意外地前来借宿，使他知道了一些外边的情况。据他猜测，齐木德所以来借宿是想从他妹夫官布这里，打听八路军的情况，不巧官布打猎去了。齐木德跟洪涛开门见山地谈了许久，他说他早就知道洪涛是八路，但并没有伤害他的意思。因为不管八路，还是中央军，都可以做他的朋友，只要他们为蒙古民族复兴奋斗的话。他又坦白地告诉洪涛说：目前他和贡郭尔已经答应跟一个"朋友"，共同组织一支军队；但是他不愿意说出那位"朋友"的名字和住址。临走时，齐木德对洪涛说："你跟我聊了一晚上，当然你尽是说八路的好话，又是什么内蒙古自治运动联合会……这些我还不能全信，但是只要你说的是实话，那么迟早咱们会走在一条大道上的。"

看来，国民党特务在察哈尔开始大肆活动了。齐木德所说的"朋友"可能就是这类家伙。这是一个严重情况。贡郭尔毕竟是一个旗的扎冷，老百姓还盲目地听他摆布，如果他组织起军队来，而这支军队实际上被国民党特务掌握的话，必然要影响内蒙古自治运动联合会在察哈尔开展工作，不仅如此，而这本身就形成了尖锐的复杂的两条路线斗争了。

洪涛要采取什么对策呢？几种截然不同的思想搅扰着他，一时还拿不定主意。去积极主动地争取和联合贡郭尔吗？这他已经想过许多次，但从感情上不愿这样做。那么像铁木尔主张的那样马上组织一批武装吗？无论如何，目前条件还是不够成熟。现在他开始考虑第三种办法：目前只能积极主动地团结住一批青年，这样就可以拖延贡郭尔建军的日期，等青年们牢固地靠近了我们，我们在展开群众工作的基础上，再建立一批武装。虽然实现第三种计划，还有许多困难，但他认为这是一个切合实际的办法。

这一天，洪涛就在几种计划的搅扰中度过了。

第二天蒙亮时，来了两个骑马的人，这是从张家口上级派来了解情况的同志。

洪涛向他们详细地汇报了自己的工作，和这里的社会情况。那两个同志听完后，给他传达了上级几点指示，根据他的汇报，对他的工作又提出了批评。主要问题有两点：一、派遣洪涛到察哈尔来，是为了在我大军和工作团到来之前，对这儿的一般情况进行了解，及时汇报张家口，并且尽最大力量去争取当地上层人物，在群众中做宣传工作，给今后工作打下初步基础。洪涛来察哈尔做了些工作，但在工作中采取"地下式"的方法，不直接与上层分子接触，也不在群众中出面，这是错误的。二、群众自发地要成立军队时，没有积极主动地支持、帮助和领导他们，相反却怕三怕四，放弃领导，这更是严重错误。大军不久即将进入察哈尔地区，上级明确地指示他，在最短时期内，做好两件事：一、立即组织、掌握与领导起一批武装；二、对贡郭尔以及其他上层人物，采取既往不咎、积极争取、主动联合的政策。

洪涛对上级的指示和批评，当时表示接受，而且决定亲自到呼日钦敖包去组织武装，跟贡郭尔也可以当面进行谈判。从张家口来的那两位同志在这住了一天，就又到蓝旗、白旗检查派遣人员的工作去了。

把他们送走后，又剩下他一人，他心里憋着一股气没处去出，整天没进茶食。他想：立即组织与掌握起一批武装，这可以做得到。上级没来指示，我就着手干了，只不过为了慎重起见，暂时没正式提出来而已。事儿就差在这么一步，可你瞧那两个同志，指手画脚乱批评了一顿，说什么"严重错误"啦，"尾巴主义"啦，真是不吃黄连不知苦，叫他们来做这工作，也不见得能搞出什么名堂来，谁不会背几条党对民族上层分子的政策？可他们根本不了解当地人民对贡郭尔的愤恨，依我看，跟贡郭尔搞团结、联合就是投降主义、机会主义，是失掉阶级立场的原则错误……当然官布对他也提过本旗另外一个民族上层分子——达木汀安奔，他不过是一个有名无实的老头子，即使联合上，也没有什么作用，尽管这样，他也曾经跟官布到达木汀安奔家里去过一趟，从一个共产党工作人员来说，一无所获，当他看见达木汀安奔是一个虚胖的、白发苍苍的、闷声闷气的老头子时，更加坚定地认为，联合这样一个人是没有任何价值的。但是这次拜访，还不是完全失败，他作为一个文学爱好者，参观了达木汀安奔的藏书，发现其中有许多珍贵东西。

　　总而言之，他觉得本旗没有什么重要人物可以联合，所以他只接受上级对组织武装的指示，不能把枪杆叫贡郭尔搞走，非得跟他分出高低不可。"中国革命的特点是武装的革命反对武装的反革命。"等官布老婆从娘家回来，他马上就去呼日钦敖包。

　　一连等了三天，她还没个影，洪涛心想："今天她不回来，我也不等她了，把门一锁就走。"可是真凑巧，中午时分，铁木尔领着一个青年回来了。铁木尔把沙克蒂尔介绍给他，他喜出望外地跟他用蒙古话寒暄，关切地打听山里的情况，真像"他乡遇故知"那样亲切。他又给他们烧了一锅奶茶，进进出出就跟一个好客的女主人一样。

"你们打到的东西多不多？山里的雪很深吧？"

"经常下小雪，雪天猎人才容易码野物的踪呢。我们二十几个人打了一大车皮子，全放在沙克蒂尔家里啦。你不进山去看看吗？那地方就跟我们小时听老人们讲的故事那样，什么野物都有。"

"我最喜爱动物，当学生的时候，一到星期天我就跑到动物园去看动物。"

"那你去看看咱们察哈尔这个大动物园吧！"

"是啊，我打算明天去，可今天正赶上你们来了。大伙儿的劲头怎样，有没有想回来的？我可真想看看森林哪！"

铁木尔给他先把呼日钦敖包的自然景象描述了一番，但他汉话语汇不多，自己觉着连那地方的百分之一的景色都没说出来，他一找不到恰当的话语表达自己的意思时，就头上冒汗，嘴里直说"那个，那个"。洪涛一面听着一面用自己的想象来弥补他说不完的地方。洪涛暗地里想："要是我到那地方去，一定能写出许多抒情诗来的。"

铁木尔又讲到怎样跟狼群搏斗，怎样跟狡猾的狐狸斗智等等许多惊险动人的故事，但是他说完这些故事，忽然变得支支吾吾，说不出话来。原来他从山里回来时，官布告诉他说："洪涛不叫咱们现在成立军队，可是咱们没听他的话，这回你回去向他好好说一说，他听了也许生气，你就忍一忍，把事推到我身上吧！"现在铁木尔就为这事作难呢。不管洪涛听了生不生气，反正怎也得告诉他，于是他就一五一十地把怎么成立军队，大伙儿说了些什么，又怎么选官布当队长……全说了出来，直到把话说完，心还直跳！

"你们已经成立军队啦?"

"嗯。"铁木尔含糊地答了一下。

出乎意外,洪涛高兴地用双手抓住了铁木尔的肩膀说:

"小伙子们,做得太对了。我正为这事要到你们那儿去呢!"

这一天,铁木尔就住在洪涛这儿,沙克蒂尔到莱波尔玛寡妇那儿去了。

九

斯琴被贡郭尔踢流了产,流血过多,整整躺了十天。贡郭尔把这件事封锁得严严密密的,村里没有一个人知道,所以她父亲和乡亲们谁也没来探望她,只在每天早晨厨师笃日玛像喂狗似的端来一碗剩饭和一碗凉茶,往她身旁一放,一句话都不说甩手就走,到晚上再来收回碗去。她吃不下饭,喝不进茶,身旁那碗饭变成了冰团,茶水冻成了黄色的冰,蒙古包千孔万洞,四面透风,冷啊,冷,就像被抛弃在风雪荒山之中!

人,当他被一种希望所支持时,什么苦都可以忍受的。斯琴流了产,身体很弱,又受了这些天罪,但是她心中却充满了从未有过的、强烈的生的渴望!流产,替她卸去了巨大的包袱,她想:"我又可以抬着头,挺着胸走过人前,也有脸去见铁木尔啦。要是他愿意,我跟他离开这地方,到很远很远的地方去过日子,就是给人做饭,挤牛奶也好。他不会生我的气,一定能够原谅我!"这念头就像一团火,烧暖了她的全身,给她以重生的力量。从前,死,对她来说是一个幸福的结局,但是这几天她是那样怕想到死，因为就是为了生，她才忍受这些天残酷的折磨。

早晨，她爬起来在蒙古包里慢慢地走了两步，头昏眼花，几乎晕倒，但是这两步却给了她很大的鼓舞和安慰。"我能走路了，不会死啦！每天这样起来练两步，不几天就能去找铁木尔了。"想到这里，她高兴得流出泪来。

自那以后，她练习了三天走路，身板刚结实一点，她就决定明天东方一蒙亮，趁人们没醒来时，偷跑出去找铁木尔。

偏巧，那天晚上下了漫天大雪。从蒙古包破洞看去，包外一片白花花的！这雪下到半夜小了一点，但是北风突然刮起，骤然间温度下降，草原上每年气候将要转暖时，总是有这么一次奇寒的。人们把这奇寒说成是阎王派下来的"要账鬼"，因为它在短短的一夜或者一昼夜间，就能冻死几千几万头牲口的。

从门缝和围毡破口不断地灌进雪来，斯琴快被雪埋住了。她想爬出包去从雪底下寻些干牛粪来烧火取暖，但，倘若被主人发现，他们就会监视她，明天拂晓时就不能逃跑了。"唉！我什么苦都忍过去了，冻这么一宿算什么！"她这么一想，打消了刚才的念头。

风，在包外狂暴地吼叫，好像它就是世界上的霸王。蒙古包在摇晃，包门、围毡和"哈那"木，全都噼里啪啦山响。包里越来越冷，她怎也睡不着，手脚被冻麻木，呼吸也有些困难，她轻轻地合着眼躺在雪里，好像安然地等待着死去。

草原上的积雪融化了。瓦蓝色的天空上，浮动着一层薄云，百鸟齐鸣，一片春色。就在这样一天，斯琴在村西南边小山沟里碰见了铁木尔。他正在那里饮马。她跑去，倒在他怀里，他俯下头来吻她，还轻轻地对她说着什么，她一句也没听清楚，因为高兴得直想哭……他没有生她的气,他们又和好了,就跟两年前一样。然而当他们一同走回屯来时,就听人说,贡郭尔扎冷正在四处寻找她呢!她连跟爸爸都没告别,就跟铁木尔骑着一匹马逃走了。走啊,走啊!不知走了多少里路,找到一户善良的人家,他俩什么活都替他们干,他们给了他俩一座四个"哈那"的蒙古包。在这座蒙古包里度过了两个春天,她生了一个白胖胖的小孩,跟他爸爸一样头发是黄的,起名叫"锡拉夫"[1]。他们过得很幸福,每当铁木尔干了一天活儿回来,小宝宝就向他招着小手笑,铁木尔也放声大笑着逗他玩……

"哈,哈,哈……"铁木尔逗孩子的笑声惊醒了斯琴。

她睁眼一看,眼前没有铁木尔,没有孩子,自己仍是躺在那座灌满了雪的蒙古包里。她哭了,哭了许久,许久,直到哭得心痛快了一些时为止。刚才那场梦是个吉祥的梦,但是她不敢回忆它,并且尽力从记忆中赶出它去。

这次逃跑出去,真像梦里那样的话,该有多好啊!

这时天近拂晓,风仍然刮得很紧。她想这是逃跑的最好时机了。她爬起来把那件破棉衣穿好,走到门跟前倾耳听了一阵。外边除了风声,没有旁的动静。她轻轻地拉开门,探出头去看了看,没有人,于是走了出来。正在这时有一个黑影向她慢慢走来,她忙卧在深雪里,那黑影一步一步地逼近她来,她尽力控制着心中的恐惧,偷偷看了一眼,原来是那条最凶恶的守夜狗"呼德日"。如果被它发现,它只要吠一声,群狗就会一齐跑来咬死她呀!——怎么办哪!她急中生智:装得跟平时一样心平气和地小声喊了几声"呼德日,呼德日",那狗一听有人

---

1. 锡拉夫:蒙古语,黄小子。

叫它名字，就知道是主人，所以没有吠叫，走过来用冷凉的鼻子闻了闻她的手，走了。她立刻站起来向爸爸家的方向半跑而去。

风卷雪片打在脸上，就像一把沙子，她低头弯腰半侧着身，踏着深雪拼命地向前跑着，跑着，跑几步回头看一下，总是觉得有人在追她，就像上次从客房跑出来被宝音图撵上抓了回去那样。

跑过一片柳林，来到特古日克湖边时，她才放慢了步，松了一口气："逃出来啦，总算逃出来啦！"这么一想，突然变得全身无力，两脚站也站不稳，勉强把背靠在一棵小树上，闭了眼歇了一会儿，这时才发觉自己是光脚，两只鞋子不知丢在哪里了。显然她不能在这儿站久，再过一会儿也许会冻得不能动弹了。但是爸爸和铁木尔住的那座蒙古包，离这儿还很远，不如先到莱波尔玛那儿借一双鞋穿上再走。她又光着脚，踏着深雪，奔莱波尔玛家而去……

来到莱波尔玛家时，她双脚麻木，流产刚痊愈的身体，经过这场紧张的折磨，早就支持不住了。莱波尔玛一看她这般样子，知道是逃跑出来的，叫她躺下，忙给她盖上一条皮衣，又灌了她一碗酒，等莱波尔玛烧好茶，包里暖和一些时，她也慢慢透过气来了。

"你怎么在下这么大雪的黑夜逃出来，是他们要害你吗？"莱波尔玛坐在她身旁问道。

"莱波尔玛姐，先什么也别问，你快借给我一双鞋吧！"她坐起来说。

"快躺下，你冻成这个样子，还到哪儿去？"

她没躺下，用左手把散在脸上的头发，理了一理，费力地喘着气说：

"我照实对你说吧！我逃出来是找铁木尔的，我们要离开这地方，你快借给我一双鞋吧！"

"你到哪儿去找铁木尔啊？"

斯琴没有明白她的意思，向她询问地看了一眼。当她们二人的视线碰到一起时，莱波尔玛不大自然地把视线移开了。这立刻使斯琴猜疑到她可能有什么话在回避她，于是心即刻紧缩起来，两只痉挛的手，抓住她的双肩焦急地祈求地问：

"他不是在我家住吗？他不在我家吗？怎么啦？你快告诉我！他……他到哪儿去啦？"

这时莱波尔玛却很沉住气，把一双毡鞋递给她：

"别着急，先穿上它吧！你的脚快冻坏啦！"

斯琴以为她要告诉她铁木尔的住处，所以忙把毡鞋穿上了。但是莱波尔玛转过身去往"吐拉克"里添着干牛粪，并不像要告诉她一些什么。

"你快告诉我，他到哪儿去啦？我现在就去找他！"

莱波尔玛经过一阵犹豫，终究告诉她说：

"他不在你家，也不在这村里，他到呼日钦敖包山里去了。"

"什么？他……"

"你上次跟他在柳林见面说的那些话，把他的心伤得太狠啦！不几天他就搬到瓦其尔家去，瓦其尔知道你变了心，骂了你一顿，现在他正操办给铁木尔娶村南头的南斯日玛，听说铁木尔也答应了。这都是沙克蒂尔告诉我的。后来铁木尔跟村里的年轻人到山里去打猎，前天回来一趟，在官布家住了一宿，又走了。沙克蒂尔前天晚上住在我这儿，还说他……"

"什么都别说了，别说了，我全都明白了！"

她的声音变得那样无力，脸上没有一点血气，全身哆嗦得很厉害。这时忽然有一个恐怖的感觉钻进莱波尔玛的脑海："她……"没等她得出答案时，斯琴站起来，没哭，也没叫，蓬着头发向包外走去。

"你到哪儿去？要冻死的！"

莱波尔玛紧跟脚追她出去，想拉回她来，但，斯琴却以她最后一点力量拼命地向贡郭尔扎冷家跑了回去，她那摇摇晃晃的身影，消失在黎明前的风雪之中。

直到天亮时，风还没住，很显然暴风雪仍要继续刮下去。

然而这毕竟是今年最后一次风雪，它的时间不长了。

十

今年最后一次"奇寒"，持续了整整三天三夜。草原经过这场风暴，就像人得过一场大病，病虽然好了，可身体恢复健康还得相当一段时期呢。要是把这次风暴中冻死的牲口的骨头堆在一块儿，足能成一座小山！为这，人们的脸都绷得紧紧的，家家户户，无声无息。如果偶然有谁家大说大笑，村里就该有人骂他们："老天瞎了眼，冻死我们的花乳牛，还不如把这些活妖怪们冻死呢！""这些穷光蛋，都是魔鬼投生的，看见我们有钱人的牲口冻死，他们算开心了，这些鬼东西，第一响春雷就会劈死他们的！"其实那些大闹大笑的人里，不全是穷人，而多是那些财主巴彦们，他们因为年月荒乱，没心经营牲口，成天三三五五凑到一块儿喝酒，玩女人，打麻将，他们说："管养那几头牲口有啥用，不定哪天从天上掉下来一颗炸弹，把大草地炸个大翻个呢！去他妈的吧！趁着没死的时候，还是乐和几天吧！"

这时老喇嘛们，从庙里走出来，碰见上了年纪又对佛教虔诚信仰的人，就说："佛经上早就说过，多少年以后出野人，吃人肉，喝人血，看来这样的年月快到来啦！"

风雪季节一过去，可怕的大雪从人们印象里渐渐消失，骇人的风声从人们记忆中慢慢变小，牧民们把冻死的牲口的皮剥下来，只等到夏天卖给多伦的"小小买卖"换两块砖茶喝了。

天暖了。向阳山坡的积雪融化成千百条混浊的溪流，弯弯曲曲地向大草甸子流去，从远处看来就像无数条黑蛇在爬行。这些溪流在山下很自然地互相汇合，吞并，最后合成了两条小河，一东一西，各流各的。

从此草原上出现了两条河流。

这两条河千变万化，一天一个样。今天你看见东边那条水又深，流又急，不分日夜，哗啦哗啦直叫喊，而西边那条却是水又浅，流又缓，好像一条晒干的蛇皮，但是你过两天再来，就会看见完全相反的现象：西边那条喧闹起来了，而东边那条却变得无声无息……

天底下，有造福于人民的河流，也有给人民带来灾难的河流。

人们终究会看出这两条河流中，哪条属于前者，哪条属于后者，同时还可以看到这一条会变成大河，用它的汁浆灌溉这无边的草原，而那一条小河会慢慢干涸下去，最后赤裸裸地露出丑陋的河底。

白天的潺潺流水声，虽然使人仿佛闻到了春的气息，但是一早一晚还很冷，昨天的雪水，早晨又冻成冰了。

洪涛醒来，连衣服都没披，开开包门就把光胳膊往外伸了一下，他每天都这样探看天气的暖冷程度。晨风在他那多毛的胳膊上"嗖"地扎了一下，他马上缩回手来，自言自语地说："今天凉！"于是穿起皮衣来。"在同志们起床以前，先去看看官队长的病，回来再准备上午的政治课。"他一边想，一边走出包来。

外边的风很凉，但是空气不像冬天那样刺鼻，夜间上了冻的泥水，在脚下还有些发软，等太阳出来一晒，又会化成泥水的。

前边那排整齐的蒙古包，使洪涛的脸不由得焕发起来，当他想到在那里边住着他的七十多名部下时，心里有一种说不出的欢快而骄傲的感觉。那些蒙古包都是战士们自发地从家里搬来做军营的。

他们从呼日钦敖包回来，快两个月了。在这两个月当中，中队从二十几个人发展到七十多人，共分两个连六个班，一个班住在一个蒙古包里，比起在森林里刚建立时，可真像点军队啦。每天早晨出操，白天练马，晚上学军歌，起床睡觉都有个钟点，大家选洪涛当政治委员，战士们咬不准汉音，都叫他"红政委"，洪涛隔一两天上一次政治课，给战士们讲了许多新鲜有趣的事，战士们也比较喜欢听他讲课。

他走在道上，伸手摸摸裤兜里的昨天拟好的讲课大纲，很自信地想："今天再给他们讲一个更有趣的，甚至连他们祖辈都没听说过的事情：人是怎样从猿猴进化而来的？（社会发展史第一段）通过这堂课，叫战士们知道：人不是老佛爷创造的，而是劳动创造了人。这样他们很快就会变成很好的战士的。"

在二连的一座蒙古包跟前，他看见有一个战士背着脸蹲在那里,不知道干什么呢!他走近时,那个战士回过头来,把皮帽往后一推,看了他一眼,认出是洪涛,站起来有些不好意思地一笑说道:

"老弟,你睡得好吗?"

"老大爷,我睡得很好。"洪涛硬憋着笑,回答道。

那个老战士,这时才发觉自己又犯老毛病,说走了嘴,赶忙立正站着纠正自己的话:

"我这老脑袋,记性不强,又叫你老弟了。政委,你睡得好吗?"

洪涛忍不住地笑了起来。

他记得这个五十多岁的老战士叫巴布,半个月前参军时,蒙古袍的前怀里还装着一瓶酒呢!他大概认为自己是年纪最大的一个,所以把战士、政委和队长一律都叫"老弟",战士们一开会就批评他:"我们是跟你一块儿来揽羊的人吗?我们是战士,是干革命的,你应当叫我们'同志',你要再叫我们'老弟',非把你撵走不可。"从那以后他把"老弟"变成"同志"了,但是老习惯一时难改,一着急或一不留心,还时常说走嘴。

"没吹起床号,你干吗起来啦?"

"政委同志!这个蒙古包是我从家里搬来的,大家住我的蒙古包,我不心痛……"

"这很对呀!"

"可是,有的同志真不知道爱惜别人的东西,把马拴在包跟前,把下边围毡都踢坏了。"

"你为啥不给他们提意见呢?你跟他们说:谁不爱惜我们的营房,就把谁撵出包去。"

"你讲课不是说叫我们要阶级友爱吗?咱怎好意思那么

说呀！"

"那你就修理一下吧。不过没吹号就起床，这可是违反军纪的。好，你忙吧！我得到官队长那儿去。"

"官队长的病怎样啦？他是一个好人哪！有时我说走嘴，叫他老弟，他也不批评我。请你代问他的好！"

洪涛离开他走出不远，看见铁木尔坐在地上，正在修理马鞍。他在不久以前被提升为第四班班长。他是一个好战士，但洪涛总认为他不太守纪律，所以今天看见他早起，有几分责备地问他说：

"没吹起床号，你怎么先起来啦？"

"马肚带断了，昨天没来得及接上，要不早点起来修理一下，今天就不能出操练马了。"

"可你现在是一个班长，你打头不守纪律，你班的同志们能守好纪律吗？"

"政委同志，你这话可不对，我们班都是好战士，谁也没出过什么差错。说到我早起来，这也有理由，你想想，我是一个班长，只因为马肚带断了，不出操，不练马，能说得过去吗？我想到自己是班长，所以才少睡一会儿觉，早点起来修理它的。"

正在这时，小司号员萨扎卜从蒙古包走出来，一看见洪涛就正了正帽子，在政委面前尽力装得像一个标准的战士。他前些天从哈登浩树庙逃跑出来，到中队来报名参军时，政委说他太小，连马都上不去，不能当兵，这把他吓坏了。他要再回到庙里去，喇嘛师父能饶他吗？他千求万求，总算收下了他。他从庙里夜晚逃出来时，怕在草原上被狼吃掉，就把庙里召集喇嘛朝拜时吹的大海螺，偷了出来，他小时听人说，狼是怕吹打的声音，所以一路上嘟嘟地吹着海螺，没遇见狼，找到了中队。这个海螺可真成了宝贝，官布队长说："我们眼下没有军号，就用海螺代替它吧！"从此，每天起床、睡觉、吃饭、上操都吹海螺。起初大家不习惯，有人反对说："我们不是喇嘛，是大兵，怎吹这玩意儿呢？"可是日子一长，也就习惯了，再没有人反对了。这样一来，小萨扎卜就成了全中队有名的人物——权势不小的司号员。全中队七八十号人，全听他指挥，他叫起床就得起床，他叫睡觉就得睡觉，有人开玩笑说："小喇嘛掌权啦！"

洪涛没有听出铁木尔话里有气，转过身来向小司号员笑哈哈地问：

"要吹起床号吗？"

"政委同志，还没到时候呢！"

"还得几分钟啊？"

"我不知道什么分不分的，反正看见太阳在山头上一露头，就吹我的海螺。"他把羊头大小的海螺伸给政委一看，又说："现在东边刚冒红，太阳还没露头呢！"

"太阳，夏天出得早，冬天出得晚，你光看太阳能行吗？"

"官布队长说，过些日子要给我买表呢。"

"对，一定给你买一块表。"

洪涛在小司号员肩上拍了一下，好像以此表示他说话一定能办得到。

他往前走了几步，看见彭斯克坐在大锅旁正烧早茶。他是全中队战士中唯一的知识分子。事变以前一直跟他做大官的舅舅住在北京。他在北京蒙藏学院读过三年书，去年冬天才回到故乡来的。有一次洪涛率领中队追击一小股土匪，在他家住宿，听说他在北京读过书，互相谈起来很投机，再经一番动员，彭斯克就参加了中队。在全中队里，洪涛跟他最要好，他们经常傍晚时，坐在一起，兴致勃勃地谈起北京的景山、碧云寺和北京图书馆，也谈起秋天星期日学生们骑着自行车去西山采枫叶……回想起那些过去的日月，多么甜蜜呀！他俩一谈起话来，全中队没有一个人能插进嘴去，这倒不是他们对别人有什么不尊敬，而是他们的谈话内容，使那些从小被察哈尔草原的风吹大的战士们，感到莫名其妙！是啊！察哈尔草原的冻羊肉味，怎能跟北京公园里的桂花香混融一起呢？对于这些，洪涛没有考虑过，他只知道跟彭斯克聊起天来，心里格外畅快，所以刚才看见彭斯克，他就向他走了过去。

"今天是你值日吗？"

"是啊！每七天轮到一次。"

彭斯克的双手掌上，全是锅黑，所以用手背把蓬散的头发往后理了一下。

"我跟你说过：一个革命者要经受各种各样的考验，当值日烧茶做饭，也是一种考验。你不要把它看成麻烦事。"

"政委，你大概当过许多次值日吧？我要向你学习，我并不怕吃苦。"

"好，快烧茶吧！大家快起床了。"

他向官布队长的蒙古包走去。

官布队长病倒五六天了。每天发高烧，说梦话，吃不下去东西，折腾得很厉害。托娅整天整夜地伺候着他。当洪涛走进包来时，她正扶着丈夫喂水。洪涛走近他身边，轻轻地问："好一些吗？"他略微点了点头，托娅替他回答说："今天早晨没发烧。"

"你这么早来看我,是中队里出了什么事吗?"官布叫托娅扶他坐起来,向洪涛关心地问。

"没有出什么事。我在上午要给同志们上政治课,没空儿来看你,所以早晨到你这儿来的,战士们都很关心你,希望你快些好。至于中队里的工作,你不用惦记,我一个人能担当得起来。"

"外边有什么消息吗?"

"没有什么消息。只听说贡郭尔在特古日克村附近,也立起七八个蒙古包做军营,招兵买马,闹得很凶。不过他们的人数比我们还差一半呢。"

"这么说,咱们的工作还很顺当!"

"也不完全是这样。我来是想跟你商量一件事情。"

"什么事?"

"老官,现在人和武器决定一切。你病倒这几天,又来了十几个新兵,他们每个人,都是满怀着热情来参军,可是我们没有枪和子弹发给他们,有些人在骂我们。我不知道怎么回答这些战士。老官,这样下去是不行的。现在世面上,土匪四起,贡郭尔的声势也挺大,可是再看看我们自己,中队里四分之一的人没有枪,就是扛着枪的,子弹袋里才有四五粒子弹,你想想,一旦发生情况,我们不是要吃亏吗?当然现在还可以安慰那些新战士,说过些日子就来枪和子弹,但是再过几个月他们还扛不着枪的时候,他们会走掉。当然问题不在几个人,可这样就会在牧民当中造成很不好的影响。"

官布合着眼静静地听着,他表面上很镇静,但是洪涛的每句话都像针似的扎在他的心上,痛得很哪!洪涛说的这个问题,他早就想到了,但一直苦于没办法解决。他也曾经想把这件心事，告诉给洪涛，但他总是不愿意用自己最束手无策的问题，去难为别人。刚才洪涛提起这个问题时，他越发感到它的严重，不然为什么两个人会不约而同地为一件事情苦恼着呢！既然他大清早就来跟他商量这件事，就说明他被这件事折磨已久了。他想出什么办法没有呢？——官布很想知道这一点。

洪涛瞟了他一眼，官布的脸色很平静，他心里想："他还可以支持着听完我的话。"于是他又说道：

"依我看，打破这个难关，只有一条路可走，就是派人到外地去收买枪弹。动手得越快越好，不然青年人都要跑到贡郭尔那儿去了。"

官布猛地抬起头来，在那刹那间，从他眼光中看不出是质问，还是赞同。

洪涛看见他那副样子，却自鸣得意地笑了：

"老官，我一猜就知道，你要问：'钱从哪儿来？'是吧？"

"是啊！咱们眼下，连军粮都得靠战士们从自己家拿来，哪有那么多钱去买枪弹呢？再说，这种玩意儿，越在荒乱年月越贵，很不容易买得到。"

"钱，有门路。前天我召集在呼日钦敖包打猎的老战士们，开了一个会，把情况向大家说明了一下，他们都愿意把那些皮子交出来，派人到多伦卖出去，再买回枪弹来。"

"好啊！"官布高兴地坐了起来，可头一昏，没把话说完，又躺下去了。

过了一会儿，官布又慢慢地坐起来，拉住洪涛的手精神焕发地说：

"小病，不要紧。你这件事办得太好了。今天就派人到多伦去，哎，你说派谁去好？这个人一定要会说汉话。"

"还要在外地闯过几年,不至于进多伦蒙头转向。"洪涛兴致勃勃地加了一句。

"更要紧的是,他一定要可靠,能干,对革命有认识。除了领队的一个人,还得派几个助手。"

"到底派谁去好呢?"

官布想了一想,说:

"派铁木尔班的达赖去。他在多伦大车店里,当过五六年喂马的,老实厚道,是我结拜兄弟,汉话说得好,脑瓜灵活。"他很武断地决定了,并说:"今天交代任务,明天天亮前,叫他们出发。"

这时传来嘟嘟的海螺声——这是起床号。

枪弹问题的初步解决,使官布的病好了一半,他叫托娅把包门打开,狠狠地呼吸几下清新的空气,愉快地把手伸给洪涛,说:

"好,吹海螺呢,你该'念经'去啦。"

洪涛站起来,向包外走出去时,跟托娅开玩笑地说:

"我去做'朝拜',你可要好好伺候我们的大喇嘛爷呀!"

* * *

战士们在水池边有说有笑地洗着脸。他们洗脸很简单:双手捧出一点水往脸上一抹,再用破帽子或蒙古袍肮脏的前襟擦两把,就算了事。从水池回来的道上,你打我闹,再摔两次跤,刚刚洗过的手和脸又挂满了尘土,因此他们的洗脸只出于一种习惯而已。

全队喝过早茶,又饮完马,就到水池旁一块平坦地方(这是操场)集合,听洪涛政委讲政治课。

从前洪涛会说些蒙古话，经过这几个月的练习，比过去说得流利多了。但是讲起课来，还得混用许多汉话，求彭斯克替他翻译。他用蒙古话讲课，确实很费力，刚讲半个钟头，嘴就发酸了。在前边简要地讲了一下"近代科学是怎样发达起来的"，现在开始讲主题"人是怎样从猿猴进化而来的"。刚提到这个耸人听闻的题目，战士当中就立刻引起了一阵轰动。

"同志们！"洪涛讲道，"你们有的人看见过猴子，有的人没有看见过，它是很聪明的一种动物。几十万年以前，在热带地区，有一种猴，叫猿猴，它长得跟现在的猴差不多，只是个子高一些，它们成群地住在树上。这种猴会两只脚走道，前边两只脚又能当手用，非常爱劳动，它会一把一把地抓东西往嘴里放，因为它长得跟人差不多，所以叫类人猿。"

战士们，听他讲课，就像小时听人讲神奇鬼怪的故事一样。猴子，跟人长得一样，叫什么"类人猿"……多么新奇的故事啊！

"这种猴经过几万年、几十万年，在劳动中慢慢进化，"洪涛继续讲道，"就变成了人，现代这样的人。我们都是由猿猴进化而成的……"

什么，人是猴子变成的？天哪！政委是不是在说醉话呀？战士们，忽然嗡嗡地吵嚷起来，就像受了惊的马群一样。

"照政委这么说，我，和我爹，还有我爷爷都是猴子投生的呗！"一个战士激愤地嚷道。

"我们蒙古人说，猴子是最狡猾、最不诚实的东西，可是我们政委，指着我们的鼻子说：'你们都是猴养的！'我们蒙古人，不能受人这样欺负！"

"问问他，为什么骂人？"

"给他提意见！"

战士们有的站起来喊叫，有的东一嘴西一嘴说着什么，然而铁木尔坐在吵嚷的人群中，一直没吱声，但，他的双手在痉挛得发抖，嘴唇越来越发白，脸上红一阵灰一阵，看来，他比谁都激愤呢！过了一阵，人们还在嚷吵，这时，铁木尔再也克制不住自己，猛地跳起来喊了一声："报告！"就向政委质问道：

"政委同志！你的意思是不是说，就连我们蒙古圣祖成吉思汗，也是猴子的后代呢？"

政委听了这话轻蔑地笑了。人们不明白在这样的群愤下，他为什么笑了？难道他认为这是最普通的一个玩笑吗？不，他没有把这件事当成玩笑，他所以笑，是表示战士们太幼稚了。他所讲的不过是社会发展史的一个开头，战士们为什么这样对他不礼貌呢？——这实在不可理解！想到这里，他心里有些气怒，因此对铁木尔提出的问题，直截了当回答说：

"天底下任何人都是从猿猴进化而来的，当然成吉思汗也不例外。"

这么一句简短的回答，使战士们像狂风暴雨般骚动起来了。没有人下令起立，但全队都站了起来，黄尘四起，有的面红耳赤地喊叫，有的向洪涛伸出拳头，在这混乱的骚动中，还夹杂着许多不堪入耳的谩骂声。

"成吉思汗的子孙们！我们为啥叫一个汉人，站在我们面前，糟蹋我们圣祖啊？"

"去他妈那个政委吧！他跟日本人一样，是来欺负蒙古人的！"

"把他撵走，咱们再也别跟汉人打交道！"

"捆起他来！"

"打倒他——这个狗养的东西。"

"……"

洪涛站在骚动和谩骂的人群对面，他像一个旁观者，冷静地观察每个人的表情、动作，心里想："他们为什么这样不守纪律？这是牧民的无政府主义习气，实质上是狭隘的民族主义思想的表现。"

但正在这时，却有人在喊："有良心的蒙古青年，举起枪来，打死他！"他不由得脸雪白了，这些战士，什么事情都敢干出来的！

"打死他！"

"枪毙他！"

扳枪栓的声音……

子弹上膛的声音……

洪涛的苍白的脸……

又是扳枪栓的声音……

又是子弹上膛的声音……

又是洪涛的苍白的脸……

嘡！——枪响了！

枪是从混乱的人群后边响的。全中队的人们，几乎同一时间转过身向后看去；消瘦了的官布队长叫托娅搀扶着站在不高的小土堆上。他右手中的手枪口，冒着一缕几乎看不见的白烟。

官布队长的突然出现，使骚动的战士们静了下来，只有几个人在悄悄议论着他的出现，这就像在刚刚着起的火苗上，倒了一桶水，火灭了，留下的只是几下嘶嘶的声音一样。

"同志们！"官布队长气怒地命令道，"你们马上把上膛的子弹拿出来，谁不执行我的命令，就当场枪毙谁！"

战士们驯服地低下头去，拉开枪栓，拿出子弹。

"你们是一群没有人管的牲口吗？哪有你们这样的革命战士？军人，不论在什么地方，都得有纪律，要服从上级。洪涛同志不管他说了什么话，他还是你们的政委，你们的上级，你们有什么权力用枪去对付他？我真替你们难过、害羞……"

他的病没痊愈，气力不足，声音变得越来越小，最后完全支持不住，往后倒了下去。

托娅忙去扶他，战士们也都"呼"地跑上前去扶他。

战士们都像犯了罪似的低头站在官队长周围，这时洪涛政委若无其事地走过来，对战士们说：

"你们先把官队长抬回去，爬杰同志，你派一个人，到特古日克村去请巴拉珠尔大夫。"

战士们出于对队长的忠实和爱戴，终究服从了政委的命令。
……

今天中队里，虽然发生了这件不愉快的事情，但是听了官队长的话，战士们好像知道犯了错，所以谁也不再提它。吃过晚饭，跟往常一样，有的愉快地摔跤，有的梳理马鬃，有的三三五五凑到一块儿谈论着女人，好像今天什么事也没有发生过似的。

只有铁木尔一人，还没消气，锁着眉，低着头，向披上晚霞光的水池边走去，他找到一块石头坐了下来，眼睛凝视着池水，气愤愤地想："今天的事情，好像是我惹起的，你看官队长对我的那副脸色！政委说的是什么话，他骂我们，骂我们的老祖宗，就不许我们反对他，我们是为自己民族来当兵，又不是来挨骂的！到啥时候，咱也得讲清这份道理，他再骂成吉思汗，我非得干掉他不可！"想到这里，他右手掠住一把枯草，揉得碎乱，扔进水池之中；枯草被水波带走了，然而他的思想还在原来那件事上打着转:"官布队长一定寻思我领头欺负了政委,我找他去作个解释,但是政委那些话,到啥地方我也不能同意。"

他直奔官布那座蒙古包走去,来到包门前,听见官布队长的说话声:

"这件事,你不能怪战士们,就是你对我那样说,我也不愿意听的。要不是托娅拉我出去散步,那么战士们早就打穿你脑袋了!我们的战士,什么样事情都敢做出来呀!你应当接受这次教训。"

"你的话是善意的,但是我只理解一半,另一半还不能理解,不过现在我不想跟你争论——你是病人。我现在只想说一句话,就是我们是共产党员,不是民族主义者!"

"你说我是民族主义者,是吗?"官布激动了。

"当然不是这个意思。"

洪涛的话一落,铁木尔喊了一声"报告",闯进包来,向半躺着的官布说:

"官队长,我是来找你……"

"是你呀!来得正是时候,我没找你,洪涛同志正要找你去。"

"我是来……"

官布又打断了他的话:

"我知道,去吧,跟政委去吧!"

铁木尔莫名其妙地看看队长,又看看政委,不知怎的是好,正在这时,政委走过来拉住他说:

"走吧!我们谈一件大事。"

……

那天夜里,铁木尔来找他的好朋友沙克蒂尔,把他偷偷叫到外面去，很神秘地告诉他说：

"嗨！我们班里有人进多伦城，你不捎点东西吗？"

"干什么的东西？"

"快娶媳妇了，至少也该把你这顶破礼帽换一换啦！人说，娶亲戴破帽子，倒一辈子霉呢！"

"别提这事了，我都快急死了！"

"二十多年都憋过来了，这么几天就等不起啦？"

"铁木尔，你是不是故意耍笑我？"他突然生气了。

听见沙克蒂尔的声音中，有一股怒气，他心里受了莫大委屈。他好心好意地来给他报信，不料落到这般结果，再谈下去恐怕更收不住场，于是他借词说："我还有别的事！"就走了。

沙克蒂尔眼看铁木尔消失在夜幕中，心里很难过："他生气了，可是他为什么耍笑我呢？"他一动不动地站在原地，向夜幕发着呆，这时，在他脑海中出现了父亲那威严的面容，由此他想到娶亲的事，忧郁地想：什么都命里注定了。

沙克蒂尔的父亲，起初打算把他自己跟刚盖老寡妇养下的私生女南斯日玛，娶给铁木尔，再通过铁木尔的名义养她们全家。但是铁木尔牙咬得铁硬，硬是不肯答应。唉！他毕竟不是亲生儿女，不能为这事跟他闹红了脸，因此他想出第二个办法：把南斯日玛娶给他二儿子沙克蒂尔。二儿子起初也不干，他一方面要死要活地吓吓他，另一方面鼓动全家老小，轮个劝说他，经过多日外攻里应，他只好答应下来。前天父亲派一个羊倌送信来说：庙上喇嘛已经给选定了娶亲日期，家里也准备妥当了，叫他五天之内回到家去。今天战士们骚动时，他所以没大喊大闹，就是被这件事缠住，没心去理别的事。刚才他跟铁木尔说"我都快急死了"，就指的是这不愉快的婚日一天比一天逼近了。

"谁？口令？"

哨兵的喊声惊醒了他，他无精打采地答说：

"我，沙克蒂尔。"

"噢！原来是你呀！听说你快成两个孩子的爸爸了，恭喜，恭喜！俗话说得好：牛马成群钱满箱，不如搂着老婆把福享。娶娘儿们，是一件好事，喝喜酒那天，可别忘了咱哪！"

一个穿着一件破皮袍的中年哨兵，走过来给他啰啰唆唆地开起下流的玩笑，他不耐烦地说：

"夜里哨兵不能跟人说话，封住嘴吧！"

说完，走回蒙古包去。

第二天中午，沙克蒂尔在政委的包门前，转了小半晌，总是不好意思进去请假。他从来没跟政委单独谈过话，政委虽然没有什么架子，但是总使他感到好像有一层东西隔着他们。他心里想，要是官布队长没病，他就找他去，可是他病了，真把他难住了。

政委在包里早就看见了他，并且知道他要请假回家结婚——这是官布队长告诉他的。队长的意见是批准他回去结婚，不然他父亲会说咱们军队的坏话。他是一个全旗有名望的大"巴彦"，说好话，说坏话，在群众里都有影响。遵照队长的意见，洪涛主动地把沙克蒂尔唤进来，准了假。

沙克蒂尔得假后，怕同志们知道他回去娶老婆，要笑他，所以一直等到晚上大家学军歌时，才偷着走的。

离开军营，他没回家去，转了一个弯，到特古日克村莱波尔玛寡妇家去了。他把马拴在马桩上，走到包跟前，从门缝往里看了一眼，莱波尔玛在灯下，抱着她最小的孩子布日古德轻轻地唱着催眠曲：

>别人的孩子爱哭啊
>呜……哎……呜……哎
>我的宝宝爱睡哟
>呜……哎……呜……哎
>
>月儿出来了，鸟儿不叫了
>呜……哎……呜……哎
>我的宝宝睡着了
>呜……哎……呜……哎
>……

夜风把这年轻寡妇的充满母爱和忧郁的催眠曲声，吹散在黑色的特古日克湖上，村头深静的柳林里……

灯光下，她那眼角上有一滴泪珠闪着光，她比从前消瘦了些，这是年轻母亲操劳过度的证据。但，这在他眼里显得更加美丽、温存了。

"她多么孤单、可怜啊！我怎狠心……"

沙克蒂尔被一股巨大的不可克制的怜悯、同情和痛苦的混合感情统治了。

他踌躇不安地轻轻推门，发现门从里边闩着呢。

"谁呀？"她放下睡着了的孩子，惊愕地问。

"我。"

"呵！沙克蒂尔！"

他们快一个月没见面了，当她听出他的声音来时，喊着他的名字，跳起来给他开门，她已经完全忘掉了这样大声会吵醒孩子。

他刚把一只脚迈进门限时，就被她双手紧紧地搂住了。她变得这么有劲，把他搂得连动都不能动，她疯狂地在他那被夜风吹冰了的嘴唇上亲了又亲，他只能在她一个亲吻和一个亲吻的空隙，对她小声地说：

"进去吧，别叫人看见。"

可是她好像什么也没有听见，仍然不停地亲他。他几次想挣脱开，都失败了，于是他也紧紧地抱住了她……

深蓝色的夜，多么安静啊！

这种安静一直保持到他们经过长久的亲吻而感到满足了的时候。

其实，春夜是喧闹的，特古日克湖边的夜鸟一直没有停止过歌唱啊！

他松开两只手，粗喘了一口气，说：

"你从哪儿来的这么大力气，把我腰骨都搂痛了。"

她羞涩地倒在他的怀里。

他用手抚摸着她那赤裸裸的前胸说：

"看你急得连衣纽都没扣上，外边凉，进吧！"

情人们在一起时，时间过得就像闪电那样快。他们的话是说不完的。但是就在这样幸福的时刻，莱波尔玛的心上，忽然出现了一层阴影，沙克蒂尔的两眼为什么失去光辉，他的两眼为什么一直躲躲闪闪，不敢正视她一眼呢？难道出了什么不幸的事吗？她想问他，但不好开口，直到他俩熄了灯躺下时，她才提心吊胆地问他：

"你打进来，脸上就挂着愁气，是在队伍里惹下了祸，还是我说了什么叫你生气的话？沙克蒂尔，我希望你高高兴兴地到我这儿来，我只要看见你有一点不高兴的样子，心就碎了。"

长久的沉默之后，他回答说：

"莱波尔玛，今天我来是告诉你一件事情，你听了千万别哭闹，行不？"

"你们要出去打仗，是吗？沙克蒂尔，你又要离开我！……"

她哭了，哭得那样叫人心痛！那滚热的泪水一滴一滴地落在沙克蒂尔的肘腕上，他那触到泪水的肉体，突然产生一阵不可抑制的轻微的颤抖。"她猜我要出去打仗，就这样哭，要是知道我就要跟别的女人结婚，她更会怎样难过呢？她受过多少苦啊！我能再打她一拳吗？"想到这里，他失去勇气把真情实事告诉给她了。

从蒙古包的门缝射进雪白的月光，沙克蒂尔看了他的孩子布日古德一眼。月光照在他那胖胖的小脸上，脸有些发白，嘴角上还留着笑丝，大概是在妈妈逗得他发笑后睡着的吧！沙克蒂尔情不自禁地抚摸孩子的柔软的头发，小家伙在梦里，不高兴地噘了噘小红唇，但没醒来。"他的嘴唇长得跟你的一模一样。"莱波尔玛时常这样骄傲地满意地对他说。他至今仍然清晰地记得在那一年秋天的一个晚上，莱波尔玛羞涩地对他说的那一句话："有啦！"从那以后，好像有一条无形的线绳把他俩牢牢地结系在一起了。

"告诉我：出去打仗什么时候回来？"她又问道。

他不知怎么回答是好。是暂时哄骗过去，还是照实对她说了呢？他的良心警告着他："你对这样一个女人，说一句假话，都有罪！"再说，事到如今，再瞒也瞒不过几天，等她知道你欺骗了她时,她更会怎样伤心,怎样恨你呀!今天晚上,不管她怎样哭闹和难过,非得照实告诉她不可了。

"莱波尔玛!"他的声音流着泪,"我这次来是跟你告别的。我不能骗你,后天……后天我就要跟村南头的南斯日玛结婚了。你别恨我,也别哭闹,这都是我父亲……可是我,到啥时候,也不会忘记你……"

说到这里,他的喉咙哽住了,再也说不出话来,只等她那一场无休止的哭闹了。

时间一分钟又一分钟地过去,然而不但没哭没闹,就连一句话都没说,他惊疑地看她,她轻轻地闭着的两眼,长长的睫毛轻微地颤动着,脸色平平静静,就像从前他们甜蜜的欢度之后,安静地睡去时那样。

"莱波尔玛,这确实是我父亲逼成的,我……"

没等他说完话,她用双手捂住了他的嘴,显然她不想听任何多余的解释。

她那捂在他嘴唇上的那只冰冷的手心,不由得使他打了一个寒战!

"你什么都别说啦,我知道早晚会有这么一天。老天爷不会饶过我这样的人的!我明白自己是一个什么样的人:我是一个苦命寡妇,有三个孩子的寡妇,我有罪;可是你呢,年轻、漂亮,家里又有钱……是啊,一个人一种命运,这是老佛爷注定的,你应当娶老婆,养儿育女。你说啥时候也不忘我,这为的啥呢?忘掉我吧!说到小布日古德,你放心,我宁可自己挨冻受饿,也要把他抚养成人。要是你还想他,那你就给他留下一个东西,等他长大,我告诉他:'这是你爸爸留给你的。'……"

说到最后一句话时,她再也控制不住内心的痛苦,突然大声哭了起来,就像被拦住的河水决开堤防汹涌而出似的。

"我,什么也没有带来,身边只有一百二十块银大洋,是我从家里拿出来的,你留下用吧!"

他把这一个布袋,放在她身边,又躺下了……

第二天早晨,他醒来,看见莱波尔玛正在穿他的那件油黑的汗衫,他提醒她说:

"哎,你穿错了,那是我的汗衫。"

然而她紧闭着嘴,温柔地一笑,拿过她自己那件汗衫放在他身边,并弯下身去,在他的脸颊上轻轻吻了一下说:

"咱们换着穿吧!不管你走出多么远,不管你往后是不是再来看我,只要我穿着你这件贴身汗衫,闻到你的汗味,我也算幸福了。"

他也穿起她刚刚脱下来的,还保留着她那肉体的温暖的破汗衫。

沙克蒂尔从特古日克村走出不远,在一座小山下,遇见一个女人,那女人把老牛从车上卸下来,放在荒甸上吃草,自己背上捡粪筐,正在捡牛粪。他心不在焉地看了她一眼,用对一般过路陌生人寒暄的那种冷淡态度,问了一声:"你好?"就走过去了。显然他没有认出那女人就是斯琴。但是这一举动,却使斯琴更坚定了一种想法:"村里的人都不愿意看我一眼,恐怕我把他们的眼光沾脏了。"

粗略看来,斯琴与两个月以前,没有什么变化,但是仔细观察起来,就会发现在她那已经凹陷了的两只眼窝上,黑影越发加深了,两只眼睛变得没有一点神气,就像即将灭熄的灯火一样。

她看见沙克蒂尔,很自然地想起了铁木尔,要是刚才遇见的不是他，而是铁木尔，该叫人多么痛心哪！两个月前，莱波尔玛告诉她说，铁木尔要跟南斯日玛结婚，他们一定早就结了婚，也许日子过得很好，铁木尔也许用从前对待她的那种真诚的爱，爱着南斯日玛！这都是可能的！但是这已经不再引起她的嫉妒，因为她从女厨师笃日玛那里，得到一种启示：人的命运是老佛爷给注定的，不论你怎样挣扎，也是无济于事！

事情的经过是这样的：上次她从莱波尔玛那儿听到铁木尔就要跟南斯日玛结婚的消息，顶着风雪跑回自己的蒙古包，她再也没有力量活下去，于是拿出铁木尔留下的那把"合德"刀，正要自刎时，一向对她冷酷的女厨师给她送饭来看见了，哪有见死不救的人哪，女厨师从她手里抢过刀来，问她为什么想寻死。在这一刹那间，笃日玛的冷酷眼光，完全从她记忆中消失，她感到她是世界上最善良的人！她抱着她一边哭，一边把自己怎样被贡郭尔扎冷逼来，贡郭尔扎冷又怎样把她心爱的铁木尔拉去当兵，以及铁木尔回来的前前后后发生的事，全部告诉了她。然而不知为什么，一向被人称为"黑心肠"的笃日玛，听完斯琴的话，低下头去，默默地擦着眼泪说：

"原来我俩都是叫贡郭尔糟害得人不像人，鬼不像鬼了。"

"怎么，你？……"

"我本来是商都旗人，从前的丈夫叫巴格登，他是一个厚厚道道的牧人。他一个人给我们村的查干巴彦放三百匹马，他就像女人似的温和，我们从来不顶嘴，不吵架，我们的日子过得挺好。七年前有一天晚上，一个大官带着四个跟差的，到我家来借宿，我就叫他们住下了。那个大官就是这个该死的贡郭尔。他看我长得漂亮，就跟我们旗的官老爷们勾结起来，硬把我抢到他家去，当他小老婆。起初我整天又哭又闹，想偷着跑回去，可是这么大的草地，往哪儿跑啊！一天又一天，过了许多日子，我没指望了，再说他对我也不错，我就安下心跟他过啦。这样整整过了五年多，后来忽然他对我不好了，没过几个月你就来了，从那以后，他连看都不看我一眼。那时，我以为是你从我怀里把他抢走了，两年来，我恨你，恨死你，有一次我想暗地把你害死……斯琴，你别记我仇，我们俩谁也别恨谁，往后，咱们苦命相连，我扶你，你扶我，就这样一天一天地过吧！"

听了她的话，斯琴哭得越发厉害了。她原来是这样好的人，这样好心肠的人，被贡郭尔害成什么样了！这种无处申诉的痛苦，使她说出这样的话来：

"笃日玛姐！"她第一次这样亲切地称呼她，"我活不下去了，死了倒痛快！"

"傻妹妹，你快别说这话，老佛爷叫我们投生成人，就是为了叫你活下去，我告诉你一句知心话吧！我有一个喇嘛舅舅，他时常跟我们说：'天底下，人跟人不能一样，有富必有穷，有受苦的必有享福的，你投生以前，老佛爷就把命运早给注定了。这些都在佛经上写着呢！'你哭你闹，一点不中用，依我看，只要咱们一心一意地供佛敬神，下一辈子就不会再投生这样的苦命人。这两年，我每天晚上，都给老佛爷诚心诚意地祈祷，我也像佛经上说的那样：不杀生（我已经两年没杀生了），不爱血（我一看见血就扭过身去），修好积德，好好活着，总会有一天，得到老佛爷的恩赐，投生成一个好命运的人。"

斯琴被笃日玛救下来，又听了她这一段知心话，她们之间完全消除了仇恨和怀疑，变得就像亲姐妹一样。她又在笃日玛的影响下，相信人的命运是老天爷注定的，反抗与挣扎全无济于事，因此两个月来，就像一只驯服的小羊，再也不向往什么幸福和快乐了。

一切都是命运注定的，就连今天她遇见沙克蒂尔，而不遇见铁木尔，也是如此。

她捡满了一车干牛粪回来时，看见刘峰在客房前踱来踱去，好像心里正在盘算着什么似的。自从上次事件以后，他再也不敢来惹她，其实现在他要真的来惹她的话，她也许没有过去那样反抗的力量了。

刘峰背着手在窗前走来走去，偶尔脚下碰上一块石头，也借题出气，一脚把它踢出老远。从他脸色上看得出来，他对自己现在的处境是很不满意的。当初他被派来草地时，心怀大志，想在这块还没被他那些政敌们发现的大草地上，领兵带将，威震四方，有朝一日将戴上全金的将官肩章，回到呼和浩特去，向他的政敌们炫耀自己，并且压倒他们。但是不知为啥，上级多次来电指示他："坚决不许正面活动，以期长期潜伏。"上次他从呼和浩特出来时，上级说，大军不久将会进入锡察草地，为啥直到现在还叫他"长期潜伏"呢？他以自己的敏感，已经嗅到情势有些变化。前些天，他几次请示上级准他正面活动，但回示仍是"长期潜伏"，因此他心情十分不愉快。今天从清早就在窗外转来转去，他怀疑这也许是他的政敌们怕他做出大事业来，在他上级那里捣什么鬼呢。贡郭尔每次来告诉他说，官布中队里的那个汉人八路洪涛，如何正面露头，担任政委，大肆活动的时候，他就更焦虑、埋怨起来。"我好比是苏武，被抓来北国受苦。不，就是苏武也能看见个天日，四处放牧，可我呢？整天憋在这间小房里，就像蹲监狱一样，真他妈的无聊！"他有时又这样想："干脆收起摊子回去吧！"但是在目前情况下，两袖清风，一无所成地回去，势必受到上级责骂，同仁讥笑，那些政敌也会趁热打铁，拆你的台。"我刘峰不是那样尿包货，就是跌跟头，也得见见血再说。"他想。

他没有像洪涛那样露面活动，但是他已经有了贡郭尔这样忠实的助手。他知道，贡郭尔是一个有本领的人，旗民还顺他，再说八路政委领导的官布中队，处处排挤贡郭尔，甚至在旗民当中，宣传要"打倒贡郭尔"（这是贡郭尔听来告诉他的），贡郭尔跟他们势不两立；这样一来，他的工作就有了很大方便，他可以不费力地扯住贡郭尔的头发，东西摆弄。至于齐木德，在贡郭尔的保安团当"特别顾问"不过是个名义，他是一个可用而不可重用的人。贡郭尔和官布——两个对立的权威，都是齐木德的妹夫，他就像墙头草，随风倒。听说，前几天齐木德以探官布的病为借口，多次与官布接头，但还没有什么特别可疑的行动。"齐木德是一个食之无味，弃之可惜的家伙。"想到这里，刘峰掏出怀表一看：十一点四十五分。他回到屋去。

每天中午十二点是他与上级联系的时间。

"嗒——嗒嗒嗒——嗒——嗒嗒……"

耳机传来有节奏的声音，他记录在纸上，今天密电比任何一次都长，不一会儿，刘峰将它翻译成了文字：

峰：

获悉共匪残部千余人，将于本月二十日前后，侵入蒙察南部。国军目前重点围剿晋察冀区共匪嫡系主力，故不及追歼北侵残匪，待南部共匪主力全被歼后，国军当即进军蒙旗，以达彻底消灭共匪之目的。在国军进发蒙旗前，不日将派康保之方达仁部骑兵二百余人，伪装共军，进入蒙旗骚扰，以激起蒙民对共匪普遍怨恨。此刻，兄火速准备，待方部进入蒙旗，当即在蒙民中乘机宣播共匪之恶，号召蒙民愤起抗匪，在共匪与蒙民之间，造成鸿沟，使北进之共匪残部，于蒙旗无立足之地。方部骚扰完毕，撤出蒙旗，然兄仍需坚持潜伏，不得暴露。务操劳协助，丰功在望。孙。

这份电文使他脸上骤然焕发起来，好像抽足了大烟的烟鬼一样，露出焦黄的牙齿笑着，哼起一个莫名其妙的曲调来。他把电文看了一遍又一遍，它替他解开了许久以来的谜。孙将军叫他长期潜伏，原来不是他的政敌们在捣鬼，这是孙将军的统一战斗计划。"丰功在望。孙。"这几个字像一丛花般吸住了他的两眼，眯起眼来，他洋洋得意地重复着这几个字。他想："这回关云长拿大刀，看老爷的本事吧！今天是十五号，还有四五天的空儿，今天晚上先把贡郭尔从军营找回来，给他交代清楚任务，叫他在旗民当中，把方达仁的骑兵说成是八路军，最好做到家喻户晓……孙将军不愧是一位老手，策谋高妙，实在值得钦佩！"

贡郭尔扎冷接到刘峰的信后，立即赶来。当他那匹骑马的缺了两个小钉的铁掌踏上特古日克村的大地时，天已子夜时分了。

十一

旺丹从贡郭尔保安团请假连夜赶来参加他弟弟的婚礼。回到家来，天还没发亮，他悄悄走进自己包里，包门一响，卡洛醒来了。

"沙克蒂尔不是娶亲吗？家里怎么连点动静都没有？"他一面脱着皮靴一面问道。

"谁知道爸爸打什么算盘哪，他说：'在这年月办喜事不同往常，只要两家老人愿意，把媳妇一接过来就算结了婚，眼下不是大吃大喝、闹排场的时候。'他一不让请吹奏手、歌手，二不让多请亲戚朋友，就好像把人家闺女偷来，不叫外人知道似的。他也不想想，别人听说堂堂大名的全旗最大巴彦瓦其尔，给儿子娶亲连个歌手都不请，他们怎么笑话咱们哪！人哪，越老越糊涂！"

旺丹听老婆这么一说，就猜透了爸爸那点主意。附近上年岁的人们都知道南斯日玛是他的私生女，把自己私生女嫁给儿子，这不是什么光彩的事，别人一知道风言风语少不了，倒不如干脆把人先娶过来，等"木已成舟"时，有多少风言风语也不在乎了。再说旺丹娶亲时，大闹了一场，整整花了五群牲口，婚事一过，爸爸说过很多次这样的话："娶个儿媳妇费了五群牲口，这还了得！"

真的，五群牲口可不算少啊！即使一个赤贫牧民得到它，也能摇身一变，成一个像样的巴彦呢！

如果南斯日玛的妈妈得了五群牲口的彩礼，成了巴彦户，爸爸又怎能把她接到家来住呢？所以爸爸以"年月不好，不能闹排场"为借口，一举两得：既省了钱，又把她母女一同"娶"过来。

当然对爸爸这些弯弯道，卡洛是不知道的，她还叨叨咕咕地说：

"就连穷光蛋娶媳妇也请几十个人,可是爸爸只准请一个'胡达'[1]和一个'胡达该'[2],真怪!"

"二弟什么时候回来的?"

"更不用提他,他比爸爸还古怪,昨天从队伍上回来,穿着一身发臭的袍子,爸爸叫我给他送去一套新袍、新靴、新腰带和新汗衫,别的都换新的了,只把一件贴身破汗衫不肯脱下来,咱怎劝也不顶事,后来爸爸知道就骂他说,娶亲穿又破又脏的东西不吉利。可是他还是不脱下来,没办法,我只好帮他把新袍穿上了,可就在那时候,我把他那件宝贝贴身汗衫仔细一看,哈,原来是女人的!这块儿(她指着自己乳房上下)还挂着奶嘎巴呢!我故意问他:'这汗衫是谁给你做的?'他瞪了我一眼,绷着脸说:'大甸子上捡的。'我听了这话,差点笑出来。他吹胡瞪眼,我哪能吃他的亏,就说:'不管是捡的,还是人家给你做的,反正原先是女人穿的。'一揭底,他炸了,把我推出门来,把门闩上了。我心里想没说出来,那一定是小寡妇莱波尔玛的,所以他才舍不得脱下来。人,可真有意思!照这样他能跟南斯日玛过好了吗?"

"管他过好过不好,爸爸算是心满意足了。"他接着问,"二弟回来说没说他们队伍里的事情?"

"没说什么。看他那样子,好像心里有点事,依我猜,也许恋着莱波尔玛,不想当兵。可是爸爸说:'我有两个儿子,一面放他一个,日后不管哪个坐天下,我也能保住自己的牲口。'他不想干,爸爸也不能答应。"

---

1. 胡达:蒙古语,男主婚人。
2. 胡达该:蒙古语,女主婚人。

"这你可猜错了,爸爸叫他回来他也不会回来,二弟的脑瓜叫铁木尔给灌迷糊了。听人说,二弟在他们队伍里最能喊革命啦、平等啦、自由啦……贡郭尔告诉我说,二弟还喊叫打倒贡郭尔呢!我真想劝劝他。"他忽然想起什么似的,小声地说:"哎,你到门外,把马褥给我拿来。"

等她拿来马褥时,他从里边掏出一包很重的东西,说:

"我给你带来的好东西,你千万别漏出风声去,贡郭尔口头上喊的是保护老百姓,可是时常夜里蒙上脸去抢人,这是我分到的,能值五匹马呢!——你看一副多么贵重的头饰啊!"

她看见这副镶银镀金、琳琅珠宝的头饰,高兴得几乎不相信自己的眼睛,她伸手去摸它,正在这时从包外传来父亲的咳嗽声,也许他看见旺丹的马,知道他回来了。

"旺丹回来了吗?"

"是,爸爸,我刚进来的。"

"娶亲人马寅时出行,铁木尔也刚赶到,你们俩跟他们去吧!"

太阳刚冒红,陪新郎去娶亲的人们,一个个无精打采地坐在马鞍上,朝特古日克村走来。

在道上,沙克蒂尔担忧地想:"进村出村的时候,千万别碰见莱波尔玛呀!"

这一队像败兵一样没有生气的娶亲人马,从他们进村来,直到走出村去,不但没引起村里任何人的注意,就连最爱管闲事的狗,也没发觉他们。

然而只有一个人,一直站在村头沙坨上,泪水盈盈地把他们目送到被远山吞没时为止。这个人是斯琴。她照例出来捡干牛粪。她从那群人马中,认出骑黄马的那个人是铁木尔。这时前些天莱波尔玛告诉她的一句话，又在她耳边响了起来："铁木尔要娶村南头的南斯日玛了！"

她已经没有心再捡粪了，赶上牛车，走回村去。

"他真的把南斯日玛娶走啦？——刚才你自己亲眼看见的还有错吗！"在道上，她这样自问自答着。

她那曾经一度反常的平静心海，又被一阵狂风暴雨翻腾起来了！她从来没有恨过铁木尔，但是今天她恨了，恨得那么突然，那么深！她做过对不起他的事情，但是她想他一定同情她，决不会因此而抛弃她，在她心目中，他是最诚实的人。然而今天，她亲眼看见他娶走了南斯日玛！那队娶亲人马的影子，深深地印在她的心上。从此，她与他没有一点关联了。他变成了一个外村人。铁木尔，好狠心哪！……他刚回来时，在柳林里碰见她，她说了一些违背自己心愿的话，那能怪她吗？她那样做，正是为了他，不忍叫他看见自己那种悲惨的样子，才狠着心说了的……现在她后悔不该说那些话了。"……我是为了你才回来的！"他的声音又在耳旁响了起来。从这句话看来，可恨的不是他，是她自己。你自己做了对不起人家的事情，人家不恨你，还来见你，可是你又说了那些叫人心痛的话，人家怎还敢想你、等你呢？……

她赶着牛车走在特古日克湖岸上，湖上一片春天景色：冰，开化了，在深蓝色的湖心，漂浮着几块冰块儿，在那上边落着几只水鸟，不时咕嘎叫唤着。湖边的枯草，在春风下，翻着浪，草浪一闪一闪的就像肥绵羊的脊背。忽然从草丛中，站起一个女人来，她看出是莱波尔玛，她在那里汲水。湖水有碱性，本村妇女用它洗衣服。

莱波尔玛还是那么壮实、美丽，肩担两桶水，就像担两根

羽毛似的,迈着敏捷的步子,走近她来,说道:

"这么多日子没见面,你的身体好吗?"

斯琴看见她,又想起她从前跟她说的话和刚才看见的那队娶亲的人马,心里一凉,没答出话来,只无意地呆呆地用手顺理那头拉车的老牛背上的红毛。

"你的脸色可真不好,又闹病了吗?"

突然斯琴泪水盈满了眼眶,抱住莱波尔玛哭了起来。

"你怎么啦?又谁欺负你啦?"

"谁也没欺负我……"她哭着答道。

"斯琴,看你苦成什么样子啦,快别哭啦!走,到我家坐坐,把你的苦处跟我说说。"

"不,我哪儿也不去,莱波尔玛姐!"

"那么你到底怎啦?快告诉你大姐!"

这她才一边哭着一边吞吞吐吐地说:

"他……把她娶走了!"

"谁把谁娶走了?"莱波尔玛的声音也有些发颤了。

"他把南斯日玛……娶走了。这是我刚才亲眼看见的!莱波尔玛姐,如今,我什么都完啦!……"

说完,她又大哭起来。

莱波尔玛听了她的话,突然也哭了起来,哭得比斯琴还厉害,以致斯琴都不得不停止哭泣,用泪糊的眼睛,惊愕地看她。她的脸色苍白,眼角和嘴角的皱纹,一齐深陷下去,顿时,她变得苍老了!她把脸上的眼泪都没擦一下,走过去担起水桶就走了。但是她那敏捷的脚步,已经变成如同醉汉一样一走三晃的步伐了。斯琴忽然担心起来:"她不会被春风吹倒吧?"她没有被风吹倒,走出不远,不知为什么又放下了水桶。这时

斯琴忙跑过去,安慰她说:

"莱波尔玛姐,你突然怎么啦?走路摇摇晃晃的,就像一根草似的。来,把扁担给我,我替你把水担回去吧!"

可是莱波尔玛一手将她轻轻推开,把两桶水统统倒在地上,只说了一句:"好妹妹,现在我心里就像着了火,你别跟我说话了,回家去吧!"担上空水桶就走了。

……

卷 二

一

草原上起火了！古老的察哈尔大地发黑了！

熊熊的大火，吞没了好几个村落，借着风力，又从西方烧了过来，浓黑的烟柱冲到草原的上空，弥漫开来，天空失去了本色，太阳变得昏昏暗暗。这时，惊慌的牧民们，把子女妻老安置在一起，骑上马，不约而同地集合到一块儿，有些人不知从哪听说，放火的人是"八路"，经他们这么一传播，人群里，马上有人愤怒地喊骂起来了：

"打死杀人放火的八路！"

"这是民族存亡关头，咱们团结一心，打倒八路！"

"八路是蒙古人的死对头！"

人们一群又一群，络绎不绝地向这里集聚而来，其中有牧民、巴彦、喇嘛和旧官员们。附近几个山头、沙梁上全站满了人，黑压压一片，从他们周围传来他们妻子儿女们的哭叫声。

正在这样混乱的时候，从东边驰马跑来一个略微发胖的老年人，在他马前马后，有七八个卫护的人。看来他像一个官员，但他身穿民服，头戴民帽，又像一个富足的牧主。他没等走近人群，就猛力勒住了马，他的卫护人员，也都前后不一地停下来。他用同情的，但又痛苦的眼光，许久地环视那些面临大灾大难而束手无策的牧民们，那些像流浪人似的妇女和孩童们。他的外表虽然很镇静，然而眼角上挂着泪水，声音也发颤：

"我对不起我的旗民……"他惭愧地自言自语。

火，越烧越近了，嗅觉敏感的人，已经闻到了枯草烧焦的味。人们越发慌乱起来，有的人骑着嘶叫着的马，跑过去将妻子一把拉上马背，抱在怀里，盲目地跑到别处去逃难；有的妇女把孩子交给丈夫抱在马上，自己跟在马后，东西乱跑着。混乱、哭吼，人们就像一群在暴风雪中散了群的羊！

这时，有一个做卫护的青年，走到那位发胖的老人身边，小声地提醒他说：

"火，快烧到这儿来了，安奔大人，您站在这儿太危险了，我们快些离开这地方吧！"

这位被贡郭尔篡夺职权的达木汀安奔，听了青年的劝言，反而气得花白的短须直发抖，朝他脸上"呸"地吐了一口，愤怒地骂道：

"你是叫我眼看我的旗民，被大火烧死，叫八路杀死的时候，不管不问，回到家关着门，用麻纸抄写旧书吗？不，那样的日子，我过厌了！我对不住自己的旗民！老佛爷赐给我恩惠，叫我当一旗的安奔，可是我把旗民交给了那个狗心肠的贡郭尔，你们看，他叫我的旗民过的是什么样的日子啊！我站在老佛爷脚下，感到有罪！我不能再离开我的旗民，就在这大火大灾的前面，我要跟他们站在一块儿，死在一块儿，把我的骨灰掺和在他们骨灰里边。你们，谁忠实于我，谁就跟我来，走，到旗民那儿去！"

他的马飞也似的向前跑去，旗民认出是达木汀安奔，嚷道："安奔大人来了！安奔大人来了！"

驯良的旗民们，即使在这样水火关头，也都按照古老的习惯，跳下马来，右膝跪地，向安奔问安。有一个领着小孙女的老汉却双膝跪地，向安奔呼救说：

"安奔大人！大火就要烧光您的旗土，八路就要来杀光您的旗民，您快想些办法吧！"

民众也跟着跪下来，祈求说：

"现在只有您，能给我们指出一条活路，您救救我们吧！"

达木汀安奔，在马上躬身还礼，用双手表示叫旗民们站起来，随后他两脚笔直地站在马镫上，向旗民说：

"同胞们！佛经说，水火不害善良的人，我们是老佛爷的羊群，没作过恶，没犯过罪，老佛爷一定能救我们。兄弟们，大伙儿别慌乱，圣祖成吉思汗说过，团结就能战胜敌人。眼下大火就要烧过来了，我们先把女人、小孩和年长者们，送到沙梁上去，荒火烧不上那里，大伙儿再一齐动手，开一条火道，叫大火烧到这儿灭了，大家动手吧！"

混乱的人群，马蹄扬起了滚滚的黄尘……

大家把老人、女人和小孩送到沙梁上走回来一看，熊熊的荒火，没烧到这里就熄灭了，原来它被前边那块水泥草地给拦住了，吞没了。牧民们都赞同地说，安奔说得对，我们是老佛爷的羊群，没作过恶，没犯过罪，老佛爷一定能救我们。我们得救了。

正这时，突然从西南方，出现了一队打着旗号的马队。

"这是谁的马队？"

"是贡郭尔扎冷的马队。"

"不,大概是八路!"

人们正在纷纷猜测的当儿,噔!——马队开枪了。顿时,人们又哄乱成一团,刚刚被送到沙梁上躲火的妇女、孩童和老人,像受惊的鸟群一样,黑压压一片地向亲人这里跑了过来,这些骑在马上的男人们,也迎过去保护自己的家老儿女。达木汀安奔,嘴里一味叨咕着:"这成了什么世界!"也在人群中不知所措地走来走去。这时高喊杀声,直冲而来的马队,已逼近了他们,不一会儿,把他们包围起来了。马队的一脸杀气的士兵们,用皮鞭抽打着那些骚动的牧民们,等他们把牧民们的骚动镇压下来时,从马队当中,闯出一个骑着白马、高傲蛮横的家伙,看来他是马队的长官。他右手食指勾着手枪枪机,向众人喊道:

"老鞑子们听着,我们是八路军,这次受朱德总司令命令,进到草地来,是为了跟你们这些牲口报还血仇!你们蒙古人,从前帮助日本人,杀了我们无数同志,这笔血债一定要算清!你们这些牲口,信什么神哪,佛爷呀!我们八路军不信那些玩意儿,我们只知道杀人,杀死我们的仇人,你们谁信佛?快把佛爷交出来,谁身上戴着佛爷不交出来,等我们翻出来就当场枪毙。"他转过身去,对部下们说:"这些老鞑子,也许没听见过枪声,不知道枪是杀人的玩意儿,好,给他们做做试验,你们随便挑一个人一枪打死,给他们看看。"

一个士兵向一个骑马的老牧人瞄准了,枪响了,妇女、小孩一齐喊叫起来,然而无能的士兵没打中那个老牧人,只把他骑的那匹马射死了。长官生了气,骂了他几句,又回过头来,向牧民们说:

"就算这个老东西走运,没打死他,可是你们看看,他的马已经死了，你们快些把佛爷交出来，不然也要尝枪子了。"他停了一停，看人们没有动静，生气了："同志们，动手搜查！"

部下刚要动手搜查，他忽然又下令叫他们停止下来。原来有一个怕死的牧民交出自己戴在胸前的护身佛来了。部下走过去拿来，交给长官，他把手枪往腰间一别，唰地抽出雪亮的战刀，戳穿那张小佛像，耀武扬威地高高举起。那些虔诚信仰佛教的牧民和喇嘛们，不忍入目，低下头去。那长官确信自己已经镇压住了他们，他又喊道：

"还有，你们里边谁当过蒙疆的兵，站到前边来。"

不用说，牧民们已经猜到将要发生什么事情，当过兵的青年人，都胆战心惊地悄悄躲在人群当中，谁也不敢走出来。

"第一连去把那些年轻人都拉出来，第二连做射击准备！"那长官下了命令。

妇女和老人把自己的青年亲人，围得紧紧，不让他们拉走青年，于是牧民跟士兵的搏斗开始了。

"同胞们，我们宁死也不能叫他们把青年人拉出去，你们看看他们的枪口吧，他们没有安好心！"

说这话的是一个穿紫袍子的老人。他是明安旗最有名望的老喇嘛大夫，叫巴拉珠尔，他的话在牧民当中非常有影响，众人听了他的话，立刻手拉着手，把青年围在里边，不叫士兵们冲进去。

搏斗越来越激烈了，许多老人和妇女都受了伤，孩童们倒在地上，有的被马踩伤，有的被踩死了！……

正在混乱之际，从远处传来当当几声枪响，这"八路"马队的长官，拿起望远镜往枪响的方向，看了一看，故意装作慌乱紧张的样子向部下狗叫似的喊道：

"蒙古保安团来了,大家快点起火把来,把这些老蒙古的财物全部烧毁之后,向东北退走!"

几十支早已准备好的火把,顿时点燃起来,他们就像一群鬼似的尖叫着把火把投到牧民随身带着的物品上,还有几个家伙,一齐跑过来,把火把同时扔到巴拉珠尔老喇嘛大夫身上,以此报复刚才他领头反抗。巴拉珠尔老人的衣服着了,他扑也扑不灭,火烧焦了他的胡须,烧伤了他的脸,牧民们赶忙跑来帮他扑灭身上的火,但老大夫,被熏得头发昏,只喊了一句:"你们这些贼八路,老天不会饶你们!"就倒下去了……

过了一会儿,贡郭尔带领着保安团赶来了,看来他十分疲倦,脸上挂满了灰尘,走到众人面前,跳下马来,把马缰扔给宝音图,自己走过来,向大家亲切、同情地问候道:

"乡亲们,你们吃苦了,受惊了!"

"扎冷大人,您好!您为我们受累了!"有几个老人回答说,"多亏您赶来得早,不然我们都叫他们杀死了!贼八路刚逃走,你们快去追他们吧!"

"同胞们,我们明安旗保安团,把这些八路,已经追打两天两夜了,他们到处杀人放火,奸淫抢夺,无恶不作,这些不用我多说,乡亲们今天亲眼看见,亲身经历了。我们完全明白八路是什么脸狼装成人的。现在蒙古人,尤其是蒙古青年,只有拿起枪来,跟他们拼,才能对得住咱们父老姐妹们,才能保住我们祖先留给我们的这块察哈尔草原。前两个月,我招兵的时候,有的人说:'我们再也不想当兵啦,把枪早就扔进白音宝拉格泉水里了。'有的人又骂我是闲不住的猫头鹰。乡亲们,现在你们已经看得清清楚楚,到底谁对,谁不对了。我不怪罪那些眼光短浅的牧民,过去的事就算过去吧,但是今天我要告诉你们：在八路贼这样糟害咱们蒙古的时候，谁再不扛起枪来，他就是贪生怕死的蠢货，也不配做一个光荣的成吉思汗后代！同胞们，你们的扎冷，看见你们遭受这么大的灾难，心里万分难过！你们可以骂你们的扎冷是无能的土鼠，老佛爷不会怪罪的。我很对不住你们！"

贡郭尔好像十分激动而惭愧似的低下头去，群众中鸦雀无声，显然都被扎冷的话，把心给打软了。贡郭尔暗暗自喜，但脸上还装出惭愧自疚的样子，慢慢抬起头来，向众人关切地环视了一下，与其说他是对众人的关切，不如说他是在观察众人的反应。他看见：青年人惭愧得抬不起头来；老年人感动得从干涸的眼窝流出了泪水；妇女都用感激的眼光注视着他；那些披着袈裟的喇嘛们，默默地为他祈祷着……"这才是我打的真正胜仗。"他正这样想的当儿，忽然在一群老年人当中，出现了一个为他所熟悉的面孔，再定睛一看，果然是达木汀安奔。他很奇怪，这位隐居了数年的安奔，怎会在这样混乱、危险的时刻，站在人民当中？他向安奔走了过去，在人民面前，他装出一副对安奔十分尊敬的样子，走到安奔跟前，好像对他的处境甚表同情似的，向他问了安。然而安奔的态度是很冷淡的，他看不惯贡郭尔那副救世主的样子，尤其是贡郭尔对他表示的虚伪同情，那简直就是对他的侮辱！

贡郭尔隐约地意识到安奔的不大友好的反应，但是他没有转身退走，既然走了过来，总得跟他说几句话，何况一群牧民都在看着他呢！他把声音压得又低又小——以此表示对安奔的深切同情：

"安奔！您怎么也在这里？这儿太危险了，您没有叫八路发现，真是多亏老佛爷保佑！现在您快上马吧，我把您护送回去。"

"我不回去,跟自己的人民在一道尝受苦难,我不知道什么叫危险。扎冷!我们在这儿见面,我挺高兴,你带领队伍,东征西战,为民除害,你比我强,比我有本事。可是,有一件事我不明白,你刚才亲眼看见杀人放火的八路大摇大摆地逃走,为什么不赶紧去追他们,却把队伍停在这儿,说那么多废话呢?你比比画画说大话的时候,豺狼早就跑到旁的地方糟害牧民去了。你要是给自己蒙古牧民,真正做了好事,牧民会把你编成歌来唱,可是你,刚刚把豺狼追了两天,连一根毛都没打住,就到处说大话,这不大好。扎冷!你快上马,追那些该死的八路去吧!"

达木汀安奔的话,正刺中贡郭尔的痛处,贡郭尔心里在骂:"你这条老蛇,我恨不得一刀把你砍成两段!"嘴上却委婉地说:

"安奔!刚才我说那些话,只是叫咱们旗民都知道,保卫自己民族,人人有责,并没有别的意思。您说得对,我马上就去追那些贼八路,再见,安奔!"

他拉过马,一纵身上了马,像一个古代出征的王子一样,把右手一举,向民众喊道:

"八路把灾难带到草原上来了,每个蒙古人都要牢牢地记住:八路贼就是蒙古的死对头,为了蒙古,我们出征消灭那些恶魔,再见吧,同胞们!"

威武的马队出动了,老人们在马蹄扬起的黄尘中,把双手合在胸前,为贡郭尔的旗开得胜而祈祷着,祈祷着。

忽然从人群中闯出一个青年,箭也似的跑过去拉住了扎冷的马,半跪在他的马前,哀求道:

"扎冷大人!从前,我贪生怕死,不配做一个真正的蒙古人，真丢脸！今天我一定跟您去当兵，追那些八路，打死那些八路！我求您，让我跟您去吧！"

接着许许多多青年一齐拥了上来，七嘴八舌地哄嚷起来：

"我也当兵，为了蒙古，死也心愿！"

"扎冷大人，也让我跟您去吧！"

"干脆咱们青年人，谁也别落下，一同跟扎冷走吧！"

"对，快上马，走啊！"

容易激奋的十几个青年，全身沸腾着热血，一同跨上马背，连跟自己家人都没告辞就走了。在激奋的刹那间，把一切都忘掉了。然而这种幼稚的冲动是不能持久的，当他们的马跑出一段路之后，习惯地放慢步伐时，他们那沸腾的热血也慢慢平息下来，不由得回头向家人观望，家人们仍然站在原地向他们摆着头巾，顿时，他们完全被留恋家人的感情占据了！在群马踏在草地上发出的噗哒噗哒声中，夹杂着青年们微弱的叹息声……

说起来贡郭尔扎冷的战略十分奇怪，他们连日不辞辛苦，风尘仆仆地追赶着"八路"军，然而就像二毛星永远撵不上大毛星那样，他永远追不上"八路"军。每当"八路"军把一个村落烧杀抢夺快要结束时，他才赶到。赶到后，不立刻乘机追击敌人，消灭敌人，却总是在人民面前装出一副十分慷慨激昂的样子，再把在别的村落讲过的话，不厌其烦地重复一遍。这样一来既笼络住了民心，又激起了许多无知青年的盲目"民族热"，当了他的兵。

就这样，"八路"军在前边放肆大胆地糟害人民，贡郭尔扎冷在后边大摇大摆地"追击"敌人。贡郭尔到处高喊"八路军是蒙古的死敌"；"八路"军也到处说，贡郭尔的蒙古骑兵是他们的敌人，他们害怕贡郭尔的骑兵，而官布中队是他们自己人，所以官布中队不追击他们，他们也不跟官布中队发生冲突。

贡郭尔扎冷的名声，在草原上传诵开来了。牧民们敬佩地、骄傲地称他为"真正为蒙古民族奋斗的人"，一两天内，保安团的人数骤然增加到二百多人，其中有二十几个人是脱离官布中队前来参加的。牧民们都在骂官布中队是"一群没有用处的田野鼠"，他们没有像贡郭尔扎冷这样不辞劳苦地勇敢追击牧民的死敌——"八路"军。有的老牧民到官布中队去，硬扯着自己儿子的耳朵，送到贡郭尔保安团当兵。牧民们说得好："既然养了狗，就叫咬夜贼，为啥叫儿子去当见贼不打的兵呢？"许多事变前的旧礼节开始恢复起来，牧民们见了贡郭尔扎冷，又得下马半跪着请安了。那些整天坐在弥漫着干牛粪烟的蒙古包里快瞎了眼的老人们，敬慕地说："还是我们的扎冷！""我们的扎冷是察哈尔的希望！"……

*   *   *

夜，苍茫的夜。

草原在不安的气氛中，疲倦地睡着了。

夜风在村头柳林中喧闹起来，几只猫头鹰站在干枯的，但即将发芽的树枝上怪声怪气地鸣叫。这声音惊醒了睡在潮湿的地毡上的老太太们，她们恐畏地把双手掌合在胸前，自言自语："多么不吉祥的声音哪！"

不一会儿猫头鹰停止了鸣叫，原来是一阵马蹄声惊动了它们。但是在这样兵荒马乱的年月，夜里传来的马蹄声，并不比猫头鹰的鸣叫要吉祥啊！

贡郭尔的客厅的灯亮了。

当刘峰跟这位几天来大闹草原的"英雄"，假八路的团长方达仁秘密会见时，除方团长的一个贴身保镖之外，没有任何人，这完全合乎他们事前向贡郭尔提出的"在绝对秘密方式下会见"的要求。

"刘先生在这样穷乡僻壤坚持党国事业的精神，使我们十分敬佩！今天我能与刘先生见面，感到万分荣幸！"

方达仁对刘峰表现出千分谦虚的态度，竭力想在初次见面时，给刘峰留下一个好印象。这并不是出于像他自己说的那样对刘峰有什么"敬佩"，而是为了在他完成任务后，能够叫刘峰用电报向上级呈报一下他的功绩，因为这关系着他的整个前途呢！

刘峰在看见方达仁之前，以为他是一个暴野、没有礼貌的军人，没想到他这样彬彬有礼，听了他的话，刘峰心中很高兴，但故作矜持，不把它表露出来。为了回答他的客气，他说：

"你太客气啦，这些天你真够辛苦了，相比之下，我实在心里有愧，来到这地方这么多日子，没闹出什么名堂，可是你出来不过几天，旗开得胜，成就显著。站客难招待，快脱下大衣，请坐吧！"

他给方达仁拉过一把凳子，自己坐在床上。方达仁脱下皮大衣，得意地坐下来，又接过刘峰递给他的一支烟，说道：

"刘先生过言夸奖了。要说部下这次出来有点成绩，那也全靠上司布置有方，和刘先生从各方面帮助之下才获得的，至于部下的努力是微不足道的。"

方达仁所说的"部下"二字，是他故意谦虚，而不能说明他俩的真正身份关系。

在锡察地区，国民党有一个情报小组，下设三个分站，刘峰这儿是第一分站，他们的小组长杨清河以国民党特派员的名义住在保康，方达仁的马队就直辖在他的手下。这次方达仁侵入草地，除伪装八路，挑拨骚扰之外，还负有另一个任务：他代表杨清河给各情报分站布置新任务。刘峰虽然属于杨清河情报小组，但他有直接跟呼和浩特联系的特殊权力，因此方达仁之流，都不在他眼里，他知道方达仁不会比他知道更多、更秘密的情报，但是对这次会面他还是很感兴趣的。

"你能告诉我一些新闻吗？"刘峰问道。

"我只能把杨特派员的指示转告给你……"

刚说到这，忽然从外边传来马蹄声，方达仁马上停止谈话，右手握起手枪把，可是刘峰非常镇静地说：

"你放心吧！不会有什么情况，贡郭尔早就布置妥当了。"

一个士兵进来报告说，外面有两匹老百姓的马，跑来跟他们的马抢草吃，没有其他情况。方达仁又继续说：

"杨特派员说：蒋委员长已经得到美国的同意，否认《停战协定》，现在已经调动国军一百多万人，向共军区全面推进。尤其在东北，国军极占优势，直到目前，往东北调送的国军就有七个军以上。现在的局势是这样：国军方面全面备战，局部进攻，步步扩大，再转为全国内战；共军方面没有力量抵抗，步步退让，把《停战协定》当成救生圈，死抱住不放。他们为了保存实力，主力正往北移，其实这都无济于事，全国大内战就要开始了。"

"那么杨特派员说没说，在这种局势下，我应当怎样活动呢？"

"当然提到这一点。根据可靠情报，共军为了加强东北的力量，他们最近要调两个军去东北，其中有一个师路经草地，开往热河，随后就有一股蒙古八路从张家口侵入锡察草地，他们可能在这地方安营扎寨，把这地方变成他们的所谓'根据地'。"他用右手食指轻轻弹掉烟灰，吸了口烟，又说："可是战争的胜败，不在那几个蒙古八路，是看我们能不能消灭共军主力部队。如果我们在张家口以南，把共军主力全部歼灭，再把张家口攻下来，那么侵入锡察草地的那几个蒙古八路就成劲风秋叶，一扫即光。在这样一个总部署下，目前我们绝不能分散兵力，所以主动放那些蒙古八路进草地来暂时活几天。杨特派员特别强调说：在这个时期，各情报分站，必须采取一切方法保持绝对隐蔽，因为情报站在配合军队作战方面有特殊效用。他要求你们，要做到随时随地把蒙古八路的各种情报，报告给上司，尤其在国军打下张家口，进攻草地时，你们的责任就更为重大，一份重要情报，能顶一个师甚至一个军的兵力呢。他还说：过去一时期，在锡察地区的同仁中间，你的成绩最为显著，工作方法也很灵活机动，他已经把你上报请求传令嘉奖了。以上这些就是他叫我转告给你的话。我可实在羡慕你们这行，比起我们来你们立功树勋的机会太多了。"

屋里充满了烟雾和煤油的臭味，灯罩上已经挂满了烟黑。夜已深了，他们还在兴致勃勃地交谈着。刘峰那张干瘦的脸上，露出不可抑制的满意的笑丝，这笑丝把他那枯黄的脸皮，变得有生气了。他站起来，给方达仁倒了一碗奶茶，似乎希望他润润嗓子，再告诉他一些什么，可是方达仁接过碗，喝了两口茶，就掏出手绢慢条斯理地擦起光秃脑袋和粗红脖子上的汗来。刘峰看出他没有再说话的意思，就开了口：

"我十分感谢你把杨特派员的重要指示转告给我。请你回去告诉他，我一定按照他的指示活动。我一直就在坚持着隐蔽方式,在这里除了贡郭尔,没有一个人知道我是干什么的。贡郭尔已经完全被我掌握住了,他的保安团是我们可靠的力量,当然里边还有一个人比较麻烦,这个人叫齐木德,他是一个旧官僚,在蒙古牧民里,还有相当声望,所以不管多麻烦,我们也没有把他踢出去。这个人极不可靠,口口声声说什么要'复兴蒙古''蒙古人自己当家'等等,幻想太多。这次经过你们的活动,把他对八路的幻想打破了,我可以乘这机会,把他再抓一抓,他也许能变成一个对我们有用的人,笼络住这样一个人,对我们有益处。等蒙古八路侵入此地,必要时,我要把贡郭尔安插他们里边去,等国军北上的时候,来它一个里应外合,不战而胜。这就是我的打算。"

"那么刘先生,对我这一团在此地的活动,有没有什么指教呢?"

他问这句话,是为了探一下刘峰对他这次执行任务的情况是不是满意,由此想推测他能不能向上司为他说几句好话,但是不知道为什么,刘峰却故意把话题岔开,所答非所问地说:

"老兄,不必客气!哪儿谈得上什么'指教'呢?我倒很想知道一下你的下一步棋是怎么摆的,要有什么需要我帮忙的地方,我愿意尽力而为。"

老奸巨猾的方达仁,早就识破了他的花招,自鸣得意地想:"他原来是一条不先吃食不上钩的鱼啊!"于是转过身去向自己的贴身保镖说道:

"把我那个白布包拿来。"

保镖出外把白布包拿来,放在他的面前,他从容地用双手拿起这包来,凑近刘峰身旁,说:

"这里头包着两条香烟,五百块银大洋,还有一架德国望远镜，一块瑞士指南针，一支连发手枪和五十粒子弹。钱，你留下手头上用吧，其他物品，都与你业务有关，这些东西是我从家里给你特意带来的，一点小意思，留下吧！"

刘峰一听就知道，他说的是谎话。这些东西不是他从家带来的，只不过是他这次出来所获得的"战利品"的千分之一的东西而已。"这明明是先下手的狗吃饱了肉，分几根骨头给后来的狗啃哪！岂有此理！"想到这里，他脸上出现一层不愉快的影子，但是俗话说得好："狗不咬拉屎的，官不打送礼的。"不管怎样，也不能叫人下不来台呀！不看钱财，还不看人情嘛！他在方达仁还没有发觉他不愉快的神色之前，就勉强挤出笑容来，无意地用双手摸了摸那包礼物，这么一摸不要紧，双手却像一块铁被吸铁石吸住了似的就离不开它了。这时，他仿佛听见五百块银圆同时发出铿锵悦耳的声响，仿佛看见那些手枪、子弹、望远镜和指南针在同时闪闪发光……他脸上那不愉快的影子渐渐消退下去，一股强烈的金钱和物质的引诱统治了他。他忽然发觉自己触在小包上的五个手指不知从什么时候开始那样可怕地颤抖着，他忙瞟了方达仁一眼，对方似乎还没有发觉，这他才松口气，缩回手来。"他为什么要给我送礼呢？当然是为了叫我往上司动动手指头，'说'两口好话罢了。"他心中自问自答着。

"依我看，你团在这地方不能逗留过久，"他对方达仁说，"最好在三两天内离开此地。目前八路掌握的官布中队，还摸不清你们底细，不知道是真八路，还是假八路，他们怕打了自己人，现在还不敢跟你们迎战。但是你们装扮得再好，早晚也会被识破，还不如在他们没向你们开火之前，就溜走。这样就更给这些笨牛似的老蒙古们造成一个错觉：八路杀人放火；贡郭尔为民赴汤蹈火；而官布正像他们平时爱说的那样，是一个'民族叛徒'。"

"刘先生这话不错，我争取在两天之内，把这旗东部几个部落扫它一遍，大后天一清早就退出此地。但是为了防备万一，我想向刘先生提出一个要求：要是在我们离开此地之前，官布看穿了真相，追击或者包围了我们的时候，刘先生千万要指示贡郭尔跟官布闹假联合，叫他替我们解围或者破坏官布中队的作战计划，当然要有可能，最好把官布的作战计划告诉我们。说实在的话，我们军人多咱也不敢忽视那些偶然事件。我常说：自己要有提防，来一群狼也不碍事；要是没提防，就是一只狗也能咬死你。刘先生不会骂我是胆小鬼吧？"

"哪里，哪里！你这才是真正的'军人见解'，你放心好了，只要出事，我一定帮忙。不过有一点要记住：干事要适可而止，不能贪图过多，何况这旗东部几个部落的油水不多呢！哈哈哈！"刘峰打破秘密会见的严肃气氛，放声大笑起来。

这是讥讽的恶意的笑，方达仁听来格外刺耳，他困窘得不知说什么是好，又狼狈又恼愤，太阳穴上的青筋凸出来，大脸粗脖子也全红了。

此后他们还谈了一阵，但不再像刚才那样和谐热情了。

当夜，这一小队人马离开贡郭尔的客厅，穿过柳林小道，向东南方跑走了。

二

假八路进入草地的第二天夜里，官布中队召开干部会，会议在激烈、紧张、争论和吵骂中进行着。

蒙古包里弥漫着烟雾,每个人马靴上划满横横竖竖的划火柴的痕印,会议进行好久了。

一盏羊油灯将暗得发红的光,洒在人们的脸上,个个就像喝了酒一样。一连连长浩特老的脸红得更甚,他发言时,过于气愤了。这个一个半月以前还在揽牛的牧人,只因为跟老婆吵了一架,一口气出来当了兵。战士们为什么选他当连长呢?这里也有道理。选连长那一天,浩特老心想:"咱反正在哪个群里,就归哪个羊倌管。管他谁当连长呢。"他蹲在一个角落漠不关心地吧嗒吧嗒独自抽烟。这时有人喊了:"我们选浩特老当连长!"他心里想:"天下人多,净起重名,又有哪个家伙叫浩特老啊!"他往人群望去,看见刚才喊话那个人,用手正指着他,他惊奇地站了起来,那个人又说了:"浩特老同志是个好牧人,这大家都知道,我选他当连长的理由是,他是好人,佛心肠的人,前年冬天,刮大风暴,他赶牛去避风,道上捡到两只快冻死的小羊羔,他脱下自己的皮袄包起来给救活了。这两只小羊原来是一个两眼全瞎、无依无靠的老太婆的。救活了羊羔,就是救活了她!同志们,选他吧,他是个好人!"于是他当选了。浩特老当了连长并没有改变牧人的习惯,譬如,说话时总是半攥着双手,一前一后地伸拉,就像握着套马杆在套马似的。今天他头一次就重大问题,在众人面前说话,音发得很重,但字咬得不大清楚,额头上沁出的几滴豆大的汗珠,表示他内心充满了愤慨和激怒。正在他说话的当儿,忽然有人插嘴说:

"你问问洪涛同志,他想什么呢?"

"不,我们不问他,"铁木尔从一旁接过话来,说道,"他不是喝察哈尔的水、吃察哈尔的奶长大的,他不是我们的亲兄弟，但是，我要向官布问一问：你想什么呢？大火在草原上，整整烧了两天，你到外头去，大火的烟味不刺你的鼻子吗？察哈尔的水，把你养大的，但是察哈尔叫坏人烧伤的时候，你叫战士们抱着枪，蹲在蒙古包里呼呼打盹儿，你的心长到哪儿去啦？你看看自己中队，多少人都跑到贡郭尔那儿去了，全明安旗的百姓都骂着我们，我们一个个都像叫老婆扯破了脸似的，不敢见人！老百姓捧着整羊欢迎贡郭尔，可他们往你脸上吐唾沫！这你还不明白吗？我只有一个意见：就是在土匪没逃出明安旗以前，我们要跑到贡郭尔前边去，用火烧狼窝的办法，把大狼小崽统统杀死——一个也不留！到那时候，我们才有脸见人，牧民们也不再往你脸上吐唾沫了。这就是我的意见，我的意见一定对。"

说完，他掏出小烟袋来，往靴底下敲了两下，点着烟，低头吧嗒着抽了起来。这是牧民特有的性格：不管争吵得多么厉害，等说完话抽起烟来时，就像从没有发生过什么事情似的沉默起来。铁木尔沉默了，但整个会议没有沉默下来，接着，浩特老激奋地又说：

"铁木尔说得对，别说我们手里有枪，就是没枪，大家合起心来，每个人拿一根柳条子，也能把土匪赶出明安旗去！我们再也不能蹲在这儿了，今天晚上就去追那些狗东西，谁不去谁就是狗操出来的。官布队长，你到底是狗操出来的，还是人种，就看今天晚上了。"

"官布是狗种，你们没看见他皮衣底下露出尾巴了吗？"

即刻大家哄笑起来，会议的严肃空气被破坏了。

洪涛很气怒，他命令式地喊道：

"同志们！你们是战士，为什么侮辱队长？谁再不守纪律，我就处治谁！"

"去你的吧！你别装模作样，你的尾巴比官布还长呢！……"

"是谁不守纪律？——就是你跟官布。在我们这里只有一个纪律，就是不让牧民兄弟受苦受难。可是你跟官布，没有遵守这条纪律，该受处治的正是你们俩。"

说这句话的是爬杰连长，这是他第一次站在官布的反对者立场说话，官布和洪涛几乎同时向他看了过去。官布的心被爬杰的话打动了，他目不转睛地盯住爬杰的眼睛，好像在说："你是真正的蒙古人，好人，最好的革命战士！"洪涛只向他瞟了一眼，就把眼光移开了，他害怕爬杰那炯炯的眼光，心里想："他也跟我们作对了。"但是嘴上不得不把话变软一些，换了换口气向大家解释道：

"同志们，你们刚才提的那些意见，基本上是好的，在这里，我只想对大家说明一点情况：这次侵入草地的土匪，很狡猾，他们伪装成八路军，打的是八路军的旗号，说的是八路军的话，所以这一两天，我们在没有弄清对方情况之前，没有向他们开火。现在我们已经亲眼看见，他们干的是土匪、国民党的勾当，绝不是我们的朋友——八路军……"

没等他说完，又有些人用反对者的口气，你一言我一语地质问道：

"噢，你的意思是说，土匪、国民党干坏勾当，咱们就开火，八路军干坏勾当就不开火，是吗？"

"管他妈的是八路，还是国民党，谁糟害牧民，咱们就把谁脑袋打开花。你说八路军是我们的朋友，那么哪有朋友杀害朋友的事啦？"

"所以我刚才说，他们是假八路军。"洪涛辩解道。

"你说得太晚了,太晚了!"一个人向他伸出了拳头。

官布队长突然站起来,向同志们命令道:

"同志们,我命令,谁也不许吵了!"

奇怪得很!那些看来粗暴的没有什么纪律能够管束的人们,都像老绵羊般驯服了。

夜的寂静,又笼罩了一切。

洪涛钦佩地看了官布一眼,他的眼光似乎也在问:"官布,你那股神妙的力量,藏在什么地方呢?这些目无纪律的人们,为什么你一说话,就变老实了?他们不是骂我也骂你——把你骂得更厉害些吗?可为什么,我说一句,他们说两句,而你只喊了一声,他们就变哑巴了?也许因为你是用命令口吻,我是作解释,没有你那么大的威力……但是刚才我不也是喊过'同志们……谁不守纪律,我就处治谁'吗?……这个秘密在哪里?在哪里呢?……"他苦恼了,这苦恼里,又包含几分嫉妒。

秘密在哪里?

秘密在战士们的心里。在战士们的心目中,官布是"我们的亲兄弟",他们里边有许多人,都是小时同官布一起跟着牛尾巴跑来跑去的好朋友,他们爱他,服从他,有时即使放肆地谩骂他,但连一丝恶意也没有,等他反过来大骂他们的时候,他们好像在说"我们骂了你,你也骂我们几句吧",谁也不再反抗。他们知道,官布是个说到哪,做到哪的人,因此当他不许他们吵嚷时,他们就老实了。中队是他们大伙儿合起力来建成的,中队就是家,人是宁死都不愿意被家人赶出门来的。这就是战士们对中队,对官布的感情,也就是官布"那种神秘的力量"的所在。

"同志们,"官布等同志们安静下来时,继续说道,"你们说得对，我们这两天没开火是错了，天大的错！我们叫土匪给骗了。这群恶狼，把尾巴藏起来，装扮成人，装扮成八路军，跑进草地奸淫烧杀，无恶不作，他们的目的，是挑拨咱们蒙古牧民恨八路军，反对八路军。根据这些情况，肯定他们不是一般土匪，是政治土匪，是国民党反动派的走狗。刚才有人说，牧民们在骂我们，骂得对，我们没经验，上当了。聪明人不怕上当，但是只上一次当，不能总是上当。同志们别泄气，只要我们真心为民族，为牧民，归根结底老乡们是能够认清谁是金子，谁是土块的。眼下，我们只有一个权力，就是开火——向那些万恶的国民党反动派的走狗开火！"

"对呀！开火，开火！同志们，去备马吧！"人们都活跃起来了。

这时，一向不爱跟同志们说话的彭斯克发言了，他靠着有文化，新近被提拔成中队参谋。

"我同意队长的意见——向国民党强盗们开火！他们是蒙古人的死敌，绝不放走他们。但是有一个情况，我得报告大家，这个情况只有我们做参谋的人，才能知道的。"

"什么情况不情况的，把屁快放出来吧！"有些人着急了。

"事情是这样的，"他啰啰唆唆地说，"前天我统计全中队子弹数目，平均每个人只有四点七粒子弹……"

"你说的是哪国话？什么叫四点七粒子弹？"

"就是说，一个人四粒多一点，五粒还不到，除了这，能响的东西只有十三颗手榴弹。俗话说得好：没子弹的枪，不如一根草。我们能不能迎面跟敌人开火呢？大家想一想吧！但是我同意开火。"

这些话好像音里有刺似的，直扎官布的耳朵，作为一个指挥员，他明白，没有子弹作不了战，但更重要的是要有旺盛的士气。彭斯克的话会削弱士气，这是最有害的言论，于是他迎头反驳道：

"彭斯克同志没撒谎，我们的子弹不足，这是真事，不用子弹穿碎敌人的脑袋，敌人不会倒下去的，但是眼下在我们面前，只有一条路，就是开火！刚才大家都说过，敌人到处造谣破坏，说什么'官布中队是我们自己人'，牧民们被他们蒙蔽了，对我们普遍抱怨，我们不开枪放走他们，那我们就是犯了罪，牧民们就不再承认你是革命军队，就像浩特老同志说的那样，我们也就没脸见本旗老乡了。在这样前后逼迫下，依我看平均每个人有四五粒子弹不算少，就看咱们对敌情摸得透不透，会不会一发必中地使用子弹。只要我们作战准备做得好，全中队每个人只放一枪，就能打死五十多个敌人。哎，不用说那么多，就打死五个敌人，那也算咱们打了胜仗：第一，我们给了敌人一个'下马威'；第二，马上就能打消牧民们对咱们的抱怨；第三，我们也胜过了贡郭尔保安团，他们把敌人追了两天两夜，连一滴血都没看见呢！"他转过身来，问洪涛："现在几点？"

"十二点零七分。"

"我们必须在半个钟头以内，做出作战计划，天亮以前，赶到哈登浩树庙，给敌人来个突然袭击。刚才有两个侦察员回来报告说，敌人正在大庙里大吃大喝，好像庆贺胜利呢。彭斯克，你去把他们两个找来。"

彭斯克拿上枪，低着头走了出去。官布的话鼓舞了每个人，大家交头接耳地纷纷议论。洪涛乘那两个侦察员没来的空儿，补充了几句官布的话：

"官布队长对敌人、对自己，以及对牧民们的情况，分析得很全面，我想再补充一两句。根据这两天敌人的所作所为，和我们侦察到的情况来看，他们侵入草地有两个目的：第一，国民党有计划地阴谋挑拨八路军和蒙古人民的关系；第二，抢劫一些财宝。他们表面上很疯狂，但是他们最怕听响，更怕死，只要我们把他们两三个人打下马来，他们就会大乱起来，除此以外，敌人在这里人生地疏，为非作歹，人民愤恨他们，我们抓住敌人这些根本弱点，可以大胆追他们，打他们，他们不会敢来正面迎战。当然我们自己也有弱点：一、子弹不足；二、战士们作战经验少。敌我相比较起来，还是敌人的弱点大得多，因此我们占优势，至于子弹不足，我们可以以一当十地使用来弥补……"

　　"出发前，召集全队同志讲清楚，谁也不许浪费一颗子弹，浪费子弹就是帮助敌人。"官布把子弹问题格外强调了一下。

　　包门一开，彭斯克领着两个人进来了。

　　"把地图拿来。"

　　彭斯克把自己绘制的极不准确的地图拿来摊在官布面前，他眼睛看着地图，向两个侦察员招了一下手，二人会意地走上前来，大家也跟他们围拢过来了。许多人还不习惯看地图，尤其是爬杰，他站在人们身后，无趣地将着胡子，往地图上都不探一眼。他不识字，就是看地图，也不过是黑花花的一大片，就像满纸上都是苍蝇屎似的。其实，在明安旗，在察哈尔，他不需要什么地图，几十年的流浪生活，已经使他跟察哈尔草原的每个湖泊，每座山峰，每块石头，每根草都相识了，只要你提一个地名、河名或者一座最普通的沙丘，他都可以毫不思索地说出它在哪儿，有什么特征，环境怎样，有什么传说等等。

对察哈尔，就像对自己手掌那样熟悉。

官布为了叫参加会的人都知道一下敌情，叫两个侦察员重新汇报了一遍。

"根据这两个同志的汇报，敌人可能在一两天之内逃走，他们提防很严密，住处四面各有三道岗哨，我们很不容易接近他们，也就是说，我们不能围攻他们，但是可以把他们引诱出来，在大甸子上歼灭他们。我们在天亮以前，分三路赶到哈登浩树庙：一路由爬杰连长带领，走山路，先把大庙后山占住，这一路要从各连选拔二十名最好的射手组成，多带些子弹；二路由洪涛政委带领，把庙西北方大道卡住；三路由我带领，从庙东插进。各路任务是这样：我这一路最先开枪，声势大一些，把敌人从庙里赶出来，他们一定去占领制高点——就是爬杰连长那个山头，等敌人靠近，你们就开枪。洪涛政委那一路，绝不许暴露自己，只有我和爬杰这两路，把敌人打乱了，他们往你们那儿去逃命的时候，你们才开枪。这样一来，敌人就会在我们下的圈套里东奔西闯，我们乘他们慌乱不堪的时候，一听海螺声就三路冲锋，消灭敌人。这次战斗，最主要的是争取速战速决，我们的子弹少，不能打相持不下的仗。在战斗中，特别注意夺取敌人的子弹和武器，只有这么一条路，能充实我们自己的力量。好，大家回去分头动员、准备，两点准时出发。"

他说完，把地图叠起来交给了彭斯克，以此表示会议到此结束。

各连连长都略有紧张地无言地走出包去。

包内只剩下官布和洪涛两人。洪涛伸了伸腰，打了一个哈欠，为了清一清头脑，走到包门口做了几下深呼吸。外边漆黑，刮着小风，正是夜袭敌人的好时机啊！他回过身去，刚要把自己心想的这句话告诉官布时,看见官布仍然坐在原地,聚精会神地思虑着什么,于是他便打消了这念头。

灯烟熏黑了官布那张粗糙的脸,在他唇角聚集起条条细纹,他像一个五十开外的人,然而他那两只黄眼睛闪射的刚毅光芒,却显出他是一个还没有走出青年界限的钢铁军人。他虽然刚刚担任指挥员,但是他已经养成一种习惯:对下级下命令或在下级面前说话时,总是充满信心,并且坚定而果断,因为指挥员的任何一点忧虑都会影响他下级的作战信心。这是一方面。从另一方面来说,指挥员也就像一个老妈妈,叫孩子们出去打狼时,嘴上挺硬地嘱咐说:"去吧!打死野狼,为民除害,什么也别怕。"可心里时刻为孩子们担忧、挂念以致考虑到那些不可能发生的危险。

官布就沉浸在这各种各样的忧虑中了。

"老官,我们到各连去看看吧!"洪涛说着戴上了帽子。

官布仍然没有摆脱自己的思虑,所答非所问地说:

"哎,你说,如果敌人完全出乎我们的估计,他们不是一听响就跑,相反的死扎在庙里不露头的话,怎么办呢?"

"以敌人目前情况来看,不会有这种可能。"

"不,完全有可能。"他很不满意他的回答,一摇手站起来说,"走吧,咱们跟连长们再商量一下这件事。"

说完,他挎上手枪就走,洪涛一把拉住他:

"外边凉,披上大衣,你的病……"

"哎,打起仗来病就好了。走吧!"

他噗地吹灭了灯,拉着政委的手腕走了出去。

三

　　方达仁从老中华民国时就当土匪，二十多年虽然经过千惊万险，然而他身上没有一处伤痕。他自己经常说"我是一个谨慎的人"，人们都知道，"谨慎"二字用在他名下，就是"老奸巨猾"的意思。他出于"谨慎"，晚上躺下抽大烟之前，亲自出去检查一遍四周岗哨。哈登浩树庙的地理环境，并不太理想，尤其庙后那座山，使他很担心："敌人占了它，就等于掐住了我的脖子。"他想。他问部下，山上放没放岗哨？部下回答说没有，他大怒，并且下令在山上加了一班岗哨，这他才安心地回去抽大烟。

　　他回到那间浩比勒千大喇嘛住的房里时，随从早就点着大烟灯，在等候他，那诱人的黑色的烟土，在盘上闪闪发光……

　　等他抽足大烟，夜已过午，从外传来夜风吹动庙殿飞檐上的铁马的叮叮当当声，他忽然想起家里放在檀香桌上的座钟，它也是这样叮当叮当打点的……由此又想到老婆："她也许跟我一样，刚抽完大烟吧！"她那灰瘦的脸像一朵秋后的花般出现在他眼前："再过几天，我们就见面了！"他愉快地伸了一个懒腰，叫来一直站在外间屋打盹儿的随从，撤走烟具，睡了。

　　"砰砰！轰！砰！砰砰！轰！"

　　他被一阵尖锐的步枪声和沉浊的爆炸声惊醒，但他多年的罪恶生活，使他养成在任何突然发生的惊险关头，都能即刻控制住自己，使自己头脑保持清醒。怕是梦中错觉，他不慌不忙地从枕头下边抽出手枪来,又静静地听了一阵,枪声是从东面传过来的,越响越密了。这他才跳下炕来,喊随从兵,两个一睡如死的随从,糊里糊涂地应声坐了起来,还不知道发生了什么事情。

"妈的,我要等你们这些死鬼来保护,早就见阎王了!"

方达仁骂着走出屋去。

东方刚发白,一片灰云遮住了曙光。

枪声、爆炸声、子弹穿飞声、人喊马嘶声……

几个领队的人,提衣拖裤地跑来,向方达仁报告说:

"长官,大事不好,我们被八路包围了。"

"住嘴!谁说被包围了?你们没长耳朵?——听一听,只是东边有枪声。喂!把望远镜拿来!"

随从兵把望远镜递给方达仁,这时又有一个领队向他献策说:

"长官,我们别被困在这座破庙里,叫敌人拴住手脚时就晚了,还是及早退走为妙。"

方达仁连看都没有看他一眼,把望远镜交给一个随从说:

"你上房顶上,看看敌人的兵力、布局如何。"

那个随从即刻爬上房顶,向四面瞭望一会儿,回报说:

"南、北、西三面没有敌人,只有东面黑压压一片人马,向我们这儿冲来了!"

"大约有多少人?"

"大约有……有……啊——"

随从没说完话,怪叫了一声,从房上直摔而下,子弹穿掉了他的半个脑袋,脑浆溅了方达仁一身。他刚要去擦它,只听"嚓呀"的一声,望远镜落到砖地上,碎了!

"枪法好厉害呀!"他叫人把死尸拉走后,故作镇静地说。

"长官,不得了啊!快上马吧!我去告诉弟兄们……"

"站住!别慌张!我们没被包围,他们从东面向我们进攻,是想调虎离山,跟我到大甸子上拼,我方达仁不吃那份亏呢!下命令,谁也不许往外冲,沉住气,把住庙,来一个打下去一个,看他们有多少条命来拼!"

匪徒们都爬上了便于射击的墙头、房顶和庙门上,食指套在枪机上,只待对方跑过来尝子弹了。这是万分紧张的时刻。

死神在草原的上空游荡着。

时间一分一分地过去了。

然而对方突然停止攻击,枪声也消失了,就像打开堂鼓似的,等人们一到齐,鼓也就不敲了。

这是怎么回事呢?方达仁的脑里充满了问号,得不出肯定的答案来……

过了许久,枪声又响了,猛烈得很!这枪声不是从东面响的,而是从山上直射下来的!北山也被对方占领了。方达仁的部下,看势头不好,个个抱住脑袋,从墙头、房顶和庙门上跳下来,喊爹叫娘地躲藏起来,抱着枪杆,全身发抖,没有一个人敢向北山上回击一枪。

这时,"被包围了"的感觉,第一次钻进了方达仁的脑海里。他躲在屋里气怒、喊叫、踢盘子、摔茶碗,拍着桌子大骂:

"北山上的岗哨都死掉了吗?为啥连一声枪都不放?妈的!"

"长官,我们确实被包围了,要是现在不闯出去,就只有死路一条了。"领队又提醒了一句。

方达仁怒气冲冲地瞪了他一眼,但是把攥紧的拳头一松,认输似的同意了:

"好，往下传命令，全队突围……"

正当他说这句时，又传来一阵排子枪声，不一会儿，跑进来一个人，报告说：

"长官，全完蛋了，他们从北山上，集中火力，打我们的马群，打死打伤的马不计其数，躺了一院，没死没伤的马也都脱了缰，满院乱跑呢！我们没了马怎么跑啊！"

听了这样严重的报告，方达仁反而镇静了。他皱着眉头想了一想，下令说：

"现在不能突围，他们从山上把我们看得清清楚楚，你能跑过枪子儿吗？告诉弟兄们，要沉住气。"

刚才跑来报告的那个人，探了探身往玻璃窗户外边看着，惊慌失措地说：

"长官，您快往窗户外边看一看，大家都乱了营，抓马的抓马，备马的备马，准备逃出去呢！"

方达仁面带惊色，扭过头往外看去：他的几十个骑兵，没有得到他命令，就像一群蜜蜂似的拥拥挤挤跑出大庙去逃命，有几个被打下马来，又有几匹马倒了下去，几十个骑兵闯出不远，又返了回来，显然他们突围失败了。他看着部下们的惨状，但没有表现出怪罪他们突围的意思，反而对他们这一举动表示同意似的说：

"这帮笨蛋，哪有打着团突围的？喂！拉马来，看我的！"

"长官，您是……"

"这帮狗八路打我们马群，是想先打断我们腿，再来砍我们脑袋，马是我们的命，不能在这儿等死。事到如今，只有突围是活路，叫弟兄们上马，马不够骑，两个人骑一匹，冲出庙门马上分散开，各跑各的，到西南面小山那边再聚齐。好，突围吧！"……

官布中队按照原订计划，包围了哈登浩树庙。只有一点变动，就是他们为增强自己声势，威胁敌人，从附近几个村落，发动来上百的牧民，混合在他们之中。这些牧民拿着木棍、套马杆、马鞭，甚至有的只拿一根细柳条装模作样。不论怎样，敌人终究没有看穿他们的计谋，不知道在这长达五六里的包围圈上，只有四五十个拿枪的人，而他们平均一个人只有四五粒子弹哪！

官布率领的东路先开了枪。狡猾的敌人并没有惊慌失措地跑出庙去。他们每个人已经打了三粒子弹，敌人仍然无声无息。官布一看情况不妙，立刻下令停止射击，把队伍带到一座小沙丘后边，避免受到敌人还击。怎么办呢？第一次指挥战斗的官布，在敌我相持不下，而我方的弱点就要被敌人发觉的关头，拿不定主意了，头上直冒汗（虽然他尽力掩饰它，但也被战士们看见了）。

怎么办？……怎么办呢？

突然北山上开枪了！官布高兴地喊了一声："好样的！爬杰！"但是当他听见从山上传来不间断的、又密又猛的枪声时，忧虑地向北山上望去：

"他们为什么不珍贵子弹？爬杰这家伙发疯啦？"

爬杰没有发疯。他不是一个盲动的人，他性格稳重，从不做没有把握的事情，用他自己的话来说，就是"身边没银洋，不进北京城"。

天亮前，爬杰领着二十几个人，把"马桩子"安置在山下，躺在地上听了听动静，山上有人打哈欠，过一会儿，又看见抽烟的火光,并且听见嗒嗒的脚步声。他们断定山上有敌人岗哨,他亲自率领铁木尔等五个人,偷偷地摸上山顶,躲在一个石头堆后边,仔细观察了一下:大约有六七个敌人,只有一个家伙拖着枪踱来踱去,其余的躺在地上呼呼地打着鼾,等那个岗哨往西走去时,他叫铁木尔摸了过去。铁木尔很灵巧地埋伏在敌人岗哨的脚下,等那家伙走过来,几乎要踩上他时,他小声地但有力地用汉话喊道:

"站住,不要动!"

那家伙一听就在他脚下有人说话,吓得蒙头转向,赶忙跑了两步,哪知道他自己更靠近了铁木尔!

"我们是蒙古骑兵中队,你出一点声就打死你!"

铁木尔的枪紧紧地对着他,他只在嘴里不断地啊啊说着,不敢叫出声来。

"把枪放下,轻点!"

他唯命是从地用双手把枪轻轻放在地上。这时爬杰领着其余的人跑来,用枪刺逼住那些死睡着的匪徒们的胸膛,小声叫醒他们:

"喂!起来,起来!谁也不许出声,我们是蒙古骑兵中队,把枪放下,谁出声就刺死谁!"

那些匪徒们刚从梦中醒来,摸不清头绪,睡眼惺忪地坐了起来,当他们发觉已经被人逼上枪时,一个个惊慌失措地举起双手,但其中有一个家伙还不服,刚要大喊——声音还没从嗓里出来,就被一个战士一刀刺死了。其余的见势不妙,也就不再挣扎,驯服地无言地跪着求饶了。爬杰叫战士们缴了他们的全部枪支、子弹,又仔细搜查了每个人,用几个腰带把他们倒背起手捆起来,派三个战士送下山后,并叫山下的同志们马上上山来。

当他们查点完缴获的枪支、子弹，大家都如疯如狂地跳起来，就是不敢喊出声来。这是多么大的意外收获呀——七支步枪、五支手枪、八颗手榴弹、大小枪子弹一千六百多粒！

"好家伙，多肥的羊啊！"

爬杰高兴得想喊，不敢喊；想叫，不敢叫，直用拳头捶自己脑袋。

他们这样闹腾的时候，铁木尔正在一旁干着一件有趣的事：刚才他从地上爬起来，刚走两步，有一条绳子绊住他的脚，他好奇地弯下身去拉绳子，绳子头上不知拴着什么东西，很重，拉不动，于是他一步一步地摸着绳子走过去，没走出去十步，摸到一个有两条铁腿的东西，他仔细一摸，是一挺机枪，旁边还放着一箱子弹。他从机枪里抽出子弹，一手提着机枪，一手提着子弹箱，向大家走来，大家正在高兴地跳着，谁也没注意他，爬杰还在捶着自己脑袋，铁木尔走近他，用机关枪口往他屁股上猛劲顶了一下，爬杰回头一看，铁木尔手里提着一个东西，他伸手一摸，不由得在嘴里喊道：

"天哪！天哪！机关枪——还有一箱子弹！你神不知鬼不晓地从哪里弄到的？"

山下的战士们也都上来了，把机关枪你摸一下，他摸一把的，真像得了无价之宝似的。有几个淘气的战士，高兴得互相抱着，直在山上打滚……

无声的狂欢过去了。

静静的东方发白了。

爬杰分头派人给东路和西路的同志们，各送五百粒子弹。

不一会儿，官布队长从东边开始攻击了。敌人缩在庙里，硬是不露头。东路的同志们一连放了三阵枪,敌人仍然没出庙门。突然,东路的同志们停止了射击,在山上的同志们知道:他们的子弹快打完了。送子弹去的人,还没有赶到呢。山上的人们怎么办?射击吗?不能。他们的任务是在山上打埋伏,等敌人向山上爬来时,才迎头痛击……但是爬杰连长,根据情况的变化,改变了计划——开枪,向敌人的马群开枪;打死敌人的骑马,就是打乱了敌人的军心。

步枪、机枪,猛烈地向着敌人马群射击!

铁木尔打机枪打得真棒,敌人大乱了。

打,再猛烈一些!

敌人在庙里待不住了,整队地向庙外冲去,冲出庙门就散开了,显然是为了分散我们的射击面,挽回一些他们悲惨的伤亡数。

东路、西路的枪声一齐响了起来——把子弹送到了!

庙前的大甸子上,倒满了伤亡的匪徒和马匹,敌人拼命地向西南方逃跑着。

冲锋的信号——海螺响了!骑兵中队从三方面,像海潮一般向匪徒追击而去,士兵们高喊的杀声,把遮在草原上空的乌云震得破碎!

冲啊!——全部、彻底地消灭那帮糟害草原的豺狼!

牧民战士们一跨上马,就像山鹰长全了翅膀,即使在他们前进的道路上,有大江大海,战骑也能跃过,有铜墙铁壁,铁蹄也能踏碎!滚滚的黄沙在大地上飞扬,浩浩的声浪在草原上飘荡,战马在愤怒地呼喘着,两眼射出复仇的光!

前进!踏着春天松软的大地,向万恶的匪徒冲锋!

匪徒们跑远了,庙前的大甸子上,到处横横竖竖地倒着被打死的匪徒和马匹，散落着匪徒们丢下的衣帽、马鞍、被褥、枪支、子弹……

今天早晨冒充骑兵前来助威的牧民们，跟着队伍冲锋到这里，勒住马缰，跳下马来，用敌人的武器把自己武装起来，立刻又跟着骑兵，向潜逃的敌人追去。

铁木尔那匹黄骠马，奔驰起来全身抖动，就像一只暴躁的雄狮，它脖子挺得直直的，四蹄就像鼓槌似的敏捷、轻快，看来又像一只灵巧的猎狗，它跑在队伍的紧前头，但是它的主人，还不停地用马靴后跟夹它，恨不得叫它飞起来，立刻把匪徒们追上，用他那挺机枪，把他们统统扫射光！

正在炽热的追击战中，铁木尔突然猛劲勒起缰绳，跑欢的黄骠马，哪里肯停住，嚼口就像铁般硬，然而它在主人的阻碍下，终究落后了。铁木尔为什么勒住马缰呢？他并不是出于胆怯，怕在队伍紧前头冲锋，而是他心中另有了一个主意："这样黑压压一片地跟着敌人屁股后头跑，算是什么事？你四条腿，人家也四条腿，怎能追得上？不行，这样不行。没有一个猎人，是跟着野物屁股后头直冲的，不使方法、计谋，你就是跑死了马，也追不上一只兔子。前几年打猎的时候，道尔吉大叔常说：'没有计谋的猎人，不如一块牛粪蛋。'我是一个猎手，不能跟大伙儿凑这番热闹，我得拿出道尔吉大叔教给我的打猎的方法、计谋，来对付这些狗东西，跟他们绕圈子，磨工夫，然后再去一个一个地收拾他们，就像前几年，跟道尔吉大叔一起，收拾那些野狼、狐狸那样。对，就这么干！"

想到这里，他叫住跟他一起奔跑着的沙克蒂尔，把机关枪交给他，对他撒了个谎：

"我扛累了，你替我扛一会儿。"

沙克蒂尔相信了他的话，接过机枪，挎在肩上，又向前冲去。

在同志们没有注意的当儿，铁木尔勒住马，留在沙丘后面，他的黄骠马，看见别的马都跑远了，急得两只前蹄直刨地，铁掌碰在石头上，迸发出黄色的火花。他轻轻地拍拍它的脖子说："老朋友，别发脾气，也别着急，等一会儿，保准有你跑个够的时候。"黄骠马真像懂话似的慢慢就老实了。他抬头向前望去，队伍扬起的黄尘，离开他越来越远了。"官布要是一个好猎手，他就不会叫同志们这样傻追的……"正在他这样想时，忽然间，看见从北边的一座沙丘后头，跑出七个骑马的人，从他们那种鬼鬼祟祟、狼狈不堪的样子，断定是在我们队伍冲锋过去时，隐藏在沙丘后头，没有被我军发现的土匪。铁木尔即刻隐藏在一簇柳丛里，他们没有发觉他。一个骑白马的家伙，看见我们队伍走远了，不知羞耻地夸口说："老鞑子们的脑筋是直的，只要你稍稍地转个弯，就把他们给骗了。叫他们往前追去吧，来，咱们在这儿喘口气，抽口烟！"他们跳下马，都从衣袋里掏出烟卷，不慌不忙地抽了起来。铁木尔在红柳丛里，听到这句话，真气坏了！拖着枪，爬出柳丛，心想："让这帮家伙，这样逍遥自在地躺在我们草原上抽烟、谈天，还骂我们是老鞑子，我还算是一个蒙古人吗？官布啊，官布！你不用计谋杀死野狼，反叫狼哄骗了你，到你家门口，掏你的小羊羔呢！……我算做对啦，不然这些家伙，就这样溜走了。唉！要是没把机枪交给沙克蒂尔，该多赶劲啦！嗒嗒嗒，嗒嗒嗒，一口气就把他们都收拾了，可是现在，我只有一支步枪，六粒子弹，敌人是七个……好，头一枪，一定得穿倒他们两个人……"

敌人好像认为大险已过,休息着,修理着马具,有一个家伙,甚至在说:"刚才逃跑,我把一只手套丢在庙前了,你们等一会儿,我去找一下。"在其余的人的反对下,他没去。铁木尔把枪准星对上了两个前后坐在一起的土匪,但是双手颤抖得很厉害,这是过度气愤的缘故。当他沉了沉气,又一想到错过这机会,敌人就会跑走,心就慢慢冷静下来,手也不大颤抖了。当!他不愧是一个好猎手,果然随着枪声,那两个土匪倒了下去,其余的慌成一团,比较灵巧的已经跨上了马,但直在原地打转转,显然他们还没闹清楚,枪声是从何处传来,所以不敢盲目逃跑。这时铁木尔对准第一个上马的家伙,放了一枪,不但没打中,反而暴露了目标,那个骑上马的家伙,立刻向南跑走。"打黄羊,要在它刚跳第一步的时候开枪。"铁木尔想着又勾了一下枪机,那家伙从马上跌了下去。另外一个土匪,显然狡猾一些,他怕骑上马跑目标太大,索性弯着腰拉着马,往沙丘后边跑去,不过他仍没有逃过猎手铁木尔的准确枪法。其余的三个土匪,不再逃跑,卧倒着向铁木尔射击,他没法抬头,更没法还击,敌人的枪弹一直从他头顶上像一群群飞鸟般穿过。在这样万分紧张的时刻,铁木尔却忽然想念起道尔吉大叔来了:"要是他老人家跟我一起来打'猎',该多好啊!他在这儿引他们,我转到他们身后,叫他们屁股眼儿吃枪子儿……嘿,我现在就可以这样干哪!"他故意在敌人面前露出枪口晃了两下,敌人又向他密集射击起来,乘这机会,他从柳丛中拉出马来,由一条洼地,向敌人身后绕了过去。敌人还以为铁木尔被打得抬不起头来呢,哪知道从他们身后飞来子弹,又穿碎了两个人的脑袋,现在只剩下了一个土匪,只要铁木尔再勾一下枪机,整个战斗就胜利结束了,但是,他的子弹已经打光了。跑过去跟那个家伙，打交手仗吗？不行，不等你走近他，他会射死你的。现在只有一个办法，就是拿空枪，逼上他，叫他投降，可这是非常冒险的勾当啊！他正在犹豫的时候，那个土匪，拉过马，要骑马逃走，然而他那匹受惊的马，暴躁得直打转，他越着慌，越认不上脚镫，就在这刹那间，铁木尔骑着马，像一只老鹰似的向他扑了过来，那家伙忙抱住马鞍，像条死尸般躺在马背上，任马跑去。土匪骑的是匹铁青兔子头马，跑起来全身变成一条线，真快；可铁木尔的黄膘马是有名的"快花鹿"，哪里肯放走它，这两匹马，一前一后，就像比赛似的在草原上奔驰起来。铁青兔子头马，跑着跑着突然打了一个"打失"，连同它的主人一起跌倒了。那个土匪跌倒在地上，打了几个滚，手脸都撞破，但他仍不认输，爬起来又要向铁木尔开枪，这时，铁木尔只得把大枪当成"打兔子棒"，照直向他扔去，那家伙忙一躲身，没留神枪走了火，子弹"嗖"地向蓝天飞去。铁木尔已经变成赤手空拳，而那土匪手里还有枪。看，他又在拉枪栓，还想开枪呢！铁木尔顿时紧张起来，脑海里突然出现了一个可怕的念头，这也许是他生命中最后一刻了！"死就死吧！怕什么？就在咽气以前，也得咬断你这个狗东西的喉咙！"他狠狠地咬着牙，瞪着两眼，左手撒开缰绳，一纵身，从马背上照直朝那家伙扑了下去，顿时，两个人在这广阔的、寂静的草原上，猛烈地厮打起来……

那个土匪身材高大，力大如牛，好个厉害的！论力气，铁木尔是个摔跤手，不比他弱多少，但是，论个子，几乎比他矮一个脑袋，因此厮打起来，吃了许多亏！但是有一件事情，他算做对了：刚才从马上跳下来，头一拳就从那家伙手中，把枪打掉了。那家伙急了眼，疯狂似的闯过来，没等铁木尔站稳，一脚把他绊倒,压在身底下,打得他鼻青眼肿,铁木尔在这样不利的条件下,也还击了几拳,但是打得很不够劲。又混打一阵之后,铁木尔乘对方一不留神,哧地使了一股猛劲,反倒把那家伙压在身下,好一顿痛打,直到手打痛时,才丢下他去抢那支枪。那土匪看出事情不妙,跳起来又向他扑了过去,在这刹那间,铁木尔忙中生智,对准那家伙的两条腿根中间那块——男人们最怕叫人踢的地方,用大皮靴头可力一脚,狗东西"啊"地一叫,向后倒去。他这才拿过枪,顶上子弹,走过去一看,那家伙被踢晕了,他乘这机会,正要开枪时,心中忽然产生另一个念头:"人家晕倒了,你打死他,那算什么好汉?坐在他身旁歇一会儿,等他醒过来再跟他干。"他好像平日跟同志们摔过跤坐下来休息似的,双腿一盘,掏出小烟袋,抽起烟来。抽完了一袋烟,那土匪还不醒来,他用小烟袋锅在他脑袋上敲打了两下,喊道:

"喂!快醒一醒!你要有尿再跟你老鞑子爷爷干一场啊?"

那家伙仍不动,他只得再抽第二袋烟;然而这时他忽然感觉到耳鼻眼嘴,没有不痛的地方,用手往脸上一摸,满手是血!"我打过几年猎,没让狼反咬过一口,可今天叫你这条老狗,打得满脸是血,哈哈,别看你现在躺着一动不动,刚才你可够厉害呀!"他一面自言自语地说着,一面又用烟锅敲了敲他的脑袋,正这时,那家伙忽然喘了一口粗气,又活了。铁木尔仍然盘着腿坐在原地,挑衅地微笑着说:

"喂!醒来啦?"

那家伙好像没听见,还躺在那里,铁木尔又贴着他耳朵高喊道:

"喂!醒醒吧!"

狗东西果然醒来了。他抬起眼睑一看,他的敌人坐在身旁,于是歇斯底里地挣扎着坐了起来,这时,铁木尔把枪口对上他,愤恨、有力地说道:

"你到底醒来了!好好听着:我,一个蒙古人,要杀死你!"

"啊!老爷,老爷!你别杀我,我家里还有……"

"去你妈的吧!你们杀害我们牧民的时候,为什么没有想想他们也有父母兄弟、妻子儿女呢?"

"老爷!那是上司的命令……"

"去你妈那个命令吧!"

当!土匪倒了下去,一股发臭的黑血玷污了草原萌芽的嫩草。

在铁木尔面前伸展着他故乡——察哈尔的广阔草原,草原被敌人烧黑了!黑色的草原哪!荒火,烧不死你那伤痕斑斑的地层下的草芽,不久,青草就要生长出来,她将用自己那柔软的、碧绿的羽毛,换去你那黑色的伤疤。那时,草原上将只有春鸟悦耳的歌声,再不会有敌人的铁蹄声!草原的春天就要到来,草原的春天一定能够到来!春天,草原的春天!人们伸出双臂等待着你!

铁木尔站在他亲手杀死的敌人身旁,好像听见有人在责备着他:"你杀人了!你为什么杀人?"是啊!人,为什么要杀人?刚才这个人不是要说,他家里还有亲人吗?真的,他家里一定有亲人,也许正在等待他回去呢,可是他死了,察哈尔的牧人——铁木尔杀死了他。"我有罪吗?"铁木尔想道,"我杀了人,不只是一个,是七个!但是,我没有罪!我站在老佛爷面前,问心无愧!我没有平白无故地跑到他们家里去杀死他们,可是他们——这些比狗屎还臭的家伙们,为什么平白无故地跑到我们蒙古草地来，烧我们，害我们，杀我们，把我们没有满月的婴儿，用刺刀挑死呢？我杀他们杀得对，只恨自己杀得太少了，不止杀七个，要杀七十个、七百个、七千个、七万个……只有用他们的鲜血，刷洗整个察哈尔，才能解我们的恨，才算讨回我们的血债！"

铁木尔想到这里，两眼湿润了。

　　　　　　*　　　*　　　*

铁木尔拉着马，把他打死的那七个人的东西收集起来，查点了一下：共大枪五支、手枪六支，还有两支说不出名的小机关枪，其他物品（都是匪徒们抢夺牧民的）足有一百多斤。他从草甸上抓到一匹马，把这些东西都驮上，但是把那两支所谓的"小机关枪"，挎在肩上，不停地摆弄来摆弄去，"还有这么小的机关枪啊？"他像小孩似的高兴地说着，食指一动哒哒哒……向空中打了几枪，走了几步，又叨咕着"这玩意儿可太好了"。又向沙丘哒哒哒……放了几枪，哒哒……哒哒哒……不一会儿一梭子弹全打光了，但他不知道怎么上子弹，只得把它拴在马鞍上，再拿起第二支来，哒哒哒……又自言自语地说："刚才要有这么个小机关枪，我就不费那么多事了，那帮家伙真是笨货，手里有这么好的东西，还叫人收拾了。真像俗话里说的那样：即使鲜花似的姑娘，一到老头子们手里，花瓣就枯了。"

把土匪杀光，获得的东西也驮上了马，这回上哪儿去呢？最好是再找一股土匪热闹一下，可是土匪都叫大队追下去了。这时，太阳西斜，还是赶快去追大队吧！他们也许打得正在热火头上呢！

一路上,东问一下,西问一下,直到半夜时分,铁木尔才找到队伍。

土匪叫我军追击一天,人困马乏,傍黑时,他们闯进了学堂地,这是一个靠近牧区的汉族村庄,它有高大的围墙和炮台,敌人借着优越的防御条件,跟我军"顶牛"起来。我军为了避免不必要的重大伤亡,采取"穷困死城"的办法,把土围子包围得严严实实的,只待敌人露出头来时,再给他一个迎头痛击。

这天晚上,月儿又亮又圆,把塞外的田野照得一片银白,寂静,安谧,没有一点战争的紧张气氛。

铁木尔经过几道岗哨来到中队,第一个碰见的是沙克蒂尔,他跟沙克蒂尔打听今天追击敌人的情形,对方连理都不理,他拉住他问:

"喂!你为啥憋气呢?是不是因为今天连土匪的影子都没看见?"

"呸!你还有脸跟我说话呢!"

沙克蒂尔果真有什么跟他过不去的事情似的,说完就要走,可他忙把他拉住,指着自己脸开玩笑地说:

"我没脸?——你看,这是什么?你再看看这匹马上驮的什么?……我杀了七个土匪呢!"

"什么?你杀了七个?……"

沙克蒂尔半信半疑地走过去,摸了摸马背上的东西。

"你看,我还弄到这么两个玩意儿:说它是步枪,还像点机关枪;说它是机关枪,又像点马枪。"

他很得意地把两支"小机关枪"递给对方,对方借着月光看了看说:

"哎，去年苏联红军来打日本鬼子，都背的这枪，这叫什么……噢，叫冲锋枪。"

"这回你不骂我了吧？"

沙克蒂尔踌躇起来，不知说什么是好，过了半天才吞吞吐吐地说：

"可是同志们骂了你整整一天，说你平常日子装得像个天下难找的勇士，真打实干的时候，露了原形，原来是个贪生怕死的家伙。有的人还跟队长说，要把你赶出中队呢！"

"赶出中队？"

"是啊。谁叫你在大队冲锋的时候，怕死开了小差？"

"我，铁木尔，开小差？"

"那你为什么把机关枪扔给我就不见了？你连个牧民都不如，那么多牧民跟我们跑了一天哪！"

铁木尔这才知道沙克蒂尔不是开玩笑，是把他当真看成逃兵，他生气了：

"谁再说我开了小差，我非得给他一枪不可！走，你领我到官队长那儿去，我得跟他说个清楚！"

铁木尔走进官队长屋时，队长、政委跟几个连长，正在研究怎样围攻敌人的问题。洪涛看了他一眼，没说一句话，又跟别的人谈起话来。这就是对他的惩罚！这时官队长发现了他，队长一脸怒气地走过来问他：

"你今天到哪儿去啦？"

"队长，我去收拾几个跑散的土匪，叫大队落下啦。"

屋里的人都不相信似的，向他投以怀疑的眼光。他赶忙补充说：

"你们不信出去看看，我抓到的马上还驮着好多支枪呢！"

"别信他的话,土匪在路上这一支那一支丢了许多枪,谁还不会一弯腰,捡它十支八支的?"一旁有人这样说。

洪涛微笑着走过来,拍了拍他的肩膀,说:

"铁木尔,你是这样为蒙古民族奋斗啊?真正跟敌人较量的时候,你溜走了!"

"队长、政委、同志们,信不信由你们,事情确实像我说的那样。"他急得面红耳赤了。

"你先去吧,我们现在要紧的是打土匪,过几天等打完仗再谈你的事,不过你记住:不管你怎么说,在大队追打敌人的时候,你没跟我说,也没跟政委说,就溜走了,你当过兵,该知道临阵脱逃,就该枪毙!一个队伍,指挥官下命令说冲锋,可是他的部下一个一个都溜走的话,还算什么队伍?又怎么能战胜敌人?你回去等候处分吧,把你捡来的枪,交给彭斯克同志!"

官布队长说完,又转过身去跟同志们继续研究作战计划,他们再没有人看他一眼,好像立刻把他忘掉了。他站在昏暗的角落,气得哭了,但是他想:"我没干对不起牧民们的事情,没开小差,为什么流眼泪?他们信也罢,不信也罢,反正我杀了七个牧民的敌人,我给我们中队弄来了十几支枪,对得起我这颗牧人的良心!"一股劲儿又把眼泪憋了回去。两眼像叫蚊子叮了似的一阵酸痒,他顺手揉了揉,正好叫官队长看见,他慢慢走过来,把右手贴在他头上,仔细看了看他的眼睛,问道:

"哭啦?"

"没有。眼睛有点发痒。"

这时官布发现他脸上净是伤痕和血污,心里想:"这小伙子确实搏斗过。"他忽然回忆起童年时代的铁木尔的倔强性格:他是一块永远不打弯的钢啊！队长的整个心被童年的友谊、深厚的感情占据了，然而他为了掩饰这些，信口说了一句连他自己都莫名其妙的话：

"铁木尔，你没哭？就算你没哭，你呀！……我一定得处罚你！"

"要处罚现在就处罚吧！我不能怀着心事，愁眉苦脸跟敌人打仗啊！"

"好吧，三天不许你参加战斗，当'马桩子'——这就是处罚。"

"不，队长，你还是处罚我去冲锋——砸碎那些土匪的脑袋吧！可别叫我当'马桩子'。"

"就这样决定了。你还说话，再加重处罚你——叫你当十天'马桩子'。"

"行啦，还是罚三天吧！"

铁木尔果真有点害怕了，急忙拉上沙克蒂尔走出屋去。

"对什么样马，使什么样鞭子，对他就得这样处罚。"

官布这么一说，全屋的人都笑了。

四

方达仁被官布中队围困在学堂地的那天夜里，贡郭尔接到刘峰一封急信，读完这封急信，他立刻带领队伍，向学堂地出发了。把队伍开到离学堂地不远的一个小村庄里，叫队伍休息下来，他只带领宝音图等三个贴身保镖，连夜赶来会见官布。据说他是抱着"为民族，消灭共同敌人"的诚意，前来会谈联合剿匪的事情。官布在胜利的鼓舞下，对自己单独与敌作战并不是没有信心，但是他明白自己的短处：人马太少。他的士兵，连同那些跑来助威的牧民们算在一起，才有一百多人。如果跟贡郭尔联合作战，自然可以补救这个短处。

他跟洪涛商量的结果：同意跟贡郭尔会谈。

早晨两点钟，会谈正式开始。

贡郭尔脸上的表情很谦虚、真诚，他开头就坦率地说明这次的来意：

"不用我多说，事情都摊在我们面前，前几个月你们跟我的保安团就像两条江水，各流各的，没有来往。后来，这帮八路闯进了草地，我的保安团为了保护旗民，不得不几天几夜人不下马，马不停蹄地跟他们拼来拼去。说句实话，前几天我骂过你们是跟八路一个鼻眼出气，暗里有勾搭，可是昨天一声霹雳，把我震醒，原来你们不是蒙古的叛徒。昨天你们旗开得胜，一天就杀了他们三四十个，你们战术神妙，确有本领，实在令人钦佩！现在你们把八路困在这个土围子里，只要再加把劲，就能把敌人一网打尽。但是我知道：你们有点力不从心，人马还差些。我为了给旗民除害，报还血仇，忘掉从前的事情，亲自前来跟你们见面。你们也许说：我们烤好了肉，你来吃现成的。老天在上，谁敢把良心放歪？圣祖成吉思汗用五支箭，教导他五个儿子，永生团结，全力对外，如今面临大敌，我们只有齐心合力，消灭敌人，除了这，再没别路可走了。"

洪涛听了他这段高谈阔论，闻出有些虚假，但从贡郭尔这样具体的人来说，比过去总算往前迈了一步，所以他只轻轻提了一句：

"你把这帮国民党走狗、土匪，说成是八路，这是没有根据的。刚才我跟你说过,我从前当过八路,现在还是他们的朋友,但是我要消灭的敌人,正是你说的这些'八路',我对扎冷还想提一遍:他们绝不是八路军。"

"这不能怪我,他们打的是八路的旗,说的是八路的话,你没听他们喊'我们就是八路'吗?"

"扎冷,我前几年在伊克昭盟听蒙古老乡讲过一个狐狸装成漂亮姑娘,到处骗害人的故事,你们察哈尔人也一定知道这个传说吧?"

"你的意思,我明白!"

"那就太好了。"

在他俩这样争辩时,官布在一旁想的完全是另外一回事:"这个向来独霸一方、阴险狡猾的扎冷,今天为啥变成一个佛心肠的老太婆了呢?真像他口口声声说的那样,为民族、为旗民吗?鬼才信呢!他是怕我们独自一家打光这群狼,所以才赶忙跑来凑上一份,想分得几张狼皮,炫耀自己,日后可能装出一副'常胜将军'的样子,吹牛说:'全靠我的力量消灭了敌人。'但是牧民们不是瞎子,他们会看得一清二楚,只要我们确实出了力,他们就会承认我们才是人民的军队。为了快些消灭这些国民党走狗,叫牧民们少吃些苦,我们联合贡郭尔,利用他的力量,这样做对老百姓有益。俗话说得好:'雨水淹没不了高山。'贡郭尔怎也压不倒我们。"

官布一方面对他抱有警觉,一方面也欢迎他提出的联合作战的建议。但是目前他和洪涛都没有真正地了解贡郭尔的阴谋……

会谈的结果是:两支军队统一指挥,指挥小组由官布、贡郭尔和洪涛组成。两支军队以原有队别,分面部署力量:官布中队负责北、东两方面；贡郭尔保安团负责南、西两方面。指挥小组人员有权利巡视各方面的作战情况。

两支军队联合作战的第一天，向敌人进行了几次恐吓性袭击，敌人过分神经质，只要一听枪响，就吓得从炮台往外盲目扫射一通，敌人大量消耗子弹后，发现自己上了当，停止了射击。

这时已经中午时分了。

今天贡郭尔完全变成了另外一个人，脸上挂着不变的微笑，像是戴了一副喇嘛跳神用的笑脸假面具一样。他东西南北地奔波操劳，在那些士兵（不久以前都是他的旗民）面前，也不再矜持扎冷那造作的威严神气，他甚至关心起某某战士的马靴破了口，需要缝补缝补；某某人的马鞍垫不平，不换就要磨伤马背等等琐事。尤其对官布中队的战士们，表现格外关切，在他们中间串来串去，脸上挂着不变的微笑。但是当他身旁除了宝音图以外再没有旁人的时候，把假面具立刻扯碎了，他那副黄瘦的、狰狞的本脸又显露了出来，两条眉皱成了一条线，两只眼睛就像穷苦牧民寻找丢失的马匹那样地紧张、忧虑，心事重重地四处觅望。

前面是一片洼地，这片洼地正在官布中队包围线的最南端，由此可以直接通到去宝源的公路上。

这条公路、这片洼地强烈地吸引住了他。

他双手拿起挂在胸前的望远镜，把这一带的洼地与公路间的距离，如同测量员那样详细观察了许久，脸上一阵得意的微笑，一阵不安的抽搐，像是天空一阵开晴，一阵阴霾。

他放下望远镜，转过身来见西北方刮起了黄风，不由得吐了一句话："但愿今天晚上刮它个天昏地暗！"但是他很快又收住声音，警觉地环视了一下，并向宝音图小声地问：

"刚才我观察地形的时候，没有什么人看见吧？"

"除了我，再没有什么人。"

这他才放下心去，充满信心地用拇指和食指捏了捏下颏儿，轻松地打着口哨，向指挥部走去。

落日前，突然刮起漫天的黄风。黄昏时分，天就漆黑了，风吹沙打，哨兵们个个睁不开眼睛，只得躺在地上，听前面的动静。

这漫天风沙刮了一夜，但是联军按照原订计划，在拂晓前仍然向敌人展开了全面攻击。

官布中队除从敌人手中缴获许多弹药之外，派去多伦买子弹的人也满载而归，所以他们的射击异常猛烈。

贡郭尔在指挥部，靠着窗户听着外面风沙中的炽烈的枪声，天真地笑着对其他指挥员说：

"这回敌人除非变成蚂蚁爬出去，不然就是长出翅膀也飞不走了！"

"是啊，这次战斗保险最激烈！"洪涛同意地补充一句。

事实完全出人意料，战斗进行了半个多小时，任我们怎样攻击，敌人却一直守在土围墙里一枪不还。各连各队一个接着一个派通信员向指挥队做请示。三位指挥员对敌情作出这样分析：敌人一直沉默的原因可能是，这两天伤亡惨重，耗费弹药过多，所以一为节省弹药，不放空枪；二为复仇，想等我们靠近他们时，才做猛烈还击，好叫我们也付出重大伤亡。根据这样分析，做出如下决定：即刻向敌人进行总攻击，在全队接近敌人的土围墙之前，各连各队组织一组手榴弹手，先去炸毁敌人炮台，并且打出缺口，给主力开辟冲锋道路……

黎明时，风势小了。

总攻击开始了!

我军凶猛浩大的攻势,依然没有震慌敌人,一直到爆破小组从四面同时接近敌人炮台和土围墙时,从里边也没有打出一枪来。

"轰隆隆……"

爆破开始了。灰白色的巨大烟柱一个接着一个冲上黎明的上空,不时,碎石和土块雨点般啪啦啦地落在附近房舍和田野上。

"冲啊!"

骑兵们向土围子直冲而去,顿时,马蹄扬起的黄尘,把黎明时田野上特有的洁净空气搅浑了。

"抓活的,扒他们皮,冲啊!"

骑兵们把为草原复仇的激动,表现在他们狂暴的喊杀声中。在这汹涌的怒潮前,即使是最狡猾的敌人,也要惊慌失措,但是守在土围墙里的土匪,却依然无声无息!

"这兴许是敌人的空城计吧?他们能躲藏到哪儿去呢?"与战士们并肩冲锋的洪涛自问着。

在前头已经占领炮台的同志们,开始向村里扫射。从村里传出来的不是步枪的还击声,而是妇女、儿童们的惊叫哭号和男人们的喊声:

"别打我们老百姓啊!土匪早就跑了,跑了!"

"土匪逃走啦?"每个战士心里都惊愕地、愤怒地叨咕着,食指离开了枪机,挺起身来向村里观望。

枪声一停,老乡们一个个迟迟疑疑地先是从门口探出头来望了望,而后才走出来,在头上摆动着两只扇般的大手喊:

"别打了,别打了!"

这时官布断定敌人逃走了,他和洪涛向一个白发苍苍的老汉走过去，问道：

"好乡亲，村里还有没有土匪呀？他们什么时候逃走的？"

那老汉没等开口，先用哆嗦的右手在面前点了几点，抽搐着嘴唇说：

"那些狗养的东西，这两天把我们可折腾坏了，打这骂那，把我们几斗口粮全喂了马！你们为啥放走他们哪？我要是能亲眼看见他们一个个去见阎王，那才解恨呢！"他停了停，喘了喘又说："他们逃了，就在你们开火以前一袋烟的工夫逃了。他们抓我去给他们喂马，所以我什么都看得清清楚楚，他们是从土围子东南角的那块大口子逃走的，拥拥挤挤的就像一群羊出圈，唉，那时，我要是有个家伙就好了！……"

"他们约莫跑出多少里了？"

"最多不过三十里吧！"

"他们都有马吗？"

"听他们自己说，有几个家伙的马叫你们给打死了，临逃的时候，他们把我们村里的十几匹马抢走了，现在一个人一匹马。"

这时，贡郭尔怒气冲冲地赶来，从马上跳下来，把马缰往宝音图手里一扔，像是对哪个罪犯谴责似的，向官布和洪涛喊道：

"这是怎么回事？明明包围得结结实实，怎能逃掉呢？"

"大概是变成蚂蚁爬出去了。"洪涛说。

贡郭尔从这话里闻出一种味来，所以故意把话说成逗笑的口气：

"难道他们骑的马也能变成蚂蚁吗？"

"要不然怎么连人带马都没影了？"

官布立刻制止他们这些没有意思的谈论，他下命令说：

"同志们，敌人到底怎么逃出去的，这以后再说，可现在咱们在这地方不能多站一会儿。敌人一定拼着命马上加鞭逃跑呢，我们耽误一会儿，他们就溜掉了，到那时候，我们有啥脸转回马头，去见草原的乡亲哪？同志们，我命令：立刻上马，继续追打，不消灭他们，绝不勒住马缰！上马吧！"

战士们都跨上了马；黄尘又起来，战马在嘶叫……

官布向贡郭尔走过去，问道：

"扎冷，你是继续跟我们合在一块儿，把敌人追下去，还是打这儿就分手呢？"

"不把敌人消灭，我们不能分手，我老早就说过这句话。但是我实在气得很：土匪怎么就逃走了呢？这不是把刚刚放到嘴里的肉，又丢掉了吗？"扎冷气怒地用马鞭往靴筒上抽打着。

"我们非追查这件事不可，但是现在，扎冷还是快上马吧！"

联合部队码着敌人的足迹，向南方急速进发而去……

在追击途中，种种疑问不断地钻进官布脑海："敌人怎么会像一根牛毛那样，无声无息地没影了呢？那块围墙的缺口，才一丈多宽，并排着才能通过四五匹马，可敌人是二百多人，过得最快也得十来分钟，在这么长时间里，敌人的骑马没叫过一声？逃出围墙后，八百多只马蹄声，为什么没惊动我们的战士？……不，也许这些都不是真正的原因，可能夜里那场大风把我们耳朵吹聋，眼睛吹瞎，叫敌人乘机溜掉了……"想到这里，他无意地把眼光落在与他并肩走着的贡郭尔脸上，这不是他把敌人的逃走与扎冷联系一起，而似乎是用眼光在问："扎冷，你知道敌人怎么逃走的吗？"

贡郭尔感觉出从侧面有一股沉重的眼光盯在他的脸上。他立刻显出激愤未息的样子，过了一会儿，转过身来向官布小声地说：

"官布,我有一点怀疑,就是你们中队里可能有民族叛徒,他们把敌人放走了。你想一想,不然敌人怎么能够神不知鬼不觉地逃出你们中队的包围线呢?你可别看轻这件事情。"

"是啊,敌人既然能够逃走,这就是说,不是我们有差错,就是敌人耍了花招。"

"说得对,他们汉人花招、弯弯道比咱们多,跟他们打回合可不是闹着玩的呀!"说到这里,他转脸向洪涛一笑,说,"这是实话,你可别见怪!我刚才就这样问自己:敌人真的逃跑了,还是耍花招,跑到前头,在什么地方打下埋伏等着我们呢?咱们别闭着眼直闯,我带兵打仗,多咱都是谨慎加谨慎,依我看,最保险的是,咱们派出去两道尖兵:第一道,至少先走出二里以外;第二道,可以近一些,这样即使出个意外,咱们也能应付,免得吃大亏。"

这是好主意,他们即刻又派了一道尖兵。

骑兵用"小跑"速度前进。敌人踏过的道路上,印着密密麻麻的蹄印,有狩猎经验的人们,从一匹马的蹄印之间的距离,就看出敌人是用"大跑"速度逃走的。但是走出十多里以后,变为"小跑",又在一个小山坡下好像停了一阵,不是商量过什么事情,就是他们中间发生了什么事情。从这里,他们直奔察哈尔草原的一个小城镇——宝源去了。

一个严重的难题出现了:如果敌人占领宝源,在那里补充他们的人员和枪弹,再跟那里的坏人们勾结起来的话,我们就很难围攻他们,即使围攻也会遭受相当严重的损失的。现在只有一个办法,就是用最快的速度追赶敌人,争取在他们进入宝源还没定下脚,我们就攻进去,使他们来不及充实和整顿队伍。

官布下命令,全队用"大跑"速度前进!……

有人报告说，在队伍背后，出现了三个骑马的人。许多人猜测说，那可能是敌人的尖兵。

"敌人从我们背后剿过来了？"

"不可能。他们只盼早些逃出察哈尔去，绝不会找上我们来。"

"也许牧民们在北边发现敌人，前来报信的吧？"

"咳！别大惊小怪啦！他们可能是几个普通赶路的人。"

"不是普通赶路的人，你没看见他们像飞似的跑着吗？"

人们在议论纷纷，那三个骑马的人越来越近了。现在断定他们不是敌人尖兵，但是究竟是干什么的，为什么追赶部队，这些仍然是个谜！

过了一会儿，那三个人在马上一面晃动着帽子向这里打招呼，一面喊着什么。

官布叫队伍停下来，派两个战士向他们迎了过去。那两个战士与他们碰上头，又说了一阵话，五个人一同向这边跑来了。

"报告队长，这三个同志是来给我们报信的。"两个战士跑回来汇报道。

官布、洪涛走过来跟他们一一握了手，并且问他们怎么跑到队伍背后去了。

"我们三个人整整追你们两天了，有人说往东下去了，也有人说朝西走了，现在总算找到了。"一个黧黑、矮胖的战士一面说着一面掏出一封信来，"这是洛卜桑师长和苏政委给你的信。"

"谁？——洛卜桑师长和苏政委！"

洪涛狂喜地接过信来，立刻掏出信瓢，这时那个战士又补充说：

"师长和苏荣同志在宝源等你们呢！"

周围的同志们，被这意外的喜讯所鼓舞，不知是谁，高声大喊:"同志们!大军在宝源等我们呢!"顿时,全队人马一齐向这里围拢过来。洪涛把信看完,递给官布,他再一次跟那三位同志握手:

"感谢你们带来了这样的好消息!"

他转向全体同志,高声说道:

"同志们!告诉你们一个好消息:内蒙古自卫军骑兵第十二师,在两天以前就进了宝源,现在,我们不再是孤军作战了!敌人向宝源逃去,叫他们送死去吧!"

在这欢腾的人群中,贡郭尔站在离洪涛不远的地方,脸上没有表情,但是他用手绢不停地擦着两只手心上的汗水。

官布看完信,和洪涛一起约请贡郭尔,共同商量了一会儿。

根据现在情况,敌人并不知道宝源被我军占领,他们向宝源逃去,等他们靠近宝源,我军必然要向他们开火,那时他们发现进不得宝源,就不硬往里闯,可能绕个弯,向西逃走,所以我们要改由西路继续追击,与大军前后呼应,消灭敌人。

送信来的那三位同志,人疲马乏,叫他们到附近一个村里打个尖,歇一歇。洪涛给大军写了封信,交给官布,官布看了看,就叫一个战士把铁木尔找了来:

"前天你违反军纪,罚你三天不许参加战斗,你执行没有?"

"直到现在也没敢放一枪。"

"现在给你一个又紧急、又重要的任务,你能完成吗?"

"除了叫我上天,别的什么事情,我都敢答应!"

"好小伙子!你把这封信,送到宝源城里洛卜桑师长那儿去……"

没等队长说完话,他拿过信去,转身就跑:

"好啊!我马上就走!"

"哎，等一等！我没把任务交代完，你怎么就跑了？"

他又返了回来，不好意思地说：

"队长，这两天，我像一匹吃奶的小马驹，跟在队伍后头跑，可真把我憋愁坏了，我的黄骠马，更心急，把嚼子都快咬断了！这回，你交给我这么好的任务，我怎么不高兴啊！"

"光靠高兴完不成任务，小伙子。"他向他走过去，像童年时一同玩耍似的，拉着他的手，这与一个队长向一个战士交代任务，极不协调，"宝源离这里，还有二十多里，可是敌人就在你送信的道上，你得想办法冲过去，或者绕过他们，在他们靠近宝源之前，把信送到，如果师长有什么指示，你再带回来，再见吧！"

铁木尔拉过黄骠马，拍了拍它的脖子：

"今天，就看咱们哥儿俩的啦！"

黄骠马会意地点了点头，老老实实地站在原地，看来就像一个温柔的少女。但是当主人在出发前，按照惯例顺一顺鞍鞯，紧一紧肚带时，这温柔的少女，瞬间变成犷暴的老虎，粗野地嘶吼着，又抖尾巴，又呼喘，两只前脚直刨地。善骑的主人，刚一跨上鞍，它就像颗子弹般，躯肢平成一条直线，向南跑去。

人常说，什么性情的人，骑什么样性情的马。即使完全陌生的人，看见那匹黄骠马，也能猜到它的主人是一个风雨拦不住、水火吓不倒的好汉。

黄骠马驰过一片平原，又纵上一座高山，身上出了一层薄汗，马跑到这个程度，全身舒畅，四肢灵快，越跑越起劲，但，正在这时，它的主人，突然紧紧地勒住缰绳，马，跑得过猛，一时停不下来，一直跑到山顶上，才喷着滚滚的气，站住了。

山下，黄尘滚滚，黑压压一片人马，不言而喻，那就是土匪。

敌人挡住了他的去路，但是，信，一定得送到地方。直冲，冲不过去；绕弯走，太远，赶不到他们前头去……怎么办呢？这可把他难住了！一时想不出招儿来，急得他骑着马，直在山头上打转。这时，他忽然想起小的时候，时常骑着马淘气，两只手腕搂住马脖子，全身藏在马身侧面，任马急驰。现在也可以用这个办法，蒙骗敌人，从靠近敌人的山坡上，急驰过去。"对，就这么办！"他拿定主意，跳下马，又紧了紧马肚带，就按照想出的办法，向前驰去。

马，越来越靠近敌人，这时，铁木尔的心跳得与奔驰着的马的四蹄一般快！他忽然听见敌人在喊：

"喂，你们看，山坡上，跑着一匹空鞍马呢！"

"它把主人摔掉，自己撒欢呢！"

"把它打住，鞍上兴许有点啥。"

一听这话，铁木尔用脚尖，将马胯骨狠狠地踢了几下，马跑得更快，没等敌人来得及开枪，它已经跑出很远了。过了一会儿，虽然从身后，传来几声稀疏枪响，但是子弹啾啾地叫着，滑空而过，没啥危险。

他只要再忍耐一会儿，就完全骗过了敌人，可是生来喜欢惹事闯祸的他，怎肯放过这个机会！他想："好啊，这回该我跟你们要笑一番了。我突然挺着身，坐在马鞍上，向他们招手、喊话，故意气他们！……不，不行！要是出个意外，把信按时送不到宝源，可要捅大娄子啊！还是平安无事地走吧！……哎，没关系，能出个啥意外？难道他们的枪子，能穿着我？呸！没那事！还是气他们一气吧！"终究癖好战胜了理智。

他一纵身，两只脚直直地站在马镫上，右手摘下帽子，一

面摇,一面喊:

"看看你老子的本领吧!嗨!嗨!……"

枪响了。这是敌人发现自己被骗,羞恼地向他发着脾气。有一颗子弹,擦穿他的靴筒,落在脚下,他摸摸那块小眼,笑着说:

"打得还不够准哪!"

又一阵猛烈枪声,子弹打在他马左马右,一溜黄烟。

"老子没有工夫再跟你们逗着玩了!"

他这样想着,一阵风,向前跑走……

……

铁木尔来到宝源。岗哨听说他是从草原上来送急信,就叫另一个又黑又矮的战士,带他去见洛卜桑师长。这个战士,爱说话,一路上,问这问那,铁木尔一个劲回答都回答不完。

来到师长房门前,那个战士挺精神地喊"报告",里边还没有回答,他打门缝往里看了一下,说:

"不在家。"

"你知道他到哪儿去了吗?我送来的是急信。"

又黑又矮的战士,笑了笑,说声"走吧!"就领他来到大街上。好像他算出师长在什么地方似的,直奔广场而来。这里,黑压压的人群,围成个圈,正在看两个人摔跤。又黑又矮的战士,混入人群,对铁木尔说:"现在不能跟师长说话,等一等吧!"他张着大嘴,看起摔跤来。铁木尔心急,催他快些给找师长,那个战士仍然回答说:"这时候,你跟师长说话,他要发脾气!再等一等!"铁木尔只得看他们摔跤。这两个摔跤的人,看来都是老手。一个是青年,高个,消瘦,脚绊下得好厉害,可是功夫不到,净费傻劲,反倒把自己累得满头大汗,呼呼气喘。另一个人看来五十开外，中等个，身胖，光头，唇上留着一束惹人发笑的翘尾巴胡子，两眼瞪得圆圆，嘴封得紧紧，沉着、稳重，一看就知道是个摔跤行家，乘对方脚没站定，他突然来了一阵"连珠"脚绊，逼得那个青年，一直后退，虽然没倒，可也快输了。全场的人，都为那个老汉叫好，但是老汉还是那么沉着、稳重。铁木尔是个摔跤手，不一会儿，也看迷了，直到那个老汉把青年对手摔倒，他才又想起急信来。他刚要叫那个又黑又矮的战士，带他去找师长，然而那个战士，却跑到那个唇上留着一束惹人发笑的翘尾巴胡子的老汉跟前，行个举手礼，说：

"报告师长！从草地来一个通信员，有一封急信给师长。"

"他就是洛卜桑师长！"铁木尔发呆了！

这时，洛卜桑师长整好衣装，捋着翘尾巴胡子，慈祥而和善地微笑着走过来，眯起两眼，将他端详了一会儿，幽默地说：

"嗯！一看就知道，是从草原上来的人。草原的风，把你们吹成小黑山羊啦！"

说完，又像小孩般天真地大声笑起来。

师长穿着深黄色苏联哥萨克上衣，藏青色"哈拉哈"蒙古马裤，一双日本军红马靴，走起路来咔咔直响，腰间束着一条宽皮带，显得非常协调、严肃、威武。见了他，使人联想起雄伟的山峰，崇高的苍穹。

"他多么像个师长啊！"铁木尔心里敬慕地想着，行个礼，庄重地报告说：

"我叫铁木尔，察哈尔人，属牛的，从官布中队给洛卜桑师长，送来一封急信。"

他的话，惹得周围的人都笑了。但是，洛卜桑师长却不然，接过信后，与他一样严肃地回答说：

"我叫洛卜桑，喀尔沁人，属马的。到我屋里坐一坐吧！"

师长一边走，一边读信，脸色渐渐庄重起来，对通信员说："去请苏政委到我家来。"

在路上，遇见一个女战士。这是铁木尔头一回看见女兵，所以挺稀奇，眼光一直盯在她身上。那女战士，年岁不过十七八，嫩白的脸上带着稚气，细眉大眼，头发剪得短短，一眼就看出是个城里的人。她走到师长跟前，就像女儿见了爸爸一样，说话的声腔有些娇气，这使铁木尔听不惯。"这样的城里小姐，在军队里能干个啥！是给大兵补袜子，还是唱小调呢？"正当他这样想时，洛卜桑师长却用一种完全重用、信任的态度，拍了拍她的肩膀说：

"又要到你忙的时候了。快回去准备吧！"

女战士领会了师长的话意，脸上的稚气即刻消失，行个礼，跑走了。

那个小女战士，没有给铁木尔什么好印象：听不惯的声音，看不惯的稚气，但是不知为什么，她的影子，在他脑海中却印得这么深，这么结实，以致他都无法忘却！

回到房里，师长盘着腿，坐在炕上，详细地打听草地牧民们的生活和官布中队活动的情况，他听着回答，一会儿跳下炕去走几步，一会儿又坐了下来。从他脸上那密集的皱纹，可以看出他对牧民的穷困生活和悲惨遭遇，充满了无限同情，这种同情以至达到使他坐立不安的程度。

"我们从张家口早出来几天就好了！"

他像犯了多大过错似的，声调很沉痛，但是瞬间，又开朗地大笑起来，又自己反驳自己地说：

"这才是蠢话！我们来得不算迟，可以说，正是时候，只要我们像一只狼似的，在这儿张着嘴等他们一会儿，敌人自己就送命来了。"

说到这里，他又兴奋起来。

这时门一响，走进来一个女同志，身穿一件发旧的深红色蒙古长袍，腰间的宽绸带，扎得紧紧整整、利利索索，一双红色马靴和两条红绸发带，上下相映相衬起来，显得非常美丽、精神。与她初次见面的人，总是最先注意她那两条又宽又长的男人式的眉毛，正如洛卜桑师长时常与她开玩笑时所说的那样，她的眉毛，很容易使人联想起威武的元帅。然而，铁木尔最先注意的，却是她那凸出的颧骨和久经风吹日晒而黧黑了的脸。"她是蒙古人！"这个猜测使他感到亲切、温暖！

没等师长把铁木尔介绍给她，她就走过去，用双手握住他的手，操着一口鄂尔多斯蒙古土音，与他寒暄，她大概从通信员那里知道铁木尔是从草原上来的，所以很高兴地说：

"没等客人下马，主人先走出门来；没等我们进草原，你们先迎上来了。"

"先让我给你俩做个介绍吧！"洛卜桑师长说道，"她是苏荣同志，鄂尔多斯的女英雄，我的副政委；他叫铁木尔，察哈尔的黑山羊，官布队长的士兵。"

他似乎对自己的比喻很满意，独自又像小孩般天真地大笑起来。

洛卜桑师长和苏副政委，多么不同的两种性格啊！初次看见他们的人，几乎不能相信这样两个人能够团结合作。

洛卜桑师长，曾经是伪蒙疆骑兵师师长，他初次扛枪，还在张作霖统治东北的时代，这几十年的军人生活，使他变成了一个粗鲁、勇敢、善良，但又易怒的人。他没有文化，他不看重文化，甚至可以说，他对那些有文化的人，有一种天然的厌恶。他对士兵，有时就像一个严父，骂他们，打他们，甚至狠狠地踢他们，但是有时又像一个善良的母亲，在给养困难的时候，宁可自己饿得头昏、眼花、全身直冒虚汗，也省下粮食，给伤病员们吃。冬天，战士的脚冻坏了，他把自己的毡靴脱给他们，他们不肯穿，他硬是用马鞭抽打着叫他们穿上。这些特性在他身上分辨不出哪个是长处，哪个是短处，只能说洛卜桑，就是这种种特性的总和；或者说，这种种特性的总和，就是洛卜桑。

士兵们容忍他的谩骂和踢打，并不是完全因为惧怕他，说得确切些，三分是惧怕，而七分是出于对他的敬爱。他们背着他，谁也不叫他的名字和职务，总是亲切地、骄傲地称他为"我们的鹰"，或者叫"草原的鹰"，有时也只叫"鹰"。他自己也知道士兵们这样称呼他，他没有气怒，心里有些高兴地说："这些小山羊，真乖呢！"

十年前，洛卜桑从东北，来到伪蒙疆，不久，他依靠自己的军事才能，当了师长。他打过土匪，也被日本人利用，跟八路军作过战。但是，不论在东北，或在伪蒙疆，并不知道谁们在利用他，他只抱着一个理想，就是要建立一支蒙古人自己的强大军队。他认为在现代世界上，一个民族没有自己的强大武装，就不能保卫自己。然而愚蠢的洛卜桑，直到去年才认识到自己从前的"奋斗"，是做了不少罪恶的事情！

他在伪蒙疆骑兵当师长时，有一个最要好的朋友，也是蒙古人，没有职业，寄居在他家里。那个朋友，对军事问题非常有兴趣，经常问这问那，他俩喝起酒，谈起天来，不到深夜不罢休。后来，突然日本特务机关到处通缉那个人，洛卜桑几次冒着掉脑袋的危险，设法掩护他，终究没有叫日本人捕去。那时，他才知道，那位朋友原来是八路军的地下人员，但是他不仅没有告发他，而且越发谨慎、秘密地掩护他，并且把日伪重要军事情报，转告给他，做了许多真正有益于自己民族和人民的事情。日本垮台后，他在那个朋友的帮助下，立刻与晋绥地区的八路军接上头，直到去年内蒙古自治运动联合会成立时，才归回内蒙古。他的那个朋友，在"蒙联会"做负责工作，他这次依照上级命令，进入锡林郭勒、察哈尔地区，开辟根据地，发动锡察人民，配合友军，准备彻底迎击和消灭进犯内蒙古草原的国民党反动派。

苏副政委所走过的是恰恰与他相反的一条道路。

她生长在伊克昭盟，在那古老的、沉默的鄂尔多斯高原上，度过了不幸的童年。父母亲把她交给神圣的人间不久，先后都去世了。好心的姑妈把她抚养到十一岁，伶俐的苏荣，从那时就给一个牧主当挤奶工，真是饥寒困苦！当她十五岁那年，她的在北京图书馆管理蒙古文书籍的叔叔，把她接到北京去，在那里她学会了汉文，并且通过它，知道许许多多在鄂尔多斯高原从来没听见过的事情。她叔叔是一个同情革命，但又没有勇气参加革命的知识分子，他给她介绍许多进步书籍来读。这时，她认识了图书馆馆员——一个汉族青年，他是共产党地下人员。在他的帮助下，她入了党，两年后，他们结了婚，但是抗战初期，他被日本帝国主义者杀害了。当她跟第一个丈夫永别的时候，才二十一岁，不久，党把她送到延安，在这革命圣地，她与许多蒙古革命青年一道学习。党又派她回到家乡——伊克昭盟，以一个牧主的使女身份为掩护，做了两年地下工作。在家乡，她经受了严峻考验，在那严峻的生活中，她并不是一点都没有动摇过，但是每当自己产生动摇时，她就一个人跑到没有人烟的大沙漠里，可嗓子唱一段：

　　起来，饥寒交迫的奴隶，
　　起来，全世界的罪人。
　　……

即刻，滚滚的热泪流了出来，党的民族解放的事业，又把她鼓舞起来，使她有勇气继续投入严峻的生活之中。

她被派到大青山蒙民游击队工作时，与她现在这个丈夫结了婚，并且生了一个女孩。事变后，他们把孩子交给一个善良的老牧妇，跟着大军往东过来了。丈夫现在在"蒙联会"做贸易工作。

她的生活经历本身赋予了她一种与众不同的性格：在她身上，既有牧民妇女的勤劳传统，又有沙漠人民的刻苦能力；既有一个军人的倔强和勇敢，又有一个母亲的慈爱和善良；既有一个政治工作人员的涵养和原则性，又有一个知识分子的热情和幻想。

在士兵心目中，她并不是什么不可接近的大官，当他们平时求她给补臭袜子的时候，是把她当作自己的老大姐，而当他们骑上战马并肩陷阵的时候，是把她当作一个普通战友。她的高深理论并不使士兵们钦佩，而使他们佩服得五体投地的是她的神奇枪法。她骑在奔驰的战马上，双手能够同时放射两支手枪，而且异常准确。所以士兵们常常偷偷地琢磨她的两只手，好像要从她手上寻找出什么射击秘诀似的。说实话，那些粗野的士兵们，所以听从她的领导，执行她的命令，倒不是因为她是政委，而是因为她是神枪手。

她与洛卜桑师长相处得并不算坏，但，只能说现在是这样，而当初见面的时候却是恰恰相反的。现在还记得，她接受上级指派，拿着介绍信，第一次来见他的时候，他看完信，轻蔑地看了她两眼，粗鲁而又嘲笑地问她：

"你是来给我当政治委员，还是管家婆？"

这句话真叫她啼笑皆非，只好也从容不迫地笑着回问他：

"你需要哪一样的人呢？"

"我需要政治委员——他最次也得是一个能拉开枪栓的人。"

"那么我正适合干这个差事。"

威严的师长突然小孩般天真地大笑起来，他像是把她忘掉了，独自笑好一阵之后，才用袖筒擦掉满脸豆粒大小的笑泪……

这已经是几个月以前的往事了。在这与洛卜桑师长相处的几个月中，真正考验了她——一个女人和政治工作人员——的忍耐力。她在革命队伍中，初次看见还有这样不尊重女同志的人。有一次她与他为一件微不足道的事情，争论了几句，洛卜桑师长理短，说不过她，于是当着战士们的面，施出他的最后一招——用粗鲁得不堪入耳的、作者不便于用文字写出来的话语，破口大骂起她来，她气得面红耳赤，全身发抖，跑回屋去抱头痛哭……当天晚上，她躺在床上听见有一个人在她房前不停地踱来踱去，心想，也许是哨兵吧，就没有理他，可是过了一阵，有人在轻轻敲她房门，她忙从床上跳下来，握着手枪问是谁。那个人不回答，她又问，这时才回答说："洛卜桑师长。"她只好穿上衣服，给他开门。他进了屋，脸红一阵，白一阵，眼光一直不敢落在她身上，东看一眼，西看一眼，好像有什么话要对她说，可是那句话又卡在嗓子说不出来，憋得他双手都发抖了。苏荣看见这种情景，只好装出既往不咎的样子，先开口问："师长这么晚来找我，有什么事情吗？"

洛卜桑师长惶惑地、磕磕巴巴地回答说："嗯……是啊……可不是，是有事情来找你……是啊……是这样……"

不必用话语来表达，一切都明显了，这时不知为什么她的心跳了，她真想对他说："师长，你回去睡吧，我没生你的气，我们是同志，党叫我们来领导这个师，党的事业把我们的命运联结在一块儿，我们为什么为那点小事情争吵呢？我很后悔，那时我不该跟你争论，算啦，咱俩都别说啦，过去的事情就算过去了吧！"但是没等她把这些话说出来的时候，洛卜桑却接着自己的话说：

"我的裤子破了一个小口，你有针线吗？借我用一用吧！"

他的回答完全出乎她的意料，"洛卜桑师长啊！你分明不是来借针线，可你为什么偏偏这样说呢？"她真想笑出声来，然而还是忍住笑，说：

"你粗手笨脚地哪能缝好，哪破了，我给缝吧！"

"哎，不，不，不，让我自己来吧，我洛卜桑能当师长，能给全师官兵训话，还不会缝几针破口！还是让我自己来吧！"

"好，拿去吧！可是明天我要检查你做针线活儿的本领呢！"她把针线交给了他。

第二天她怎么也没找到洛卜桑师长的马裤上有什么破口，而他直到今天还没把她的针和线还回来，但是那不值钱的一根针和一条线，所换来的报酬却是非常大的，从那以后，洛卜桑师长再也没有向她使用过一个粗鲁字眼儿，就是有时在他怒发冲天地大骂士兵们的时候，一看见苏政委走过来，他也悄悄地不提那些难听的字眼了。

现在把两只手插在宽皮带里站在她面前的这个"草原的鹰"，也许早就把这些事忘掉了。

"这是洪涛同志和他们官布队长来的信，"洛卜桑师长把信递给她，又说，"他们报告说，敌人已经靠近宝源，可能还想进宝源住一下脚，他们被官布的骑兵追得很紧，不过一二十分钟，就会向这里跑过来，哎，铁木尔同志，你说对吗？"

"师长，完全对，我在路上还碰见他们了呢，现在他们离这儿最远不过七八里的样子。"

苏荣同志粗略地把信看了一遍，放在身边的小桌子上，问道："你们队伍离敌人有多少距离？"

铁木尔回答说："大约有七八里路。"

洛卜桑师长欣然一笑，说：

"好吧，现在我们就来把'家具'准备妥当，只等官布他们把肥羊赶来上席了。"

五

这场战斗统共没打五分钟就结束了。经过是这样的：敌人在官布中队紧迫追击下，就像被鹞鹰追捕得蒙头转向只顾逃命的兔子一样，没队没伍地乱成一团，直奔宝源镇而来。人常说："冲锋的马像猛狮，败阵的马像绵羊。"当他们接近宝源镇时，各个人的骑马都将迈不动脚步了。但是，他们毕竟眼看就要占领宝源,而他们一旦占领住这个草原的大镇,官布中队就永远也攻不破它了,因为这里不但有坚固的围城,而且人口众多,坐商也不少,应有尽有。

这群家伙,离城镇还有二里多地,就高兴得像鬼似的嘶叫起来,有的家伙还无故往天空放枪,以祝贺他们终究得救。他们离城越来越近,城里鸦雀无声;城里鸦雀无声,他们离城越来越近……

突然,从城里向他们扫射出来暴风雨般的子弹,他们当中有许多人马被打伤、打死。垂死的敌人,发现自己落入对方控制区内时,便不顾一切地转回马头,奔老路往北逃跑。但是没想到,正在这时,官布中队已经向他们迎面冲锋而来。他们在前后夹攻之下,连躲身的地方都找不到。不一会儿,他们举出几面白旗——投降了。官布中队立刻接受他们的投降,赶着俘虏,向宝源城里走来。战斗到此结束了。

富有作战经验的洛卜桑师长,不是看见敌人投降就算完了事,他心里一直盘算着一个问题:敌人为什么这么轻易投了降呢?固然被前后夹攻,他们有些吃不消,但是他们的投降,总是有些使人怀疑的地方。他把望远镜举在眼前,没有放下来,就在这时,在他的望远镜中出现了三个向西北方向飞驰潜逃的人马,显然狡猾的土匪头子,叫他部下投降的同时,自己却巧妙地逃跑了。

他马上派一个连去追擒潜逃的土匪头子。这时,一直抱怨没能参加歼灭敌人的战斗的铁木尔,向师长请求叫他也去,师长同意了。

敌人似乎预料到迟早将会被我们发觉。等我们出发时,他们已经消失在西北方山峦之中。

连长是个年轻小伙子。师长不派别人，单派他，说明他是精明强干的人，至少在师长眼里是这样。铁木尔一路上注意他，然而他身上并没有什么与众不同的东西。

敌人逃得真快，当我军赶到山下时，他们早就没影没踪了。师长的命令是，抓不到土匪头子，不准他们回来，再说，投降的那些都是小喽啰，潜逃的才是真正的"阎王"，是他糟害了草原，无论如何也不能叫他逃了命啊！

连长临时决定，分成三路来寻找敌人。但是分成三路后，还没走出百步远，就发现了敌人的踪迹。只顾逃命的敌人，没有发觉他的马褥子破了口，或者发觉了，也没顾得上收拾它，所以哩哩啦啦丢下一片零星东西。这些都是从草原上抢夺的，有牧民妇女的玉石头饰、银碗、绸缎等等，有一个战士还发现了一双破毡袜。这些穷土匪，没有不抢的东西，无怪乎牧民都叫他们"乖仍迟德日木"——乞丐匪徒呢！

全连又集合到一起，放开马缰，用最快的速度，码着敌人踪迹向前追了下去……

铁木尔不习惯在大队人马中排队前进，他一个人落在队伍后头，不慌不忙地走着，他自信等看见敌人的影儿之后，他的黄膘马猛冲它几步，就能赶到大队最前头去。不一会儿，果然前面出现了敌人，同志们都喊叫着冲过去了。这时铁木尔的黄膘马也撒开欢，向前跑去，但是跑了整整一天而疲累了的黄膘马，哪里能够赶过队伍前头去呢？它知道自己主人的脾气，但是任它怎样拼命地跑，也赶不上去了。铁木尔急得头上直冒汗，心想："马累了，跑不上去了，可是那些新认识的同志们，心里该怎样想呢？他们也许说，这小伙子，原来是个贪生怕死的家伙，只跟着人家后头跑，连条好狗都不如，不，铁木尔不能跟人家刚见面，得这么个坏名誉！"一想到这里，他对黄膘马就下了苦刑，用马鞭"嗖嗖"地抽它的耳朵，它被打得耳朵根直流黄汗，它忍受不住这种苦刑，把最后一点力量全部使了出来，扎着头，不分深浅地跑开了。疲累了的马，两脚失去了灵活，没跑出多远，前脚绊在一块大石头上，打了个前失，"啪"地跌倒了。铁木尔的头正好碰在石头块上，"嗡"地涨了一下，眼前冒出两点打着转的火星，便失去了知觉……

*　　*　　*

他苏醒过来的时候，倒在一个女人的手腕上。起初他认不出她是谁，后来才认出原来就是上午在宝源看见的那个娇声娇气的女同志。脑海中忽然掠过一个念头："我怎能倒在她的手腕上呢，真丢丑！"他想即刻站起来，猛地挺了挺腰，然而眼前一发黑又倒下去了。那个女同志把他头部的伤处包扎好，喂了他几口水，这他才完全苏醒过来。他睁开眼睛一看，这是在荒山旷野上，土匪和自己队伍已经不见了，他心里又懊丧起来："刚看见敌人的影子，自个儿受了伤，这算啥事！"那个女同志，似乎看出他的懊丧情绪，温和地安慰他说：

"同志，你高兴吧！逃跑的土匪头子，死不投降，叫我们在南山头上打死了。刚才，同志们只顾追土匪，没看见你跌倒，我那时正巧从你们后头跟上来，看见你倒啦，跑来刚把你背到这个背风的地方，你就醒来了。同志，你的马没跑掉，它真乖，把你摔了，好像很对不起你似的站在你跟前一动都不动，刚才我把它抓住，跟我的马拴在一起了。同志，你再喝几口水，别着急，好好休息休息，过一会儿，我背你到前边那几户人家去，叫他们搞个担架，把你抬回宝源去。"

"你说什么？把我抬回宝源去——就像一条死母狗那样？别胡闹了，铁木尔，宁死也不能干那样丑事！……"

伤口一痛，他把话没说完。那个女同志无可奈何地笑了笑，说：

"好，你不愿意，那就算了，待一会儿，我背你回去吧！"

铁木尔愤怒地瞪了她一眼，但伤口的骤痛，使他没能把话说出口来。

他的靠右耳的上边，碰出老长一条伤口，流了许多血，那位女同志刚包扎时，血还没止，但是现在已经止住了。他流血过多，不能在野外待久，可是他又是这样倔脾气的人，一不让抬，二不让背，怎么办呢？他能骑马？不行，骑马震荡对他没好处……她一时想不出办法，只得靠着他坐下来，轻轻地理了理他头上的绷带，问道：

"痛得厉害吗？"

他仍然理都不理她一眼，就像猛狮落在猎人的网里，很不服气似的。

他的确在心里咒骂着自己："铁木尔，铁木尔，堂堂的蒙古青年，在这么一个又瘦又小的城市小姐面前丢脸……我不是没腿，为啥叫她背呢？"他忽然恨起她来："啊，你是乘我受了伤，故意要笑我呀！"他紧紧地咬着下嘴唇，向她愤恨地看去，然而，看见她在默默地哭泣！她为什么哭呢？他一时不知怎样是好，既没劝止她，又没谩骂她，但是心中却不由得激起一阵怜悯、同情的洪流。

"她是为我哭呢吗？"这几个字在他耳边当当震响起来。

他不会安慰人，尤其不会安慰姑娘。忙中找出一句话来：

"同志，我们回去吧！你把马拉来，扶一扶我，我就能骑上它。"

她听了这话站起来，擦了擦泪，抓马去了。春风吹散了她的头发，从远看来，她是那样朴素、美丽而健康……

当她抓来黄膘马，扶他上鞍时，他，头一昏，好险倒在她的怀里，他扶着她，闭上两眼站了一会儿，等渐渐清醒下来，才咬紧牙关，走过去跨上了马。他骑在马上，摸了摸马头，又看了看那个女同志，不由得眼圈湿了。连他自己都不知道这到底是出于对黄膘马的爱，还是对那个女同志的感激！

两匹马并着排，慢慢地向前走着。随着这两匹马的身躯的左右轻轻摇晃，他和她的肩膀也轻轻地相触，又分开；分开，又相触……

他俩眺望着远方播种了的田野，任马迈着懒散的步子，谁也没去管它。过了一会儿，铁木尔偷偷地瞧了瞧她；而她，非常敏锐地感觉出有一股强烈的眼光，落在她的脸上，她的脸不由得搐动了几下，圆小的鼻尖上，沁出几粒水银般的汗珠，她有些羞涩了。

她想摆脱这种尴尬情况，于是故作大方地扭过脸来，对他说道：

"你是从草原上给师长来送信的吧？在城里我就认识了你，现在又碰到一块儿，可是我连你的名字还不知道呢！"

"我叫铁木尔，懂蒙古话吗？铁木尔，意思是钢铁的铁，你看，我是不是像一块青铁！"

她咯咯地笑了。

"你这块铁，差点叫石头块儿碰碎了！"

叫她抓住了小辫子，他的脸一红，挺不好意思地苦笑了：

"长这么大，头一回出这样的事，可巧叫你碰上啦！我的救命人，你的名字呢？噢，不用你告诉，我也能猜得着，反正你们汉族姑娘就是那么几个名字，什么秀英啦、秀芬啦、桂兰啦、桂荣啦……"

"我才不叫什么英，什么兰呢！我叫欧阳庆中。欧阳是姓，庆中是名。"

"汉人还有四个字的姓名？"

"有的。平时你就叫我欧阳就行啦。"

"奥阳，奥阳，不错，这名字挺好叫。"

"同志，不叫奥阳，是欧阳，欧，欧，你懂吗？"

"哎，有个音就行呗！比方说，我的名字用蒙古音是'土木日'，可你们汉人不会说，净叫'铁木尔'，管它土木日，还是铁木尔，反正我知道是在叫我就行了。"他停了停又问："奥阳同志，你的家在什么地方？"

"老家是保定，现在在张家口住。"

"啊，我到过张家口，大街当中有一道河，河上有大桥，上堡的旅蒙商做的马鞍、马靴也不错。你家是做买卖，还是当差？"

"父亲是铁路工人，我过去在铁路医院当护士，还有个弟弟上中学呢。"

"护士是不是大夫？这么说，你也会号脉呗！可是说实话，我要得病，可不叫你看。"

"为什么？"

"你就不像个大夫，太年轻啦，我猜你一定还没有男人呢！"

"现在还没有，不过以后会有的。"

她回答得那样大方、干脆，反而闹得铁木尔挺不好意思。他赶忙拉出别的话题：

"你来草原过得惯吗？你们城里的人，干什么都不跟我们一样，就拿洗脸来说吧，听说你们一天要洗十几回，可我们每天早晨洗两把就行。再说你们城里妇女，更奇怪，故意把头发弄得弯弯曲曲、乱乱乎乎，活像个老鸹窝，难看透了。你看看我们牧民妇女，不是把辫子梳得顺顺溜溜，就是用头饰把头发拢得整整齐齐，真带劲！"

"有的人喜欢白马，有的人喜欢红马，你大概喜欢黄马，一个人一样爱好嘛！"

"你这话也对，可是我猜想你刚到我们草原上，一定有很多事情都不习惯。"

"不，你猜错了。铁木尔同志，你知道吗，我从小就爱上草原啦！"

她在小学读书的时候，读过一篇关于草原的故事。那篇故事，在她那幼小的心灵中，印得那样深！从那以后，她幻想着有那么一天，到草原上去看一看。那里的天，是蓝蓝的；云，是白白的；在一望无际的绿色草滩上，到处开放着五颜六色的鲜花；自由的牧人，骑着高大的枣红马，甩着长长的鞭子，一面唱歌，一面放牧牛羊……

草原，多么神秘而又迷人的地方呵！

那时，她父亲参加罢工，日本人要逮捕他，她就给父亲出主意说："爸爸，你逃到草原上去吧！那里的人们是自由的。"父亲笑了一笑，抚摸着她的头发说："是啊，我们在这里住不长了。"不久，她父亲到张家口车站上当了工人，父亲还来信说，张家口离草原很近。她多么高兴啊！一天天地巴望着搬到张家口来住，没过一个月，果然愿望实现了，她到张家口的第二天就跑出大境门外，爬山越岭去看草原。但是，她失望了！人们告诉她说，草原离这儿还远呢！她急得哭了！草原，到底在哪儿？也许是一块永远走不到的地方吧！草原对她越发神秘了。

后来，她在铁路医院当了护士，但仍然不断地收集介绍草原风土人情的书籍、描绘草原风景的画册，也时常到上堡找那些去过草原的商人，听一些草原上的故事。母亲常常骂她："你发疯啦，整天迷在草原的故事里，老天爷把你投生错了地方，你的命该当是叫牛粪烟熏瞎眼的！"然而一个人一旦爱上了一种东西时，就像大树把根扎在土地里一样，任什么力量也无法叫它们分离！她仍旧收集有关草原的书籍、画册，仍旧去上堡从旅蒙商那里听些草原的故事。

去年张家口解放了。她许多朋友都参加了工作，有的来劝她也参加，她回答她们说："我一定参加，但是我要去草原上革命。"九月间，在张家口成立了内蒙古自治运动联合会，她一听到消息就到那里去了。门岗问她找谁，她说要找你们顶大的官。问她有什么事情，她不告诉。门岗不叫她进，她非得要进，正在这样纠缠的当儿，从院里走出一个人来，他那高大的身材，宽阔的额头，和那对明智的眼睛，使人感到亲切、可敬！那个人听见这里说吵，就迈着稳健的步子走过来，问出了什么事情。门岗向他行个举手礼回答说：

"报告！这个小女孩无缘无故非得找我们这里顶大的官，不叫她进，就要闹上了。"

那个人听了之后，转过身去，慈祥地微笑着问她：

"是你要找我们这里顶大的官吗？"

她也学着门岗那个同志，挺精神地行了个举手礼，回答说是。

"我们这里没有顶大的官怎么办呢？"

"小一点的官也行。"

"那么我暂时就算这个'小一点的官'吧！你有什么事情？"

"我不能随便对什么人都说。"

她的话惹得周围的人哄然大笑起来，而她却奇怪地环视大家一下说：

"这有什么好笑的？"

周围的人越发大笑起来。这时，有一个同志才从一旁告诉她说，与她说话那个人，就是内蒙古自治运动联合会主席乌兰夫同志。

就这样，她参加了工作。这次内蒙古人民自卫军第十二师到察哈尔草原来时，乌兰夫同志特地把她叫去，告诉她说，为了帮助实现她的愿望，派她当护士，跟部队一同进入草原。多年的愿望实现了！在踏进草原第一天的日记上，她这样写着："我要做草原上的一棵青草，把根扎在草原上，为了她，我献出自己的一切一切！从今天开始，每天学几句蒙古话，决心永远在草原上工作……"

今天她救护了铁木尔，虽然他对她没说一个"谢"字，但是她心想，这就是为草原工作呢！当天晚上她在日记上写道："我第一次享受到为草原而工作的愉快！"

* * *

官布中队与十二师在宝源会师后，第二天就向察哈尔南部的另一个小城镇哈布嘎进发了。

刚到草原的欧阳，时时刻刻注意着周围的一切景物。草原的山、水、花、草，与她故乡的有什么不同呢？她尽力寻找这个"不同"，当她越是发现了它的时候，越感到自己已经真正来到了草原。

在人们被敌人的骚扰而心神不定的时候，在人们为扑灭战争的火焰而奔波的时候，春天，依然按照自己的时间表来到了草原。

草原，以它春天的美姿，迎接自己的英雄儿女——人民的铁骑兵。

欧阳，这两天心里说不出地愉快。她想独自爬上草原的高山，可嗓子唱一唱歌；想离开队伍的行列，叫她的小白马任意飞驰一番。这是草原的雄伟而辽阔的大自然给她的激奋吗？她自己也回答不出来，不，她是不想或者说不敢回答这个问题。因为她隐约地发现自己的激奋中，有着少女的羞涩的秘密，而当这种秘密在她心灵上蠕动的时候，不知为什么那年轻而矫健的铁木尔的影子，出现在她的脑海之中，一看见他的影子，她的心就不由得轻跳起来……

红旗、黄尘、春蝇和杂色的服装……队伍像一条黑龙，在草原上爬行着。

队伍像一串牛车，在山冈上爬行着。笑声、喊声、战马的嘶叫和铁器的撞击声……

队伍在一个小村庄里打尖的时候，师长派人把欧阳找去了。师长对她说：

"我们已经来到草原，在这里我们准备迎击一切进犯的敌人。可是我们师里只有一位军医，等作起战来不用说给治伤，就是治牙痛也治不过来。我们在草原上，要吸收一批蒙古大夫参加工作，今天你跟一个同志先去请一位当地最有名望的老大夫，愿意去吗？"

"师长同志，这还用问，我现在就去告诉医生。"

说完，她就要跑走，师长叫她停下来，用粗大的手抚摸着她的头发说：

"去请年老的大夫可不是一件容易的事情。要是他不来怎么办呢？你是不是给他哭一鼻子？别以为我说笑话。你要注意尊重老年人，告诉他说，我们就像需要水那样需要他。这个老大夫叫巴拉珠尔，是接骨专家，我们非常需要这样一个大夫。"

"谁领我去呀？我自己可找不到他，就是找到了他，也不会说蒙古话。"

"他领你去。你们俩认识一下吧，他叫铁木尔，跟那个老大夫住在一个村里。"

欧阳和铁木尔没有像通常那样互相握手，只是站在原地互相对笑了一下，似乎这样显得更亲切些，同时也向师长表明，他们老早就熟识。

这时，师长的眼光落在铁木尔头上的绷带上，苦笑了一下：

"看来我做介绍是多余的事。铁木尔同志，你的伤口还痛吗？"

"一点都不痛了，把这些白布包在我脑袋上挺不好看，可以拿下它来吗？"

"那事归欧阳同志管，她不叫拿下来，谁都不许动的——包括我洛卜桑在内。"

大军继续向东进发的时候，他俩另分一路，向北走了。

村庄已经落在身后，透过波浪般的蜃气，才能隐约地看见村庄里的教堂顶尖闪耀着银光。他们走在高高的山梁上，眼前展现出辽阔而深静的草原，他们不约而同地鼓起胸膛，吸着草原在青黄交替时特有的潮湿气息。远处草原上有几群牛羊，悄悄地吃着草，斑斑点点，像是一把珍珠撒在绿绒毯上。

欧阳自有心事地跟在铁木尔后边走着。这真凑巧,当地的战士里,有许多人都跟那个老大夫熟悉,师长偏偏派他跟她一同来,她在默默地感激师长。倘若换个人与她同来,她该多拘束、寂寞呀!有铁木尔在身边,她赶多远的路,也不觉得疲累。

"奥阳同志,你别在人家后头走啊!"铁木尔半跨在马鞍上,转过身来说,"在我们这地方,除了土匪以外,都不前后地走,是要肩对肩,排成横队走,要不然村里的狗就把你当作外地人看待——跑来咬你;乡亲们也会骂你:'德日民协自'——土匪的种呢!"

她从张家口出来时,就下定决心到草原上,要尊重当地人民的风俗习惯,所以叫马快走了几步,与他并起肩来。她刚学会骑马,跑得稍微快一点,就全身紧张,两只手一左一右紧紧地勒着嚼子绳,活像一只展翅欲飞的小鸟。他见她骑马的姿势,从一旁笑着说:

"拿嚼子绳别把两只手一左一右地分开,那样就不是骑马,是要从马上飞走了。你看,这样拿,左手是这样的。"他替她示范地做了一个动作,又说:"到我们草地来,先得学会我们牧民骑马的样子,不然,人家一看你,就知道是'外人'了。"

他这番诚恳的话,使她很感动,马上学着做了一个姿势,但是没有做好。她的脸即刻绯红起来,犹如夕阳西下时的霞光。她为了不在男人面前陷于尴尬,很巧妙地把话题岔开了:

"铁木尔同志,我们能把那个老大夫请来吗?他的名字叫什么?我老是记不住。"

"他叫巴拉珠尔。依我看咱们怕是白跑一趟,他是一个安分守己的人,在这样年月,未必出来;再说他上了年纪,怎能过得惯军队生活?"

这话真叫她扫兴,要知道他一定不会来,何必去请呢?她心里这样想,可没说出来。沉默了一会儿,她又问起他的家庭情况:

"你的家,跟巴……巴拉珠尔大夫是一个村吗?"

"可以说是,也可以说不是。"

"这话怎么讲?"

"我从小就在那个村里长大,但是我是个孤儿,没有自己的家。前些年在我义父家里过日子——他现在搬到别处去了。后来又跟一个老猎人一起过日子……孤儿,单身汉,什么家不家的!"

说到这里他的脸色阴沉下来,愁云越集越厚,眉头轻轻地搐动着。他结束自己的话时,右手拿着缰绳头,往左手掌上抽打了几下,好像以此来分散他内心的苦痛。

欧阳是个精灵的人,后悔自己不该冒失地问他伤心的事。

"我小时读的草原的故事里,说草原上的人,到处是家,他们都很好客,在他们心目里,客人,是尊贵的人,你有什么可愁的?把整个草原当成自己的家吧!"

"你这是笨话,一个人能够一辈子永远当别人的客人吗?"

愁云仍然没有从他脸上消散,这说明,她再说些什么安慰的话,也是徒劳的,还不如沉默一会儿,叫他自己去摆脱内心的痛苦呢。

他们久久地沉默了。

太阳滚入西方草原的尽头的时候,他们来到特古日克村。走在柔软而发青的特古日克湖畔,他目不转睛地看那深蓝色的水面,不知为什么他忽然产生了这样一个奇怪的想法:"这湖水,多么像眼泪啊!"想到这里,他自己笑了,像是干了一件丢脸的事情。接着他的眼光转向道尔吉大叔的家和湖北岸上的莱波尔玛的家,但没有看一眼斯琴住的那座破旧的蒙古包……

他们走进巴拉珠尔大夫家时,这个独身老大夫正在准备烧饭。他的牙齿全部脱落,所以吹不起火来,老人自己发明了一个起火器,那是把小犊子皮缝成口袋,在留口的地方安上一个半截枪筒,他把枪筒插在灰里,再把牛犊皮一鼓一挤,于是一股股的风,由枪筒往外吹,不一会儿火苗就起来了。他俩走进来时,老人正在用这个吹风器吹着火,他看见他们进来便放下它,费力地站起来,这时铁木尔走上前去问候,并把欧阳介绍给他。

他请两个客人到里屋坐。一进里屋,一股浓烈的药味向他们扑来。这是一间典型的独身大夫住的土房,间量不大,炕上铺着经过缝补的栽绒块毡,靠墙放着一排大小不一的柜和箱,都是油的深紫色的漆,虽然脱旧了,但亮晶晶的,像一面镜子。在这些柜、箱上面整齐地放着黄布的经包和药袋,炕上还放着一个小炕桌,上边有一串佛珠,显然主人刚刚用过它。地下没有什么家具,只是在紧墙角,在一块用碎砖垫起的木板上,放着一排红色和青色的粗布长筒靴,在它们旁边,有一个用泥糊上的窟窿,也许是老鼠洞吧!……总而言之,屋里的一切东西都是井井有条,干干净净,然而给欧阳的印象是,它的整个气氛太古旧了,与今天的战斗生活太不协调。她在心里想:进这屋,就像进了古庙。

老大夫用丰盛的茶点招待了客人,非常关心地打听土匪的消息。当铁木尔告诉他,土匪全部被消灭,土匪头子被打死了的时候,他把双手合在胸前,祈祷道:

"多亏老佛爷保佑!恶人永远不会有好下场!温玛尼巴达玛

洪……"

铁木尔继续告诉说，土匪是蒙古骑兵十二师消灭的，这是一支真正蒙古人的队伍，它的师长叫洛卜桑，是他派他们来请老大夫。他尽力把话说得有说服力，并且向他暗示：没有他，部队似乎完全不能生存。他又介绍欧阳是汉人，张家口的护士，她为了蒙古民族，背井离乡跑到这么远来，吃苦受罪，那么我们蒙古人为自己民族奋斗是责无旁贷，等等。

老大夫并没有被他鼓动起来，掏出鼻烟壶吸了几下鼻烟，不慌不忙地说：

"你们的意思我全明白了，是叫我给你们队伍治伤接骨，是吧？看你笑得那个样，我就算猜对了。咱们把这事放到一边，先说另外一个事：前几天，我向老佛爷许过愿，什么人收拾掉糟害百姓的土匪，我就为他念三天经，现在洛卜桑的兵，把他们收拾了，我没见过这个洛卜桑大官，可是我要为他念三天经。"

"那么您到底……"

"你回去就告诉那个洛卜桑大官，等我念完三天经，一定找他去。孩子，你别寻思我是说胡话，不，不是胡话。你知道，你大叔活了六十多岁，给成千上万的人治过病，但是我还想在老得实在动弹不了以前，给咱们蒙古人，多做些好事呢！今天，咱们蒙古，出了洛卜桑这样有本领的人，我们不听他的话还听谁的？蒙古不是一把沙子，只要咱们每个人都出力，咱们就是一块铁！雨能淋它，可是淋不碎；火能烧它，可也烧不烂。这样才能在咱们民族的头上，佛光永远普照！"

巴拉珠尔老大夫的热情话语，使欧阳开始幻想日后跟这样一个老人一起工作该是多么幸福！她第一次接触蒙古老百姓，但她从他那颤抖的声音中，感到蒙古人民的倔强性格和对自己民族的无限热爱。在这样一个强悍的人民当中生活、战斗，将是多么大的幸运啊！她叫铁木尔给老大夫翻译她的话：她愿意做他的一个忠实的助手。老大夫满意地对她笑了。

他们就这样说定，三天以后再来接他老人家。等吃过晚上的肉食，与老大夫告辞出来时，他们为了防备夜里赶路发生意外事情，把枪顶上子弹，加上保险，挎在手腕上。

欧阳第一次在月夜的草原上赶路，她被它那梦一般的美妙，迷醉住了。在路上，她几次想向铁木尔说，两个人下马走一走，或者在草原上坐一会儿，尝受一下深夜草原的静谧，但是一直不好意思开口，直到他们的马都跑出汗来的时候，她才借题提议下马走一走。他同意了。他们牵着马，大约走了半里多地，便绊上马脚，放它们去吃草，他俩坐在草地上休息。

欧阳骑了一天马，有些疲乏，她仰身躺在草地上，凝视着那深蓝色宝石一般的夜空和满天闪烁着的繁星，她想起了妈妈，她也到这儿来，像她似的躺一会儿，该多好啊！但是，不能，她没有这样的福气！她只知道早晨起来去买菜，一天做三顿饭，或者无缘无故地跟父亲吵嘴……她的生活多没有意思啊！一个人，生活在世界上，就应当到最不平凡的环境中去，而她自己，已经做到了这一点……那深蓝色宝石一般的夜空是她的证人啊！

铁木尔吧嗒吧嗒的抽烟声，把她的思路打断了。她看了他一眼，他不言不语地坐着抽自己的烟，他那头上的白色绷带，在月光下就像一条银环，她又想到他的伤口，问他是不还发痛。他说稍微痛一点。她跪起来，替他把绷带重新包扎了一遍之后，重又在他身边坐下来，拔断一把青草，放在鼻前闻了闻，好像发现了什么新奇事情似的，把青草在铁木尔鼻前晃了晃说：

"你闻一闻，青草还发香呢！"

柔软的草叶触在他的鼻尖上，微微发痒，他连闻都没闻一下，就回答道：

"是啊，有些湿味呢！"

这时，她眯起眼睛，与前面的话毫不连贯地说：

"多静的夜啊！这么大的草原上，只有你和我……"

"不，还有我们的两匹马呢！"

听了铁木尔的补充，她笑了。听她的笑声，他奇怪地向她看了一下，这时他才发现欧阳是在那样大胆地用火一样热的眼光看着他！顿时，他不安起来，那颗年轻的心也不由得猛跳了。

一片片薄薄的白云，在月下飘来飘去，它们把黎明前的潮气撒在草原上；青草叶上积出滚圆的露水珠，是它滋养着这里的一切植物。草原上有多少万万棵青草啊！当它们吸收了大自然的养料，一节又一节地向上吐出嫩芽的时候，在这里响起了多么巨大的新生命成长的声音！

东天边上出现了乳白色的曦光，草原从夜幕中渐渐显露出来。

两匹马已经吃饱了多汁的青草。

欧阳和铁木尔又开始赶路了。

六

贡郭尔做了一宿乱七八糟、头不接尾的梦，天亮时醒来，头昏脑涨，如同作过一夜激烈的战斗。"我现在躺在自己家里，"

他两眼呆视着蒙古包遮盖着的天窗,忧郁地想,"如果把苏蒙联军、刘峰、洪涛和方达仁全部忘掉的话,这不是跟我当警察大队长的时候一模一样吗?还是那座蒙古包,还是那块天窗盖毡,身旁睡着的还不是那个整日里骂天骂地的老婆……唉!日月为什么要变?它不能够像骆驼赶路那样,码着一条线走到底吗?不行了,我们快走进死胡同了。刘峰说得对,共产党是穷人的党,他们得了势,就要把天下倒翻个儿,像我们这些有钱有势的人,就要叫他们压个粉身碎骨!你越怕魔鬼,它就越找上门来,现在他们唱着歌,吹着号进了草地,他们说,要在察哈尔、锡林郭勒打下窝,住下来,闹什么自治!呸!这帮强盗!察哈尔、明安旗难道是他们的祖辈遗产吗?这个地方有它自己的主人,贡郭尔就是这里的扎冷,可是你看那些共产党,他们把马鞭往你蒙古包上一插,就不知羞耻地说:'这是我的了。'那个叫洪涛的家伙,他在这儿住了好几个月,偷偷摸摸地鼓动起来一帮青年,成立了什么官布中队,可是他,看都不看我一眼,更别说跟我打招呼了。由这就可以断定:他们闹自治,就是要把我们这样的人铲除掉,叫那些穷小子们,骑在我们脖子上发号施令!"

想到这里,他烦恼地猛劲掀开被子坐了起来,他老婆被扰醒:

"自己不睡,也不叫别人睡,你着魔啦?"

说着,她又像头母猪一样睡去了。

他没理睬她,将背靠在围墙上,深深地吸了口气,又吐了出来,重重心事,又涌了出来。

他与官布联合消灭方达仁之后,就又散了伙,在官布中队开进宝源,与内蒙古自卫军第十二师会合时,他抢先回到了草地。他所以这样干,是因为十二师的突然出现,打破了他的整个阴谋,不得不赶快回来,与刘峰商量对策。其次,他利用十二师还没开进草地的空隙,抢先回到草原,向牧民们宣传:方达仁匪帮是贡郭尔扎冷一手消灭的,贡郭尔为草原讨还了血仇。牧民们听到这个消息,多么激奋!一传十、十传百,到处可以听到赞许的声音:"还是我们的扎冷!"

堆成的雪人怎能经得住太阳的照晒?糊成的纸马怎能经得住大雨的淋打?贡郭尔的欺骗宣传没过几天就破产了。

十二师来了,他们把俘虏放了回去,但把从敌人手里缴获的全部物品,却如数带到哈布嘎,通知各地牧民,叫他们到那里去认领自己被抢劫的东西。

成千成百的牧民都到哈布嘎去了。在那里他们除找回自己的物品之外,还听了十二师的宣传,看了内蒙古文工团演出的戏剧。这个剧是描写一家蒙古人,怎样被国民党杀害的杀害,拉走的拉走,最后八路军解放了蒙古人民,蒙古人民高唱:"交朋友,要交知心人,八路军是我们的好朋友!"剧到此结束。牧民们头次看到戏剧,他们一边看一边哭,有的人把演戏当成真事,愤怒地从台下扔木头、石块,饰国民党军官的演员受了伤,也有的青年看完戏当场报名参军。那些牧民从哈布嘎回到家去,传播自己看到、听到的新鲜事儿,草原上的风向,立刻改变了。他们说:十二师才是真正牧民的军队。

整个察哈尔草原,打破它那古老的寂静,正在这样翻腾着的时候,贡郭尔却像一只受了伤的鸟,心事重重地躺在家里,三天没有出门。他的士兵还没有散帮,但是已经成了无业游民,每天在附近几个村串来串去,使那些青年妇女不得安宁。

这几天，贡郭尔并不是没事可做，他很忙，每天睡得很晚。

前两天，他一直跟刘峰研究对策，刘峰似乎有些恐慌，怕他出卖了他，其实贡郭尔没有那份心，他们商量好对策，昨天半夜里，摸着黑，叫一个人把刘峰领走了。他到哪儿去了？除去贡郭尔和领走的那个人之外，任谁也不知道。临告别时，刘峰的声音有些颤抖，当他被黑夜吞没了的时候，贡郭尔也不由得有几分难过，但是正如刘峰所说的那样："这是暂时的。"

"但愿他平安无事！"他默默地祝愿着。

从包缝里透进来朝阳的光辉，他看了一下怀表：五点半。于是穿好衣服，去唤醒宝音图，叫他早些饮马备鞍，今天要出门。

早晨，贡郭尔率领几十名部下，来到哈布嘎，正式与十二师合并了。

这时，贡郭尔才发现察盟各旗的安奔、扎冷，以及其他官吏，早就都集聚在这里。哈布嘎这个小地方，变得红火得很，到处是红旗、人马、炊烟和车辆，好像皇宫里办喜事那样。

这里的每个人都是匆匆忙忙的，一个会议接着一个会议。贡郭尔刚到来，就被选为察哈尔盟人民代表会议的筹备委员会委员。参加筹备工作的都是他所熟知的那些旧同事和朋友。这个会议定于七月七日召开，同时要举行全盟的那达慕大会[1]。

贡郭尔低下头看着自己胸前挂着的红布条，偷偷地笑着对自己说："筹备委员，好好'筹备'一下吧！"

---

1. 那达慕大会：游艺大会。

七

欧阳这几天起得早,睡得晚,怎么工作也不觉得疲累。师里只有几个伤风的人,和一个夜里喂马被踢伤的病号,通常在这样松闲的时候,她是坐在屋里,写写日记,缝缝东西,或者读读小说,可是这几天,她不愿意在医务室多坐一会儿,从早到晚一直是不停脚地跑来跑去。洛卜桑师长刚才碰见她说:"小女同志,这几天你的脸色不同往常,到了草地,心里格外痛快吧?"回到屋,她急忙掏出那块长方形的小镜子,照着自己的脸,心怦怦地直跳:"是不同往常吗?我的心长到脸上啦?没有啊,还不是那副老样子!不,可能有点不同,不然师长怎么那样说?莫非他的眼睛能看到人家心里去?那不可能。哎,师长也许随便说了一句,何必想那么多!"她把小镜子往背包里一扔,又跑出屋去。

不一会儿,她来到铁木尔那里,解开他头上的绷带,随便看了一看,又包扎起来,照旧重复她那句老话:

"还得包些日子,不能受风,听见没有?"

这句话,他听过不下十遍,只点了点头,没说什么。

其实,他的伤口早就好了,不需要再包扎它,再说像他这样的铁汉子,还在乎那么小块伤口!可是她仍旧郑重其事地替他包扎,而他也老老实实地叫她包扎。

包扎完毕,他俩什么也没说,只是互相默默地看了一眼,就分开。然而这一眼,就已经把一切都表示得完满无遗了。

真正的爱情，起初往往都是用眼睛表示的。当你热恋着的时候，你才知道，眼睛这玩意儿，用处可大呢！它不但会看东西，而且还会"说话"。用眼睛谈情，虽然没有声音，但是双方了解得就像在没风的天气看清净的河水那样透彻、明了。

她从铁木尔那出来，在回医务室的道上，遇见了洪涛。他一个人在城外的草地上散步。他们在宝源相识后，他非常关切她，有时他那过分的关切，使她不得不加以拒绝。譬如，从宝源出发那天，她背包里装满药品，鼓得老大，一看就够重的。洪涛特地派一个战士替她背，她心想：人家替你背还不是累？于是就说背包里边装着贵重药品，怕撞碎药瓶，拒绝了他。他每次看见她，都要谈几句话，现在他又微笑着向她走了过来。

"太阳落山了，你还忙什么呢？"

"给一个同志换了一下绷带。"她没有说出那个人的名字。

"我看见你整天跑来跑去，要注意自己身体噢。你们医务所不是又新增加了几个医生和护士吗？他们做什么呢？"

"各有各的工作，一个医生领着一个护士，进多伦买药品去了，巴拉珠尔老大夫刚来，还没正式开始工作，再说，他年纪老了，零星活不应当麻烦他。"

"师长和苏政委都向我介绍过你，说你工作热情，对同志关心。我跟你一样，只有工作，才能使我愉快。"他忽然又对她说："我正在散步，没有什么事情，让我送你几步好吗？"

"那太好啦，洪涛同志，你参加革命早，经过考验，给我讲些战斗生活，或者别的什么故事吧！像我这样在城里长大的人，都挺软弱的，不加强锻炼，就经不住革命的考验，我真希望向老同志们学习。"

他们迎着五彩缤纷的晚霞，由城外一条幽静的小路，向前面一排土房走去，那里就是临时医务所。

他把她送到门口，就返了回来。这时，晚霞慢慢地消失，灰暗的夜幕落下来了。

他今天本来心里有些不痛快，刚才跟欧阳走了一会儿，谈了一阵，虽然畅快了一些，但是当他一个人走回来时，今天工委会议上的争执又涌现在他的脑际。

自从与十二师会师之后，他越来越明显地感觉到一个问题：就是苏政委对他几个月来的工作，没有很好地了解，也没有给以足够的估价，反而吹毛求疵、小题大做，甚至有些故作挑剔。从她几次发言里，他好像闻出这么一股味来："你的工作毫无成绩，要说做了一些工作，那么它也是关门主义的。"这个印象从哪儿来的？他自己也找不出来，但是它已经确确实实形成了。

想起这些，他的心情又沉重起来。几个战士从身旁走过时，他勉强地振作一下，但等他们走远，他又放慢步子，背着手，低着头，七零八散地想自己的心事。

往前没走多远，又有两个身影，向他走来，这回他不想理他们，漫不经心地走自己的路。但是迎面走来的那个人，离他十几步远时，却停在他的去路上，像是正在等待着他。他向他们随便瞟了一眼，原来是苏政委，离她不远站着她的警卫员。

他为了掩饰自己的混乱心情，故意把步子加快了些，想微笑而没能笑出来，就勉强地找到一个话题：

"黄昏的时候，很凉快，散一散步，舒服得很呢！"

"散步是一种好习惯，医生经常劝病人多散步，据说散步对人比药品还有益呢。"

他苦笑了一下：

"政委，不是挖苦我吧？"

她仍然郑重其事地说：

"不是开玩笑，真是这样。去年我身体不太好，入了医院，医生没给几服药，每天早晨叫我散步，不多日子，真就见了效，打那以后，再没犯过病，可惜，我没把它养成习惯，工作一忙就忘了。今天既然碰上了你，咱们就往前走一走吧！"

"八点钟不是继续开会吗？"他看了看手表，"已经七点五十了。"

"洛卜桑师长正跟几个民族上层人士谈话，会议改到九点开始。我们还可以溜达一个钟头，走吧。"

他俩向城南那片平坦的草甸子走去，警卫员一个人，在他们后边闲散地走着。

"老洪，你看有时人很怪，在一个地方住久，就想到别处走一走；可是一到别处，又想念原来那个地方。"苏政委今天格外健谈，她滔滔不绝地说，"譬如，我们在伊克昭盟的时候，一到春天，都讨厌那个刮得天昏地暗的风沙，现在，离它越走越远，反倒有时就像想念亲人似的想念它！现在鄂尔多斯正是风沙季节，我真想再回去尝一尝它的沙土呢。"

一提起鄂尔多斯，洪涛心中产生一种如同忆恋家乡般的浓重感情。他在那里，经受过革命初期的严峻考验；在那里开始接近并且深深地爱上了这个勤劳而勇敢的异族人民。所以她的话，又把他引到过去的日月里，在那些光荣的时日，他为党的事业，为内蒙古人民的解放事业，奋不顾身地斗争过……然而今天，他为什么被人批评为连普通民族政策都不了解的人呢？当他在这些紊乱的思路中，没有清醒过来的当儿，苏政委好像看穿了他的思想，直截了当地说道：

"老洪，你在民族地区，工作了好几年，积累了些经验，今年党派你先一个人到这地方打前站，你做出许多成绩，最主要的是，你帮助官布建立了一支军队，还打了政治土匪，所以不但得到牧民们的爱戴，而且给今后工作，打下了一个很好的根基。如果没有你前一段时期的工作，我们到草地来，工作就不会这么顺当……"

"提这些干什么，你是有话跟我说，是吧？白天会议上，我们争了几句，我觉得很不应当，我们之间有意见是可以好好谈的。"他的声调一直很冷静，然而说到这里便有几分激动了："至于民族工作，正像你说的那样，我们在一起工作过几年，不同的是，你是一个民族干部，当然还有一点：你比我进步得快。"

"哈，瞧你，好像给我做鉴定呢！老洪，你别像一个气球似的，憋着一股气老是放不出来，现在咱们平心静气地谈一谈，我先把我的意见说说，然后再叫你开炮，你说好吗？"

"好吧，你说吧。"

"这次见面，你给了我一个印象……"

"什么？"

"你比从前更固执了，要是说得再坏一些，有点骄傲。"

"那不见得。"

"确实是这样。刚才我说过，你做出了许多成绩，但是有一点你做得非常不够，也可以说，没有按照党的政策和指示去做，所以给今后工作，造成许多困难，可是你自己却一直不想承认它，改正它。"

"又是统一战线、安奔扎冷、民族上层分子，是吧？我跟你说过，我们是共产党人，最重要的是武装，而不是别的什么玩意儿。内蒙古革命是中国革命的一部分，它不能与这个基本原则背道而驰。你在白天的会议上，批评我没有跟贡郭尔搞好团结，没有跟达木汀安奔、齐木德、瓦其尔这些上层人士取得联系。可是据我了解，贡郭尔是日伪的警察大队长，据说不久前，还跟一些来路不明的人有来往，应当把他归到蒙奸里，而不是我们的统一战线里，内蒙古人民革命就是革这些人的命。说起达木汀，名义上是安奔，其实是个有名无实、有职无权的老学究。瓦其尔虽然是个大牧主，在牧民当中也有些威望，可是向来不过问政治。至于齐木德我跟他谈过两次，他是个怀才不遇的人。你想一想，跟他们这些统战不统战，能关什么事情！如果我们用主要力量来扩大武装，掌握住足够的力量，这些人物，也就老实了。同时，即使国民党反动派大打起来，我们也不会落得束手无策，难道目前的局势，一点都不使你担心吗？"

"说下去吧，你的话对我很有启发，我很希望听到你的全部意见。"

"这些天筹备全盟人民代表会议，费尽九牛二虎之力，把各旗上层人物请来了。这是工委会的决定，我作为一个党员，即使有意见，也得执行。我没有违背党的决议，但是这不等于我没有意见。你既然想听，我就告诉你。依我看，我们目前在工作上，只喜欢追求那些轰轰烈烈的场面，对那些热闹场面后面的严重空虚和不巩固的情况，都视而不见、置之不理。我有时想到这些，真捏把汗！他们那些人，能跟咱们一条心吗？没那事！他们只会随波逐流，投机！就拿贡郭尔来说吧，一个月以前，瞧他那股劲！把我们都不当一棵茅草看待啊！可是现在大军一来，我们的力量无比强大了，你瞧，谁也没请他，自己找上门来啦,你说,能够相信这些人吗？等日后,一旦情况有变化,他们就会马上跟你散伙,拆你的台,把我们的力量抽走,甚至跑到敌人那边去！这就是我的全部看法。我作为一个党员,向党工委会副书记才说这些话,希望党能够很好地考虑我的意见。"

这时,他们不知不觉离城足有二里多路,苏荣的警卫员劝他们不要再往前走,她却满不在乎地对洪涛说：

"到哪儿也找不到这样适合个别谈话的地方啊,坐在这儿歇歇腿吧！"

他们在无月的草原上席地而坐。洪涛掏出纸烟,自己点着一支,又给警卫员一支,警卫员接过纸烟,夹在右耳上,没有抽它。

坐在地上,可以看见哈布嘎镇围墙的黑色轮廓,它就像一块挂在天边的浮云。从远处传来野狼的嗥叫声,犹如城市里的跑气的警笛。在草原上住惯的人,对狼叫声,近乎听而不闻,就像渔夫听惯了海啸声一样。

他们休息的时候,苏荣净说些跟刚才的谈话毫无关系的事情,她是在心里盘算着怎样回答他,既要考虑他的意见,又不能原谅他的错误见解和言论。

当他们码着原道返回去时,苏荣说道：

"听了你的话,我很不好再说什么。这倒不是我同意你的看法,而是说,给你从头讲解一番党的民族政策吧,似乎不适合你的身份；不从头讲解吧,你倒实在有些糊涂。先从你的工作谈起吧。我现在还是认为：你做对了一半,做错了一半。抓起枪杆,对了；关起大门,错了。我知道这么说,你是不服气的,像是我们故意贬低你的工作成绩。我和洛卜桑同志都没有这个意思。一件事情,做得对与不对,不在自己原来怎么想,是看效果怎么样。你说,上层人物动摇,'不可靠',谁也不能否认这一点。我们刚来,他们有一定的动摇、怀疑和顾虑,这是不可避免的。问题就看我们是叫他们越来越怀疑,越来越动摇,越来越有顾虑呢?还是我们以真诚相待、仁至义尽、既往不咎的态度,去团结他们,叫他们一步一步地了解我们,靠近我们,再慢慢地打消那些怀疑、动摇和顾虑呢?你采取的是前一个方法,可是党的政策是后一种方法。用你的方法,当然他们可能像你说的那样'甚至跑到敌人那边去',因为你逼得他们非那样做不可……"

洪涛突然大笑起来,夜的静谧被他的笑声打破了:

"照你这么说,我是有意鼓动叛乱了!"

"虽然不是那样,但是它的后果是同样的。"她严肃地回答说。

"我不怕大帽子。"

"我们是讨论问题。"她也有些激动了,"我们是党员,党派我们到这儿来,我们就要按照党的原则去工作。我们应当把良心放得正,不偏里,不偏外,还要把良心保护得干干净净,不叫它沾一点黑,染一点污。党员的良心上,是不允许个人主义的东西存在的。我们把整个生命,都献给了党的神圣事业。为了它,我们经受过最残酷的考验;为了它,我们流过自己的鲜血。但是为什么有时我们又计较个人的那些渺小的得失,而阻碍它的发展呢?"她想克制一下内心的激动,停了停,把声调拉长了一些,又说,"老洪,你应当承认:由于你在前一时期工作中,没有按照党的原则去工作,所以使那些本来可以靠近我们的民族上层人物,对我们产生了种种不信任心理。"

"有些人，天然地不能信任我们。"

"党不是这样说的。党的政策是，在民族地区团结全民族的一切力量，尤其不但包括一般上层人物，而且也包括那些在历史上有污点的上层人物。只要他们今天还与自己人民有联系，愿意与自己人民在一起，我们就应当对他们热情地说：'欢迎你们！过去的事情让它过去吧！'今天，我们组织一切力量，准备迎击没有和平诚意的国民党反动派的时候，这些人是能够贡献自己力量的。老洪，你在这些问题上，做了许多不聪明的事。当然问题不在于做错了，而在于现在党用全力纠正你造成的错误，开始把全盟的各阶层人士团结、联系起来的时候，你不是高高兴兴地参加这一工作，而是满腹怨言，在思想上跟党相抵触。作为一个老党员，作为一个这个地区的党的领导者之一，这就太不应该了。你也许有些反感，怪我太说教了，可是这些话，我不得不对你说。"

"我没有什么反感，这些话对我是有好处的。但是，一个人，他为党的事业，第一个来到陌生的异族地区，冒着性命危险去工作、斗争，到最后闹个全错，他的心能好受吗？"

"谁说你全错了？这是你自己的多疑。"

"在我们共同事业上，我不会成为一个拦路人，我一定冷静地考虑你这些意见，等过一两天，我再找你谈谈吧！"

这时，他们已经回到城门，岗哨问过口令，他们进了城。洪涛看了一下表，惊讶地说：

"瞧，九点半了，洛卜桑师长可能等我们很久了。快些开会去吧！"

苏荣没有一点忙的样子，还迈着慢步，意味深长地说：

"会已经开过了，该回去休息啦。"

他莫名其妙地向她看去,这时她才微微地笑了笑,把话说清楚了:

"今天晚上的会开得确实不错,与往常不同的是没在房里开,是在大草地上开的。当然也有一点可惜:散步散得稍微紧张了些,等明天下晚,我们再来一次真正的散步吧!"

这时,他才恍然大悟,突然大笑了一阵,说:

"这样开会倒是不错,可是这样散步再也来不得。好,再见吧!"

他刚说完,又好像想起了什么似的,把苏政委唤住,压低嗓子,有些不好意思地说:

"我……还有一件完全属于个人的事情……嗯!……找个空儿,还得跟你谈谈,不过你得替我保守秘密。"

她没有完全明白他的意思,但终究还是答应了。

他们各自回家去了。

八

草原上,每年夏天,正当水草肥美的季节,有许多传统的集会,其中最大的集会,是那达慕大会。会期里举行民族形式的各种活动,如赛马、摔跤、射箭……这是一年当中牧民们的最幸福的时日,尤其那些青年们,他们可以跟那些把两只水汪汪的眼睛藏在头巾角下向他们调情的姑娘,无拘无束地玩几天了。

然而,今年的那达慕大会与往年大不相同,它成了察哈尔人民团结的大会，广大的牧民觉醒的大会。

哈布嘎，这草原的城镇，披上了节日的盛装。几千个牧民，从察哈尔八旗，坐着牛车，骑着马和骆驼，赶来参加这个大会。哈布嘎的四周，设起几百个帐篷和蒙古包，到处飘扬着红旗，到处荡漾着歌声，大会场上用草坯，堆成了一座平台，不久将在这里宣布成立察哈尔盟人民政府……

那达慕大会正式开始的前一天，人民代表会议的代表们，举行宣誓大会。一座长方形的大帐篷，布置得庄严、美丽，里边贴满了红红绿绿的标语：

"蒙古民族万岁！"

"蒙古人民觉醒了！"

"各民族伟大的救星毛主席万岁！"

"保卫草原，复兴蒙古！"

"成吉思汗的子孙团结起来！"

八点钟，代表们来到了会场。最先进来的是正白旗和厢白旗的安奔，这两个人走在一起很不相当：一个高大肥胖，像一尊大佛像；一个又瘦又小，像一只春天的黄羊。他们这次是由洛卜桑师长和苏荣政委特地派人去邀请来的。他们看到蒙古民族真正要复兴，满心愉快，脸上都挂着笑容。

齐木德也来了。他不喜欢跟贡郭尔打交道，同时也不甘心在他手下挂个虚名，所以辞去贡郭尔保安团特别顾问的职务，在家里待了两个多月。这次官布亲自去请他来参加这次大会，他出于"为民族"的信念，到这里来了。然而在这里他又碰见了贡郭尔。贡郭尔与他刚见面，就对他说："我费了九牛二虎之力，把那帮土匪扫光了，总算给牧民报了血仇！可惜的是我们胜利而归的时候，你不在我的保安团！打胜仗，为民除害，这个滋味比坐在家里吃羊尾巴还香呢！"他那副以功臣自居的高傲样子，真令人发呕！齐木德不慌不忙地回敬了他一句："你知道吗，牧民们说：我们的扎冷光用嘴打土匪呢。"这几天他俩虽然经常见面，但是谁也不再跟谁说一句话了。

紧跟齐木德后面走过来的是达木汀安奔。在座的人们，都站起来向这位受人敬爱的老人问安。有几个人在背地里小声地交谈着："他也来了！""真没想到！"

达木汀安奔出席会议这件事，的确出乎人们意料。当初要去请他时，就连洛卜桑、苏荣、官布也都没有把握，但是他们决心要把他争取过来。给他去个请柬，他不会来，派一个人去请他，也不会来，怎么办呢？最后还是洛卜桑师长亲自出马。但是他非常愉快地接受了邀请，那天晚上，他摆酒宴招待洛卜桑师长时，一面流泪，一面说："我是这个旗的安奔，我满心想给我的旗民办些好事情，可是事不随心，一无所成，到最后叫奸人逼得我，不得不像一只老鼠似的躲在家里，翻一翻旧书，抄一抄故事，我没有脸去见自己的旗民！前些日子，土匪闯到我们草地，到处抢、杀、烧、打，我实在在家忍不下去了，就跑到我的旗民里头去，心里想：我没能力保护你们，可我有能力跟你们一同吃苦，一起受罪，一块儿死！果然我跟他们在一块儿的时候，叫土匪打伤了。多亏老佛爷保佑，还没叫鬼拉走！回到家来，我一股气把笔折断，把砚台扔到河里，拿定了一个主意：谁诚心实意地复兴蒙古，我就领着旗民拥护他，跟他合作。如今，我看见的、听见的事情都告诉我：洛卜桑——你是真正复兴蒙古的人。我一定跟你去开会。"第二天，他就跟洛卜桑师长一起来了。

在这次全盟人民代表会议上，他与官布被选为正副盟长。

今天的宣誓大会就是他的倡议：全体人民代表都要向人民宣誓，艰苦奋斗，永远效忠于自己的民族和人民。

又有一群代表走进会场，他们是各旗的牧民代表、妇女代表、大小扎冷、章刻、专达、混都和一些伪蒙疆政府的旧官吏。他们当中有仍然保持牧民的朴素、谦虚性格的人，也有沾染了日本人的粗暴、傲慢恶习的人，有的人进了帐篷找个座位就坐下来，有的人东嚷西喊满场跑来跑去。

这时巴拉珠尔老大夫进来了。他按照自己的诺言，为十二师念了三天吉祥经之后，果然带上药包就找队伍来了。他虽然已经成了一个军医，但是，身上还穿着喇嘛大夫的紫色长袍，除此之外特别与军队生活不协调的是，他每天早晨都得念半个小时佛经。这是不能改变的、神圣的习惯，因为他向老佛爷发过誓，至死以前每天都要这样做。洛卜桑师长已经准许他不改变这个习惯。从他刚才走进会场时，右手还捻着佛珠来看，他的一切习惯确实都被保持下来了。

洛卜桑、苏荣、官布、洪涛也都到来。他们一进帐篷就分头与代表们谈起话来。洛卜桑师长不知为一句什么话天真地大笑着，他周围的人们也受了传染，一起笑着……

不一会儿，开会了。

洛卜桑师长和达木汀盟长简短的讲话后，由一个同志站在最前面，举起右手来，全体代表也随着举起右手，有的代表为了表示自己的宣誓绝对有诚意，把两只手都举了起来。

宣誓开始了……

* * *

宣誓大会后，贡郭尔最后走出会场，点了一支烟夹在右手的食指与中指之间，一直没抽它，他的精神完全集中到另一个事情上了。等人们都走远后，他才狠狠地吸了两口烟，从上衣口袋里掏出一本书，急速地向西北面的小山坡走去。

旺丹在那里等候着他。

"把马备好了吗？"他走近旺丹，小声地问道。

"备好了，放在沙包北边吃草呢。"

"记住，今天就是贪黑也要赶到。"

旺丹点了一下头。

他从那本书中间，拿出一封信，交给了旺丹；旺丹把它塞在马靴筒里。

"什么都写在信里，没有别的话可捎。叫你老婆一定要封住嘴！"

"上次我就跟她说好了。"

"走吧！"

旺丹走到沙包北边骑上马，转过身来向贡郭尔这里看了一下，但没摆手就飞快地跑走了。

贡郭尔把这里的脚印，用靴底平光，踏着草厚的地方，绕着弯走到西南方的一棵小树底下，躺在沙土上，合上眼，轻松地吸起烟来。

洪涛从很远看见小树下躺着一个人，高兴极了，心想："她一定练马累了，躺着休息呢。"他加快了步伐，直奔那棵小树走去。

上午的宣誓大会上，洪涛自始至终是心不在焉。欧阳的影子，在他脑海中不断地出现。自从那天与她一同散步之后，他的整个思想都被她所占据了。他在北京读书时，曾经爱过同班的丽芳，那是他的初次爱情。后来，他参加革命，离开北京，同时也离开了丽芳。他们已经数年没有联系，也许永远不会再见面了。这几年洪涛很想念她，但是他一个在艰苦战斗中的人，期待与在北京的女大学生重逢、结婚，那简直是不可设想的事。我们的事业一定会在全国范围内得到胜利，但是，那将是何年何月啊！这几年，他有意地躲避爱情，有时觉得自己有些孤僻了。然而，现在爱情又如此突然地在他内心出现，以致他都没有空儿冷静地思虑一下。

刚才开完会，他立刻到医务所去找欧阳。她不在，另一个护士告诉他说，她到西山坡那面练习骑马去了，据说有一个人批评她不会勒嚼子绳，她羞得整天练习呢。他从医务所出来并没灰心，相反的，能够跟她在野外见面对他更加方便。因此当他看见西面那棵小树下躺着一个人时，真是打心眼里高兴。

他走到那棵小树下一看，大失所望，原来是贡郭尔在树下睡着觉。

他还没睡"死"，听见有人的脚步声就醒了，他看见洪涛脸色不好，不知道发生了什么事情，含含糊糊地说：

"噢，是洪涛同志啊。我这两天开会有点疲乏，刚躺下就睡过去了。来吧，在树荫底下坐一坐，晌午真热呢。"

洪涛"嗯啊"地答应着，两眼直往北面那块草甸上寻索，这叫贡郭尔大大地疑虑起来："他兴许看见旺丹走，才特地到这儿来的！"

正巧这时洪涛皱着眉头，开门见山地问道：

"贡郭尔同志，你看见这里有一个骑马的人没有？"

"什么？骑马的人？……"

"骑马的人——只是一个人。"

"只是一个人！……你问的是谁呀？是男同志，还是女同志？"

出乎意料，洪涛突然笑了，脸上微微红了些，反问道：
"那么你看见的是女的，还是男的？"

"我？什么人也没看见。天热，躺在这里纳凉。你来到我跟前，我都没发觉，远处有什么人那更没留心。"他换了语调又说："洪政委，没什么急事，坐在这里歇歇吧，这几天开会可真叫人累。"

他说这些话时，眼睛一直没离开对方的脸，时时刻刻地观察着，即使最微小的变化，都使他牢牢地印在记忆里，以对洪涛的来意做彻底的分析。然而，洪涛在他那强烈的眼光下，也有些不自在，担心自己的心事被他发觉，"那可不妙，不能叫他这样的人，骂咱们到草地来净搞恋爱呀！"想到这里，他说家里还有人在等他，就走了。

贡郭尔像根木头似的站在原地，眼睛盯着他的后脚跟，一直目送他身影模糊了时才收回眼光，懊丧地把脚前的一块小石头一踢，自言自语地说：

"真他妈的怪，他像影子似的跟着你，可你一点都不知道！"

* * *

医务所那个护士没有说谎，欧阳确实出来练习骑马，她是那天被铁木尔纠正骑马姿势后，下定这个决心的。她不愿叫铁木尔看出自己的任何一点缺点，这并非出于她的虚荣心，而是她从内心想这样做。她骑一匹白马，牙口老了，但跑起来四只蹄甩搭得仍然很利索，它的唯一特点是老实。任你从它肚下穿来穿去，也不会动一动，它没有打前失、旁闪、易惊、踢咬等等毛病，所以它最适合初骑马的人。她把它照料得很不错。

她与它虽然有这些种种相配的地方，但是只有少女骑老马这一点叫人看去总有几分不大对劲。按照一般习惯，少女应当配一匹身躯苗条的骟马才算人马相称。

正当她一个人在野外练马的时候，铁木尔神不知鬼不觉地也骑着黄骠马来了。起初她有点不好意思，但是铁木尔那种诚恳、善意的态度，使她慢慢打开情面，向他请教骑术了。到这时反倒难住了他，草原的人们都会骑马，但说不出骑马的窍门和方法，正像渔民从小在海滨长大而说不出怎样游泳的条条大道理一样。

他说不出道理，然而会给做出样子来看。他在前面骑着马走，她在后面跟着学，有时放开缰绳，任马飞也似的大跑，有时勒住嚼子，叫马不快不慢地放小步，走啊，走啊，等马出了满身大汗时，他们回头看去，哈布嘎早就被抛弃到几重小山的后面了。

他们来到一条异常秀美、幽静的山沟里，山下有一道窄小的溪水潺潺地流着，周围长满丈高的红柳丛，林间的草地上一片野花，天气已经中午时分，这里依然清清凉凉。

他们把马拴在一棵较粗的红柳上，来到溪水旁，欧阳双手捧水洗起脸来，嘴里不停地说着："真凉快，真凉快。"铁木尔只洗了洗手，用帽子一擦就站起来了。他的眼光落在欧阳那沾了水而闪着银光的头发上，不由得蹙了一下眉头，在这刹那间他想起了斯琴，两年前他们俩不是也曾在特古日克村南头的水池旁，这样游玩过吗？……忽然他耳旁好像响起了她那洗完挂在小树枝上的粉红色头巾的唰啦唰啦飘动的声音……

"哎，想起这些干什么？她再也不会看你一眼，把这些事情也早就忘得一干二净啦！各走各的路，各奔各的山，她愿意跟贡郭尔过就过她的吧！"

这时，欧阳已经洗完了脸，拉着他的手说：

"我们到高一点的地方，吹吹风好吗？"

他们走到山坡上的一棵山杏树下坐下来，在他们脚下，一对马儿亲切地靠在一起站着，从远看来，就像一对情人在低声私语。

然而它们的主人，却没有它们大方，当他们坐在一起的时候，反倒没有话可说了。

"草原多么好啊！天空这么蓝、这么高……"她夸赞起草原的大自然，是为的引出个话题来，可是他没有这种习惯，仍然无动于衷。这时，她不得不把话说得更坦白一些了："可是这里的人，比草原还好，还可爱！"

"你说的'这里的人'里面，算我数吗？"

她没有回答，良久笑眯眯地看着他，最后才轻轻点了点头……

草原的午热来临了。这里的各种鸟禽，心眼可乖呢！每当到这时，便一对一对，一群一群地躲藏在草丛柳林之中，在那凉爽的地方不停地叽叽喳喳尖叫。如果你能听见它们那种亲密、幸福的交谈，将更能体会与它们同样坐在一起，亲密、幸福地交谈着的那对青年男女的心情。

马稍许落了汗，他俩开始往回走。途中，她的两颊一阵阵地发烧，热得贴不得手掌，红得像两片百合花瓣。不明内情的人会说那是风吹日晒的结果，其实那是一个少女被男人亲吻后所产生的幸福和羞涩的混合感觉的反应。

他们回到哈布嘎城外分了手，一个进城里去，一个回到城外医务所。

然而从他们在北山上出现时起，洪涛就一直用望远镜望着他们，他等她已经半天，而末尾看见有另外一个男人与她从远处悠闲走来（分明他们到野外去玩），心里很嫉妒："铁木尔，她落不到你名下！"他紧跟她后面，来到了医务所。

她跳下马，松开马肚带，刚走进屋里，忽听见身后门响，回头一看，是洪涛。

"到哪儿玩去了，跑得马全身是汗？"

"在草甸上练了练马。洪涛同志，你起初骑马的时候，腰腿也痛吗？"

"都一样，骑长了就好了。"

她用手巾擦着脸上的汗，有些羡慕地说：

"男同志，胆大，学什么都快，我们女同志就差点意思。我骑这么多天马，可是它一放大跑，我就胆战心惊，全身都紧张。"

"多向那些牧民出身的同志们学习，他们骑上马，就像鱼进了水，没一点紧张。"

他说这句话，是想从她嘴里引出铁木尔来，然而她只回答说："是啊。"就闭了口。

"刚才我看见你跟铁木尔一块儿回来，是不是他教你骑马呢？"

她心一惊，脸略微红了一下，但很快地又镇定下来，大大方方地回答说：

"他很愿意帮助别人，见我骑不好马，就主动地来教我。"

"你很喜欢他，是不？"

"他直爽极了，我心目里的牧民性格就是这样。"

"可是他有时也够暴躁呢！几个月以前，他一生气想去杀死贡郭尔。"

"为什么？"

"他的未婚妻叫贡郭尔霸占了。"说完，他偷偷地瞟了她一眼。

"未婚妻？他的未婚妻！"突然她心中慌乱起来，泪水溢到眼眶边，但又被理智的力量阻拦住，没能流出来。她尽力掩饰内心的痛苦，轻轻叹了一口气，又语无伦次地说：

"是啊，这个坏贡郭尔，人家的未婚妻，霸占了，铁木尔应当对他暴躁……"

"他霸占了人，可霸占不了人的心，铁木尔和他未婚妻照旧相亲相爱，常有来往。欧阳同志，你年纪还小，也许还不知道什么是爱情，它就是大火烧不断，严寒冻不死的一种东西。我打心眼里，同情那对青年男女的遭遇。不过总有一天，他们会团圆的。"

她克制住自己紊乱的心情，在他面前装出若无其事的样子，但是，她现在十分不愿意听他那滔滔不绝的话，自己也懒于说话，只想找个清净的地方，安安静静地坐一会儿。他看出她的意思，于是说了一声："你累了，休息休息吧！"就走了。

她通过玻璃窗目送着他的背影，不时泪水糊住了眼睛……

当天下晚，铁木尔高高兴兴地来看她，她说头痛，没理他。后来，铁木尔又抽一早一晚的空儿，去看过她几次，但是她以冰冷的脸色和沉默无言回答了他。

另一方面洪涛一日几次地到她这里来，说南道北，话如水流，她虽然不喜欢废话连篇的人，但是并没有以冰冷脸色和沉默无言对待他……

九

夏天——草茂花开的季节，人们不大注意风向，因为夏季的风，并不给草原带来什么灾害，即使偶尔吹来一阵滂沱大雨，也不过淋湿几个在野外赶路的人，而对牧民来说，没有可为它担忧的事情。

入了秋，就不同了。连天大风可能把遍地的好草吹碎，或者把那些对牧畜富有营养价值的草籽吹走；到了冬天，牧民们就更加注意风向，他们知道一夜间的暴风雪，可能使一个百万富翁变成赤贫——这样可怕的故事，在草原上已经不算是奇闻了。

所以从秋天起，牧民们就时时刻刻关心起风向来。

今年的秋风是不寻常的！从秋头一露，就天天有风，风向又不定。有些爱讲大话的人说，听今年秋天的风声，就料到要刮个天翻地覆。

果然是这样。秋风夜以继日地在草海上掀起万里波涛，大地上的一切都和着它的节拍而波动，摇摆，喧闹着……然而任秋风刮得怎样猛烈，它也只能吹掉秋草的几片枯叶，树木的几根朽枝，而吹不倒草原上的树木，也吹不毁这里的花草。

白天刮风，夜里仍然刮风，只有在日出前才呈现风平气和的短暂时刻。然而就在这短暂时刻，草原上的秋花又开放起来，草叶上又挂上滚滚的露水球，各种各样的鸟儿又尽情地唱起歌来，它们唱的是晨歌，也是生命的歌！

就在这个多风的秋天，国民党反动派撕毁停战令，在中原、东北、晋察冀等地大举进攻……内战的火燃烧起来了。

蒋介石吹嘘说："两个月内消灭苏北中共军，五个月内在军事上解决整个中共。"之后不久，他们除占领了东北几个大城市之外，又攻陷了热河的承德、晋绥的集宁等城镇，接着他们疯狂地向张家口进犯。

从十月十一日，国民党匪帮踏进张家口的第一步起，他们的全面进攻已经达到最高潮。

张家口是察哈尔、锡林郭勒草地的门户。敌人侵占它的同时，又勾结起各地土匪，占领了察北地区的张北、宝源、尚义、化德、多伦等中小城镇。

在我军战斗总部署下，锡察地区的武装部队，决定从察哈尔南部草原转移到北部沙漠地带。敌人疯狂地举行全面进攻，但是我们必须坚决保住锡察地区，为了这，我们采取积极防御，诱敌深入，然后再集中优势兵力，选择敌人的薄弱及孤立部分，予以各个击破，逐渐歼灭强大的敌人，最后把锡察地区的局势，转退为进，转防为攻。

撤退，撤退，撤退还是为了进攻敌人，消灭敌人。

撤退命令是在一天早晨下达到连队里的……

向北撤退，向北撤退，整个大军如同潮水一般前簇后拥地向北撤退！

牛车的行列长长的，长长的，就像一条没头的绳子般在草原上爬行着。车上满载子弹、枪支、药品、文件、电台、布匹、粮食、纸张、油印机……突然有一辆车坏了，它后面的几百辆车都停下来。这时骂声四起，把坏了车的那位同志，几乎骂成是有意拖延撤退时间——敌人的走狗！挨骂的人，索性从坏了的车上卸下牛来,把载的东西分到前后几个车上,跟几个小伙子喊着"一,二,三",把坏车往道旁一推——去他妈的吧!——继续前进!……

草原的道路上飞腾起灰尘。从这个山头,到那个山下,骑兵排着单行在撤退。人们的低语和咒骂声、马的嘶叫和喘息声、枪挎在肩头上的颠动声、靴底钉和铁镫的相碰声……杂乱的队伍、疲倦的群马、滚滚的黄尘、发咸的汗水——骑兵在撤退!

铁木尔走在爬杰连长的后面,他那脏脸上出了一层薄汗,眉毛上落满了灰尘,两只眼睛盯在摆动着的马鬃上,一动不动,看来他心里有了疙瘩,闷闷不乐。

好动好闹的铁木尔,一路上不言不语,爬杰看出这里的缘由,他故意装着傻,对他说:

"昨天晚上,我做了个古里古怪的梦,喂,小伙子,你听不听?我梦见我这匹马跟很多马在一口槽里吃草,可是别人的马肚子都圆了,唯独我这匹马还瘦着呢,我火了,上前去解自己的马,嘿,这马变成了一匹银马,全身发光,同志们都围上来看它,我不慌不忙地把它骑上,夹了夹腿,可是它怎么也不迈步,真急死人!同志们都来推它,还是照旧不动,正在这时,突然上级来了命令:立刻撤退。同志们一个一个都骑上马跑出门去,我呢,还是骑在银马上,在当院着急……不一会儿,敌人闯进来了,叫我举起手来,我不干,他们"当"的一下,开了枪,我一惊,从梦里醒过来了……小伙子,你说这个梦滑稽不滑稽?"

铁木尔听了他这个如有其实的梦,心里挺好笑,向他挑剔地说:

"原来昨天晚上,老佛爷就托梦告诉你撤退的消息了。照这样看来,你跟他老人家的交情还不错呢!"

"提交情,那是假话;可是梦,确实是这样。"

"就算你真的做了这场梦。要是敌人果真来了,我们撤退,那多少还有点道理;但是你从梦里醒过来好好想一想:咱们现在连敌人的影都没见,调过马头就北退,这算个啥事!就连一条狐狸还闻不到人味不跑呢!依我看,你当连长下这样命令,就跟没得病先许愿是一样的蠢招。"

他并不期待从爬杰那里得到解答,只是把心事全端出来,心里畅快一些。

"小伙子,这是上级的命令,我们当连长的,只是往下给你们传达传达,你有意见,去找团长提呀,背地乱叨咕可不大好。"

从"七七"那达慕大会以后,军队整编,原官布中队和贡郭尔保安团合并成为八十一团,团长为官布,贡郭尔和齐木德为副团长,苏荣兼任团政委,洪涛为团政治部主任。爬杰这一连为第一连。战士们按照老习惯,还是叫他"爬杰班长"。

刚才爬杰嘴上反对铁木尔的话,其实他心里也是闹不通,不过身为连长,跟着别人乱说不大合适,所以他用"去找团长提呀"这句话应付过去了。

队伍继续前进。野蝇在马前马后嗡嗡地飞叫着。风,一阵一阵地吹来秋草干苦的味。

绿色的草原上,出现了斑斑点点的枯黄色,就像在青年的黑发中,生出几根白发一样。秋季,以它不可抗拒的力量征服着夏季。

战士们踏着枯黄的草叶,离别自己的家乡,向远方的沙漠地带撤退。他们每个人脸上都流露出留恋家乡的神情。有的战士,在马背上凝视着故乡的熟悉的山岭和河川,眼眶里溢满了热泪。

队伍继续前进。野蝇在马前马后嗡嗡地飞叫着。风,一阵一阵地吹来秋草干苦的味……

八十一团当天来到宝少台伪旗公署的旧址住下了。

团部下了命令:全团任何人都不许请假回家探望。明天早晨继续行军。

想请假回去跟家人告别的那些战士们,听到命令,只好闷下心来。

铁木尔这一班,住在紧东头一间屋里,赶了一天路,同志们都很疲累,吃过晚饭,饮完马匹,就休息了。铁木尔没有家人可留恋,心里很坦然,所以躺下就打起呼噜来……

睡得正甜时,忽然有人推醒了他,出了什么情况吗?他腾地坐了起来。屋里屋外静悄悄的,不像有什么情况。他定下神来一看,是沙克蒂尔站在他面前,他怕惊醒同志们,只用手势叫铁木尔跟他出屋去。他跟他走出屋来,满天星辰向他眨着眼,秋夜的风,吹拂在脸上格外清凉,夜深人静,只听见战马"嚓嚓"的吃草声。

"叫醒我干什么?"他压低声音问。

沙克蒂尔迟迟疑疑地不开口,过了一会儿才含含糊糊地以祈求的口吻说:

"班长,我……有一件私事,求你帮忙,你说行不行?"

"深更半夜有什么事情?把话说得清楚一点!"

这时他才把嘴紧贴着他耳朵说:

"自打结婚以后,我就没管人家,班长,咱们明天就走出明安旗旗界,左思右想,我不去跟人家告别一下,实在过意不去,她前前后后跟咱相好两年多,我们又私下生了一个孩子,人家孤苦伶仃的一个人,可是多咱也没埋怨过咱一句,她是多好的人哪!我怎也不该叫她太伤心哪!让我今天晚上偷着去看一看她吧!"

"团部有命令,任何人都不许离开队伍,你没听见吗?"

"这我知道,不过只要你肯帮我一下,团部就不能知道。铁木尔,好朋友,咱们就干这么一回坏事。"

"明天早晨一定能赶回来吗?"

"一定能。我的马多咱都能帮我的忙。"

"那么去吧!可要小心,别叫岗哨看见,从东山坡下面偷着走吧!"

……

铁木尔送走沙克蒂尔,回到屋里良久不能入睡。他为什么那样大胆而干脆地答应了他呢?与其说那是对他们的同情,不如说是他被他们那真挚热烈的爱情所感动。近来他的性情多少有些变化,每当听到、看到别人的爱情的完满、幸福,他总是从内心为他俩欢欣。好像别人的幸福能够弥补他这方面的不幸似的。如果别人在争得幸福时需要他的帮忙,他一切都不会吝惜的。

这也就是他的幸福!

所以他刚才才做出一个班长不应当做的违反军纪的事情。

* * *

沙克蒂尔拉着马,偷跑出宿营地,在东山脚下骑上马,跨过敖拉玛河,直奔特古日克村驰去,他的马走了一天路,已经疲惫不堪,所以任他怎样鞭上加鞭,也不能随心所欲地奔跑。当他赶到特古日克村西的白音布拉格泉水近处,下马来走几步时，才发现由于一路上跑得过猛，马已经快站不住了。好在离村头已经不远，丢下马他也能走得到。

一轮弯月挂在天空，月牙印在白音布拉格泉水里。他在泉边一面走，一面凝视着平静的泉水想："是要打仗吗？这泉水、这山，都想听见枪炮的声音吗？到底谁愿意这样干？要是天底下没有国民党这些坏玩意儿，也许就没有战争了。这些狗养的东西，难道他们就没有老婆孩子，他们的家乡就没有静静的泉水和山？为什么要打仗呢？我们牧民没有到他们那里去骂过街，挑过战哪！……可怜的莱波尔玛！我们在今天晚上见一面，就分开了。战争，我们也许……"

他不敢往下想了。

正在这时，忽然从前面不远的地方，传来马蹄声。他顿时紧张起来。这是什么人？是贼，是国民党？夜幕遮住了他的视线，看不清楚。他把马牵到一棵老树的阴影下面，靠着树干，轻轻地扳开了大枪的保险机。

两个人影越来越近了。他们一面走一面交谈着，从他们压低的声调中可以猜出，是谈论着什么机密的事情。沙克蒂尔极力地听，但听不见，正在着急的时候，那两个人提高了声音：

"就这样吧，请代问老贡安好！再见！"一个陌生人的声音。

"请放心，我把你的话一字不落地告诉给贡郭尔，再见！"

后者的声音，使沙克蒂尔大吃一惊，几乎喊出声来！他不敢相信自己的耳朵，于是向前倾了倾身，又静听了一会儿，那个人又继续说：

"你在我们蒙古地方住得惯吗？要是有什么困难请告诉我。"

说话的这个人分明是他哥哥——旺丹。这把他弄糊涂了！旺丹不是跟大队一起行军，一起住在宝少台吗？他怎么会到这地方来？另外那个人又是谁呢？是好人，还是坏人？他真想追上去问个明白，但是那个人已经消失在远方的夜幕中了。

旺丹送走那个人，似乎轻松了一些，点着一支烟狠狠地吸着，并且拍了拍马背说：

"该回去了。"

真糟糕！沙克蒂尔的马，看见烟火，受了惊，呼呼地喷了几口气，两只前腿挪动了两下。旺丹一听有动静，立刻捏灭烟火，伏在地上，但没有喊话，看来，他不想叫别人认出自己来。

"跟他见面好，还是装成一个过路人溜走呢？"想了一阵，终究采取了后一个办法：因为从军队偷跑出来就犯了军纪，再叫哥哥知道他来找莱波尔玛，就更糟了！怎么溜走呢？……正在他为难的当儿，忽然听见旺丹又猛又狠地抽打起马来，接着就是一阵急促的马蹄声。他跑走了。

这一会儿所发生的事情，就像一场梦！两个黑影，压低的声音，烟火，受了惊的马，旺丹伏在地上，突然跑走，跑远了的马蹄声……

他仍然站在原地，一连串的问题，在他脑海中出现："那个人是谁？旺丹为什么突然跑走？他们谈了些什么？……"哪个问题也没得出答案，他扫兴地把大枪保险机扣好，骑上马又赶自己的路。

当他来到特古日克村时，已经半夜时刻了。他极力叫马走得轻些，不惊动村头的守夜狗。村里的人们都睡了，谁也不知道他走进村来。

莱波尔玛的孤独的蒙古包，在夜幕中隐约地露出轮廓，包里没有灯火，她和孩子们大概都睡着了。他把马拴在马桩上，向包走去，忽然从包后面的牛圈里站起来一个黑影，他一惊端起枪来：

"谁？"

那个黑影踌躇了一阵，没答话，他又逼问了一句：

"谁？不说话我就开枪了！"

"是你——沙克蒂尔！"

他听出是莱波尔玛的声音，把大枪往右肩上一挎，向她奔跑过去……

"你还没睡？"

"牛圈篱笆坏了，白天跟三个孩子闹腾，放不下手，脱不开身，乘他们夜里睡觉的空儿，修理一下。"

"莱波尔玛，你太操累了！"他同情地说着，把她紧紧地搂在怀里。

"命运就这样嘛，有啥办法！"她的声音颤抖起来。

"往后会好些，我们到包里去吧！"

"孩子刚睡，一开门又该醒了，我们就在这儿坐一会儿吧！"

他们靠着牛圈篱笆坐了下来，一头老花乳牛紧挨他躺着，它那粗大的喘息，把一股股热气，喷到他们脸上。牛毛味、牛粪味和夜风传来的秋草味，混合成草原上特有的、对牧民异常亲切的一种味。真像俗话中所说的那样：坐在牛粪地上跟情人私语，比在皇宫里过不随心的日子，还要幸福百倍！

……说不完的话语，表不尽的感情，时间从他们身旁一个钟头又一个钟头地滑过去了。沙克蒂尔忽然想起铁木尔的话来："明天早晨一定要赶回来！"他向她说：

"天亮以前，我务必赶回宝少台，时间不早了……"

"再待一会儿吧，你的马是飞鹰，三十里路程在它脚下算个啥！"

"不，它已经赶了一天一夜的路，快要跑不动了。"

"那也没关系，我替你另找一匹。前天村西头那个回回老汉说：瓦其尔巴彦的一匹骑马脱了缰，跑到他家井旁，他抓住它留在家里，日后碰上来往行人，要给你家送回去呢。你一会儿去说父亲叫你来找那匹马，他一定给你。"

他半信半疑地问她，是不是实有其事，她的郑重的回答，消除了他的疑虑。但是时间毕竟不早了……

"咱们什么时候才能再这样啊！"

正这时，老花乳牛"呼"地粗喘了一下，好像它在中间回答说：等着吧，不久就会到来。

老牛的粗喘，反而使她不好意思起来。她把头往他怀里一扎，小声地羞怯地说：

"你看，咱们都把它忘了，刚才当着它的面……"

听她这么说，他也有些不得劲，不过表面上很镇静，伸过手去，拍了拍老牛肥大的肚子，说：

"老花牛不能笑话咱们，它明白咱们的情形！"

说完，坐了起来，并且又伸手拉起莱波尔玛，她流着泪问：

"你要走吗？"

"不能不走了。要是日后敌人来了，作闹得太厉害，你就套上牛车，拉上孩子，到北沙窝里去找我。那地方有我几家远门亲戚，你到他们家里住几个月。你放心，国民党坏蛋们，在咱们草地站不住脚，铁木尔告诉我说，不过几天我们就能打光他们。从草地把那些狗东西撵走后，我一定回来跟你一起过日子。别哭了，好好抚养孩子，我走了。"

他站起来，整理衣服，扎好腰带，向马走去。这时，她也变得坚强，站起来跟着他走了过去。他跨上马背，又弯下腰来

亲了她一下,说:

"你该去睡了。"

"我就去睡,可你还得赶路!别忘到回回老汉那儿去要马——祝你一路平安!"……

太阳冒红的时候,沙克蒂尔回到宝少台,岗哨问他到哪儿去了,他说夜里马跑了,去抓马回来的。

这一夜铁木尔也没睡着,放走沙克蒂尔,他怎放得下心去!直到早晨看见他回来,才松口气,背着同志们,往他腰上可劲捶了一举,小声取笑说:

"小伙子,为了你,这一宿,我折腾掉十斤肉啊!"

……

草原的道路上,又扬起灰尘,部队又往北行进了。

这一天行军当中,沙克蒂尔的头又发沉又发昏,一不振作,就在马背上打起盹来。

他也看见铁木尔眼皮直往下合,心里有些过意不去。

途中休息时,他找树荫地方想躺一会儿,不料看见旺丹在那里呼呼大睡,他真想叫醒问他:"你昨天晚上到哪儿去了?"

今天全团里他们三个人困倦不堪,然而三个人困倦的缘由却各不相同。

十

部队全部撤走了。草原道路上的灰尘沉落下来。从表面看来,它又恢复了旧日的平静,然而在这平静的外表下面,整个草原都在不安地颤抖着啊!

谣言随着秋风从四面八方传来,民心惶惶!

眼下,部队从这里已经撤走,而敌人还没来进犯。但是谁也无法猜测到将来——不,就连一个时辰以后,这里将会发生什么事情,是风,是雨,是火,是水,只有听天由命了。

瓦其尔巴彦与众不同,部队撤退,或者是敌人进犯,好像跟他没有一点关系。他把自己这块偏僻的沙窝子,看作"世外乐源",这里的生活气氛不同于别的地方,用瓦其尔巴彦自己的话来说,是"完完本本的蒙古样子"。

他照旧五更起,半夜眠,专心致意地掌管家业,即使在今年这样多风的秋天,也雇工打了三堆小山高的羊草,还叫一个羊倌到汉族地区买来一车燕麦,准备冬天做畜料。

在他严格监管下,全家没有一个闲散无事的人,就连他的多年病卧,近来略微转好的老婆,也得搓绳缝毡门帘,不过要说全家最忙的人,还是瓦其尔巴彦自己。日常零活有人去做,无须他插手,但是有些事情却实在不能叫别人知道,非他自己动手不可。这倒不是他越老越多疑,在这样的年头确实不能过于信任别人。

这几天夜里,他干着一件极端秘密的事情,累得他腿痛腰酸。

他有两箱子黄金和元宝,还有三口袋银大洋,这笔财产他看得比自己生命还贵重!多少年来,一直保藏在自己住的蒙古包里。人们都知道他有千万头五种牲畜,但是不知道还有这样一大笔钱财。现在兵荒马乱,他白天黑夜地为它担心受惊!在家里保藏吧,怕土匪闯来一翻腾,就拿走;埋在蒙古包地下吧,又怕坏人偷去……他实在没办法,索性干脆化整为零,把它分装十几个铁皮箱里,全埋到包前包后的沙窝里了。为了不叫别人知道，他等人们睡着后，一个人拿上铁锹镐头，摸着黑刨地挖坑，一夜埋它三几个，忙了四五夜，才全部埋完。在每个坑上面都做上只有他自己才能看出的标记。

把财宝放在家里的时候担惊受怕，甚至有时梦见被人抢走而惊醒过来，急忙坐起来点灯，当他看见几个箱子和口袋都放在原处时，才放下心去再睡。如今把它埋到外边，再梦见被人抢走，也不能点灯去看，所以他更加不能安睡了。那他为什么埋到沙窝里去呢？他是这样想的：越在众人眼常看见、脚常踩着的地方埋起它来，土匪坏人越找不到它。看来，这个大胆的计谋算是使对了。

他好像跟局势故意作对：日子过得越是提心吊胆，就过得越有劲头。心里想：什么国民党、八路军、自卫军，去他们的吧，哪个也别来碰我！我们是牧民，扛大枪不是我们的行业！七月间在哈布嘎召开全盟人民代表会议时，也曾经来人请他，他一口拒绝了。后来他的老朋友，达木汀安奔找他一同去，他不但没同他去，反而劝他别那么轻信人言。结果达木汀安奔本着自己的主意到哈布嘎去了，而他也本着自己的主意在家里摸着黑埋藏金银……

现在他听说军队北退，达木汀安奔也跟着走了时，自鸣得意地想：他要是听我的话，哪能吃这份流浪汉的苦！如今落得骑虎难下，只好跟着他们像只没窝的鸟，四处乱飞，嗯！咱的主意算是拿对了！

他对两个儿子在退走前，没回家来看一看，非常气怒。把这气出在两个儿媳妇身上，这两天卡洛和南斯日玛，不是挨说就是挨骂！每当她们挨说挨骂时，那个新来的张木匠就来从中劝解；所以张木匠在他们全家人眼里，是一个和善、懂事的人。

张木匠是旺丹领来的，听说是康保人，城里没活做，到草地来卖苦力，混一口饭吃。他的木匠手艺不算高明，但是瓦其尔只贪图他白吃白干，就留在家里了。为了做活方便，瓦其尔给他单独搭了一间破蒙古包。他不大爱说话，从早到晚一个人关在包里做些零星木工。他有时也跟人家聊天，从他嘴里说出来的话，都是一些牧民从来没听说过的新奇事情，羊倌、牛倌、马倌、做零工的，都愿意跟他谈天，老主人和他家人们也同样。这个人也有点怪脾气，不喜欢别人到他包里去，尤其不让别人动弹他的家具箱。每次有事出门来，把门都锁上。他对别人说："我们木匠人，就怕别人乱动他的家具，人手杂，一不留心弄坏一个，咱就不能干活了，大草地，买不到，借不着！"所以谁也不到他包里去，更没有人敢动他的家具箱。

唯独有一个人例外；这个人是旺丹老婆卡洛。她可以经常到他包里去。据说一个老牛倌，有一回在天蒙亮时，看见卡洛从张木匠蒙古包出来回到自己包里。这只是牧工们私下偷偷地议论，还没传到老主人耳朵里呢！

狗走过的道上有尿迹，兔子走过的道上有屎堆。天长日久，啥事也瞒不过别人。瓦其尔老头儿近来也慢慢地看出点底细。事情是这样的：有一天晚上，他打算做两面旗，一面是国民党旗，一面是八路军旗，准备日后谁来挂谁的旗。可是他不知道哪个是啥样，就叫卡洛去找张木匠，问他是不是知道。她去了。她至少在他那里待了烧一根香的时候回来。过了两天，旗做成了，他又让她拿给他看一看做得对不对。这一去又是好大工夫！做公公的人，不好开口管儿媳妇这些事，另找个差错，狠狠说了她一顿，看来，她像是明白了公公的本意，从那往后，再没看见她到他那里去。

这些天来，外边没有什么坏风声，瓦其尔巴彦后悔不该把金银过早埋到外面去，这叫他放心不下，每天早晨都要装作散步，在埋着各种各样标记的地方走一遭，标记原封原样，没人动过。

这一天，他刚检查完标记回到包来喝早茶，达木汀安奔的太太领着女儿满面惧色地跑来找他。他担心达木汀安奔在撤退途中出了什么意外的事情，忙问她们为啥一清早慌慌张张地来找他。这时安奔太太才告诉他说，有几个爱戴安奔的牧民，天亮前后跑去告诉她，国民党军队从宝源、哈布嘎、多伦向草地移过来了。报信的牧民们，劝她快些躲起来，不然国民党恨安奔跟蒙古八路撤退，会把她抓去报复，她听了牧民们的劝告，把家交给大儿子，自己领上女儿来找安奔的老朋友瓦其尔巴彦。

听了安奔太太的话，他半信半疑，把她安顿下来之后，立刻派出几个人去到各处探听情况。小晌时，几个人前后回来了，有的说："国民党确实来了，白音都仍庙以南的牧民扶老携幼都往北逃呢！"有的说："国民党进了特古日克村，全村里一片哭叫声音！"有的说："听人说这次国民党发来三千骑兵和二百辆汽车，要把蒙古八路的家全部剿光！"

最后这个消息，真叫他全身寒战！"蒙古八路的家"里面也有他一份啊！但是既然大祸临头，躲躲闪闪也无济于事，倒不如想点办法把它应付过去。

他把全家人叫到一起说道：

"俗话说得好：顺水好走，逆水难游。左怕右怕，国民党到底来了，他们要把蒙古八路的家全都剿光！我的两个鬼子真算'修好积德'，把大祸引到家来了！眼下没旁的办法，只好国民党一到来，我们就装成欢迎他们，给他们杀牛宰羊，客客气气地答对他们。但是你们这些羊倌、牛倌、马倌,谁也不许胡说乱言,他们要是问你们什么,你们就说:'我们是卖苦力的,啥都不知道,去问老主人吧!'不管天大的祸灾,都由我老头子一个人担当!"接着他又对两个儿媳妇说:"你们也学会招待人家,别惹他们生气,要是问到你们的丈夫,就说你们是女人家,怎能管得了男人,把话说得含糊一点。"

家里家外吩咐完毕,他从箱里拿出国民党党旗,拴在一根断了的套马杆上,别在蒙古包的围绳上。青天白日旗在这陌生的土地上随风飘扬。

"瓦其尔巴彦不是一个糊涂虫,他知道怎么样对待你们这些魔鬼!"他自命不凡地想,"你们至多能吃掉我的几只羊、几头牛,但是你们赶不走我的马群,抢不去我的金银,金银早就埋到沙窝子里,马群早就赶到背静地方躲藏起来了。"

直到日头偏西,国民党军还没影没声,也许他们不到安奔西热这块背静地方来吧!老天保佑,但愿如此!

正当瓦其尔巴彦喝晚茶时,忽然传来一个意外的消息:蒙古八路——骑兵十二师回来了,国民党军队听见风声就撤走了。

"那帮狗中央军,怪不得没敢到咱这儿来,原来是叫十二师给吓跑了。"

瓦其尔这才放下心去,到外面把青天白日旗拿了下来。这时他又在心里盘算道:"听说中央军来,我挂上中央军旗,这回八路来了,要是不挂八路旗,别人该说咱跟中央军一条心啦,不,我跟他们哪个也不近不远。"于是他从套马杆上拿下青天白日旗,又换上了一面火红旗。

红旗在晚霞光下,扑啦扑啦地飘荡着,就像一团火在熊熊燃烧!

夜幕降落下来，没有一个蒙古包里有灯亮——灯亮会招来灾难哪!

瓦其尔躺在床上合上眼，听着包外挂的那面大红旗随风飘展的声音，心里暗暗地发笑："在这年头过日子，就得这样费神败力，不管是国民党，还是八路军，都得像骗小孩似的骗他们。说来咱们蒙古人不会耍这套玩意儿，但是为了保住自己这份家业，不得不学会一些花招，唉，这有啥法呢!"这样想着，他睡着了。

不知过了多久，他在梦中隐约地听见一个女人的声音：

"爸爸，快醒一醒，醒一醒!"

他惊醒过来，猛地跳下床，定神一看，二儿媳妇南斯日玛站在眼前，没等他问话，她惊慌失措地说：

"爸爸，不好了! 中央军来到咱家马桩跟前下了马。"

"怎么，他……他们来了? 快……快出去，把八路旗扯下来，快!"

南斯日玛急忙走出包去。

瓦其尔急得连靴子都穿不上，光着脚也紧跟着她跑了出去。

这时中央军已经来到蒙古包门口，一个高个家伙像鬼似的喊道：

"放下，什么东西?"

"一块布，小孩子们当成旗挂着玩的。"瓦其尔忙答对说，"请进包里坐吧，请，请!"

说着背过手去，把南斯日玛轻轻推了一下，叫她把红旗快些拿走。

她刚挪动脚步，那家伙又喊叫起来：

"别走，拿过来看一看!"

她站住，向公公不知所措地看了一眼，这时那家伙走过来，从她手里"唰"地把旗拿过去，用手电照了照，暴怒起来：

"你这个老臭鞑子！胆敢在老子面前为你们八路挂旗！喂，把这老家伙捆起来！"

几个士兵走过来，正要捆起他来的当儿，又走来一个人，他问：

"出了什么事情？"

先到的那几个家伙，即刻转过身立正站着行个举手礼，回答说：

"报告团长，这个老家伙门口挂着红旗，我们把他捆起来了。"

"捆得对，把他看起来，等一会儿我亲自来审问他。"那个团长又向瓦其尔问道："喂，老头儿，你叫什么名字？"

"瓦其尔。"

那个团长听了他的名字，不知为什么把眼光良久地盯在他脸上，从牙缝里挤出几句话来：

"瓦其尔！原来你就是瓦其尔！喂，你家里有没有会说汉话的人，给我找一个翻译。"

"有，放我去给你找来。"

"他在哪儿，叫什么名字，我们自己找去。"

瓦其尔指着张木匠住的蒙古包说：

"他住在那儿，姓张。"

那个团长吩咐部下把瓦其尔看守起来，自己来到张木匠蒙古包门前，在包的四周放上几个警卫兵，他一个人走进包去。

张木匠早就穿好衣服坐在包里听外边的动静，看见一个长官模样的人走进来，他站起来，客客气气地说：

"长官您来了？"

"你是铁匠吗?"

"不,我是木匠,您有什么活计吗?"

那个团长的脸色渐渐地变得死板、紧张,像小学生背书似的信口说道:

"修理桌子、板凳、窗户、门。"

张木匠嘴角上出现了笑丝,不慌不忙地把灯点着后说道:

"我今天没有空。"

"明天也可以。"

那个团长说罢,忽然把两只后脚跟往一块儿"咔"地一碰,精神十足地行了个军礼,说道:

"部下三十六团团长邓山,特奉总指挥部孙长官之命,来见刘先生。"

张木匠向他摆了一下手,又嘘了一声说:

"要记住:我不姓刘,是姓张。"

说完,又意味深长地笑了。

邓团长也跟着笑了,并从衣袋里掏出一封信:

"这是孙长官给您的亲笔信。"

刘峰在灯下读完孙长官的信,脸上露出满意的微笑,叫邓团长坐下来,两个人谈了许久。包内弥漫着烟雾。

"刘先生还有什么指示?"从邓团长这句话听来,他要告辞了。

"就是刚才说过的那些事情,其中最要紧的是,马上给我派个可靠的助手来,越快越好。"

"您看部下应当怎样对待瓦其尔老头儿?是来硬,是来软?反正这次出来从草地要赶回去五百匹马,这是非完成不可的紧急公事。因为要想在察北地区站得住脚,消灭共匪,非得有一支人数众多的骑兵不可。现在国军北上，报名入伍的人多得如同雨前蚂蚁，国军的枪、弹、给养充裕得很，但，就是缺少马匹，骑兵没马，等于人没腿，寸步难行！所以叫这个远近扬名的大牧主，至少也得献出三百匹马来。"

"这很难！瓦其尔是个一毛不拔的土财主，平时见一块干牛粪都拾回家来的人，能给你三百匹马？"

"您放心，我们有办法叫他答应下来，冷的、热的全有！"

刘峰不以为然地笑了笑：

"你以为肉刑就能制服他？他把钱财看得比性命还重要呢！老家伙也许早就料到会有这么一天，所以他把马群全赶到别的旗去了。"

"那么刘先生的意思是……我们不能动肉刑？"

"不，我只是这样说一说而已。你们还按照原来打算去整那根老骨头，狠狠地整！不管多老的骨头，总是能挤出一点油水来。如果把招全用完还挤不出来，那时让我出面去讲情，我多说些好听的话，你们就放开他。这样一来，虽然你们赶不走他的马群，但也另有收获——叫他把我张木匠当成救命恩人，感恩不尽，这对我在这里长期潜伏，势必有益。说得好一点，在紧要关头，他兴许能够帮我大忙。蒙古是一个以恩报恩的民族，瓦其尔更是如此！好，你去显一显本事吧！"

邓团长刚拿上帽子要走，刘峰忽然想起什么似的一摆手：

"我再给你出个主意：你们可以两面夹攻，一面收拾老头子要马，一面再跟他大儿媳妇套一套，她可能知道老土财主的金银放在哪里，他老家底一定可观，要是能够挖出它来，老弟！……"

他把话简略了，但是对方已经领会到了他的意思。

"部下一定遵照您的指示去做,刘先生还有什么吩咐吗?"

"你先去试试看吧!"

邓团长弯着腰从包里出来,在门口挺着胸脯深吸了一口气,又慢慢吐出来,向漆黑的夜空扫了一眼,便直奔看守瓦其尔的地方走去。

* * *

瓦其尔受刑第三次晕过去,又被冷水喷醒过来。

在他身旁站着几个国民党士兵,他们手里都拿着沾满血污的皮鞭。

在熊熊的炉火中,埋着几根铁条,蒙古包里弥漫着浓重的、极其难闻的味。

邓团长懊丧地、疲惫不堪地坐在木床上,狠狠地咬着牙,看着慢慢苏醒过来的瓦其尔:"你这老东西,真豁出命来啦,把老子累成这个样子,你还不吐一个字!妈的!"他喊得嗓子哑了,所以只在心里这样骂着。

几个士兵汗流浃背,两手酸痛,偷偷地打着哈欠,这被邓团长看见了,他猛地跳起来,破口大骂:

"你们他妈的鞭子为什么落得不狠,铁条为什么烧得不红?啊?"

几个士兵勉强振作起来,哆哆嗦嗦地说:

"长官,我们打了一宿,把全身的劲儿都使出来了,铁条也烧得够红了!只是这老家伙太……"

"住口!"邓团长喝了一声,"杨连长!"

"有!"一个满脸横肉的家伙笔直站着答道。

"把这件事交给你,今天晚上问不出个头来,砍你脑袋!"

说完他走出包去。

外面站着一排士兵，这是刚才被突如其来的反抗而打伤一个士兵之后，添加的岗哨。

事情经过是这样的：一小时以前，邓团长正在拷打瓦其尔，忽然听见包外有人"啊"地叫了一声，接着来人报告说：一个士兵被一个大瓦罐打破了头，凶手不知道是什么人，已经逃走了。

这个"凶手"原来就是沙克蒂尔的老婆——南斯日玛，她听到公公被拷打的喊叫声，实在忍受不下去，就冒着生命危险做出这样勇敢的举动！当敌人被打伤而一片混乱之际，她机巧地逃出去，钻到北山的密柳林里去了。

敌人不知道这是一个勇敢的女人干的事情，而以为附近有"蒙古八路"，所以岗上加岗，严紧防备起来。

"没有什么新的情况吗？"邓团长问道。

"没有，四面平平静静的。"报告的人大概是敌军的一个班长。

这时邓团长看见东面有一所蒙古包里有灯亮，他用手一指问道：

"什么人住在那儿，还点着灯，刚才的事情是不是他们干的？"

"报告长官，那儿住的是这家的大儿媳妇，她给弟兄们烧水燎茶，挺开通，刚才的事情不是她干的。"

一听是瓦其尔的大儿媳妇，他想起刘峰告诉他的话来，于是向那里走去。

从蒙古包里传出士兵们的谈笑声，其中间或夹杂着几声女人的笑声，这使听了一夜痛喊苦叫声的邓团长，感到新奇！

他走进包去，横躺竖卧的士兵，前后不一，懒懒散散地站了起来。看到他们闲散的样子，他想到自己的疲劳，心里一阵气怒：

"你们倒是挺自在呀！跟女人有说有笑的！都给我滚出去！"

士兵们立刻惊慌地拥挤着走出门去。

"大官，你喝茶吗？这是热奶茶。"

卡洛边说边走过来给他倒了一碗茶，好像她一点都不惧怕他。

"你是瓦其尔的大儿媳妇吗？"

"是啊！大官问这做啥？还是喝点热茶吧！"

"你们家里除成群牛马之外，有没有金银？只要你照实告诉我，就不叫你吃亏，不然的话，你可要尝一尝我的厉害！"

她没被吓住，反而咯咯地笑着回答说：

"什么牛马啦，金银啦，那都是男当家的管的事，我们女人，整天做饭烧茶，再伺候伺候丈夫，概不管那些事呀！"

"这么说，你把丈夫伺候得一定不错！他现在到哪儿去啦？"

他从刘峰那里已经知道旺丹是怎样一个人，扮着什么角色，但，又故意这样问她。

"我丈夫当兵去了，可我不知他当的什么兵。他在家的时候，我可真会伺候他。"

"他走了，你不想他吗？"

她嘴唇一抿，微微地一笑说：

"那有什么办法呢！"

"想办法呀！"

她没有回答，然而她那嘴角的笑丝和那一闪的眼光，都有几分可耻地卖弄风骚。

他不再问起金银的事情,走过去把包门轻轻地闩上了……

过了一会儿,有两种截然不同的声音,从两所并立着的蒙古包同时向漆黑的夜空发了出来:

卡洛的风骚的咯咯的笑声……

瓦其尔被拷打的无力的呻吟声……

又是卡洛的风骚的咯咯的笑声……

又是瓦其尔被拷打的无力的呻吟声!

……

躲藏在仓房里的瓦其尔巴彦的老婆,听见丈夫和儿媳妇同时发出的这两种声音,一闷气,就死了!

天亮时,邓团长从卡洛包里出来,问拷打瓦其尔的结果如何。那个满脸横肉的杨连长回答说,毫无进展。邓团长一面说着"再看我的",一面走进拷问瓦其尔的那所包里。

正在他虚张声势地要进行拷问的当儿,刘峰满面泪水地进到包来,"扑通"一下跪在邓团长面前,哭哭啼啼地哀求道:

"大官老爷,你们可怜可怜他这个上了岁数的人吧!你们把他打、烧成什么样子啦!再要打,就打我吧,烧,也烧我吧!……我们的老主人,多咱也没做过害人的事情,天哪!你们为什么这样残害他呀!……"

他又转过身来,抱住摊在地上血肉模糊的瓦其尔,痛哭流涕地说:

"老东家,老东家!没承想你受这样的大灾大难!你变成这个样子!让他们打我、烧我吧!老东家……老东家……"

从瓦其尔的两眼涌出几滴泪水,在他那浮肿了的眼角上停了一停,滚到地上,与他自己的鲜血混合在一起了。

他的意识并没有被拷打完全破坏,在这生死关头,他对张木匠的无限感激,已经深深地、深深地印在脑海之中……

早晨,国民党军队抢了些手头能够抢得到的零星东西撤走了。

察哈尔最大的巴彦——瓦其尔的家庭,变得这样支离破碎!

这就是国民党反动派进入察哈尔草原的第一个夜啊!

*　　　*　　　*

同一天夜里,特古日克村的牧民们,也受到了国民党匪军的兽性糟害。

莱波尔玛跟往常一样,先把三个孩子哄睡后,又挤了牛奶,担了水,刚要睡时,斯琴跑来了。

她已经不在贡郭尔家了。贡郭尔去参加在哈布嘎召开的"七七"大会之前,有一天忽然把她叫去说:"我要出远门去当兵,不知道哪年哪月才能回来,你先回到你爸爸家里吧!"她听了这话,正在惊喜交加的时候,扎冷拿出一个小布包又说:"这点钱你拿回去用吧!"她没有要他的钱,也没拿他家的一件东西,只拿上自己从家里带来的铁木尔那把"合德"刀,就回到家来。

贡郭尔为什么突然放她回家呢?村里的人们议论纷纷。有的说:"铁木尔真是好样的!到底把扎冷吓软了。"也有的说:"扎冷真是可恶!把人玩够了,就一脚踢出来。"还有的说:"斯琴变成疯疯癫癫的人了,扎冷只好放她回家来。"……其实这些议论,都没有说到真正根由上。贡郭尔放她回家的原因是:他去"参加"革命,就得跟别人一样喊一些平等、自由、解放,但是如果斯琴还在他家里,就会有人借此揭穿他的假面具,这样他就无法取得洛卜桑、苏荣等人的信任,所以他取大舍小,使了这个花招。

她回到家来，伺候爸爸，管理家务，每天忙忙碌碌，心里说不尽的愉快！她一想道："我又回到自己的家，爸爸在我身旁，这跟两年前的情景完全一样啊！"就对自己生活又充满了信心！当然铁木尔不在她身旁，确实相当减少了她生活的乐趣，但是她回到家来，知道了铁木尔的真实情形——他没有与南斯日玛结婚，还在等待着她——这使她感到又幸福、又惭愧！她想到部队里去找他，但是部队撤走了。

现在她有点闲空就拿上针线活到莱波尔玛家来坐，与她谈天、做伴，所以刚才她走进包来时，虽然脸上略带惊色，但也没引起莱波尔玛的注意。

"这么晚来串门，莫非有什么喜信？是不是铁木尔……"

她刚把话说半截，斯琴一摆手，压低嗓音说：

"你快些把灯吹灭！听说叫什么'国民党'的土匪到咱们村头了。"

"土匪？咱们怎么办哪？"起初她有些惊惶，但是忽然又镇静下来说，"来就来吧，我一个穷寡妇有啥怕的？"

"好姐姐，你别那么粗心大意，我把信可告诉你了，爸爸还在家里担心受惊地等着我，我得回去了。"

她走了。莱波尔玛熄了灯。

狗吠、马嘶、风吹、人吵……满村里一片混乱！

唯独她的蒙古包在湖的北岸上，所以在黑夜里侥幸没有被敌兵看见。但是她不知道村里发生着什么事情，心里忐忑不安，不能入睡……

天亮时，敌军的两个哨兵发现湖的北岸上还有一所蒙古包，为了比他们的伙伴多搜刮到一些东西，这俩家伙偷偷地跑来叫莱波尔玛包门。

她被叩门声惊醒,知道事情不好,急忙坐起来把衣扣扣好,然而没有应一声,也没去开门。

那两个敌军怕招来别人,不敢出声喊叫,只是咚咚踢门。包门不结实,眼看被踢碎,她不得不一面答应着,一面去开门。两个敌军显然生气了,进门啥也没说,就用枪把往她腿上一人推了一下。这时三个孩子都被惊醒,两个懂事的大孩子"妈妈""妈妈"地又哭又叫着急忙搂住她的两腿,用惊惶,但又愤恨的眼睛看着那两个敌军,而最小的那个孩子,还不懂事,只向他们看了一眼,没哭、没叫,若无其事地躺在地毡上。

那两个家伙用枪刺这挑一下,那扎一下,把破布烂棉花扬得满包全是,但没翻到一件值钱的东西。一个小个子敌军嘴里不住地骂着:"真他妈的穷光蛋,连一件可拿的玩意儿都没有!"失望地提着枪,走到门口说:"伙计,走吧!长官不是说一清早就走吗,一会儿长官醒来不见咱俩这班岗哨,就糟了!"

可是另外一个高个子家伙,却挤眉弄眼地向莱波尔玛走过去,小声地问:

"你丈夫呢?……为什么不说话?……嗯!家里没有一件男人使的东西,你是个小寡妇吧?我大概猜对了。"他回过头来向那个小个子使了个眼色,话里有话地说:

"要走你自己走,你呀,真是个笨蛋!"

那小个子似乎领会了他的话意,随手把包门"啪"地一关,走回高个子身旁,开了一个下流的玩笑:

"你的意思是,咱们不但闹不走她的一点东西,反而还得叫她从咱俩身上抽去一些油水?"

两个人会意地大笑起来。

莱波尔玛没听懂他们这句话,但是从他们把包门关上,又怪声邪气地大笑，想到一件可怕的事情！正在这时那两个敌军同时向她靠近过来，做出各种下流的动作。她急中生智，装出一副很镇静的样子，笑眯眯地移过身去，一只手拉住一个人，用不熟练的汉话说：

"你们的意思我明白，你们稍稍等一会儿。"她指了指两个大孩子说："他们大了，在这儿看见不好，我得把他们送到别的人家去，马上回来，你们坐一会儿吧！"

两个敌军互相看了一下，小个子同意了：

"她要把两个大孩子送到旁的人家去，依我看，这也倒好。"

大个子有些怀疑：

"她不是撒谎想逃走吧？"

"哎哟！这是我的家，我的没有别的地方跑呀！我的不撒谎。"她故意卖弄风骚的样子扭扭怩怩地又说："我是寡妇，我愿意你们来呀！"

见她卖弄风骚，那两个家伙欢天喜地，答应她把孩子送到别处再回来。她心里暗暗自喜，但嘴上还叨咕着："我的马上的回来，你们等一会儿吧！"

她领上大孩子，一手抱着老二，又去抱躺在地毯上的最小的儿子。

"把两个大的送走就行了，这小的不懂事，看见又怕什么？"小个子说。

那个大个子，见她把三个孩子都要抱走，又起了疑心，用威吓的口吻骂道：

"你这个婊子，想逃走吗？"

她一看他翻了脸，心里想："他们把一个不会说话的小孩还能怎的？硬要抱走他，他们该起疑心了，反正小家伙吃饱奶就知道睡觉，留就留在家里。他们刚才不是说一清早就走吗？等他们走后，我再来喂他奶。"于是她说道：

"我能往哪儿跑啊！我是怕他哭才要抱走。放在家里也行啊。"

她又把孩子放在原处，给盖了一件破棉袍，便领上两个大孩子就往外走。

"快点回来呀！"大个子敌军从她身后喊着。

她随声应和着走出包来，即刻加快步子，直奔斯琴家走去。

道尔吉大叔听她把事情经过从头至尾说了一遍，他叫她们赶快离开这村，到别处躲一躲。到哪儿去呢？想了半天，也没个能背风雨的地方，末尾他只好把斯琴、莱波尔玛和她的孩子们送到西山沟里的红柳林里。他们说好，要是敌人今天不撤走，他就再来给她们送信送饭来，并且设法把莱波尔玛最小的儿子从家里抱出来给她送来。

道尔吉大叔回村里去了。莱波尔玛越发心神不安，眼前不断地出现小儿子的影子，耳边也不断地响着他的哭声，她后悔无论他们说什么也不该把他留在家里，可是现在后悔也晚了。"他们再坏，也不会叫一个还不会说话的孩子受罪吧！"想到这里她心里稍微宽敞了一些。

太阳升出两丈多高时，道尔吉大叔来了。敌人走了，他来接她们回家去。

她一进村，第一眼就往自己家瞭望，远远地看见，蒙古包门大开着："这些不是人养的东西！临走连门都不给关上，我的小宝宝一定受冻了！"她这么一想，恨不得飞回家去，快把孩子抱起来亲一亲！妈妈对不起他呀！把他一个人丢在家里，叫他受凉、挨饿了！往后再也不丢下他，让他在妈妈怀里安安静静、温温暖暖地睡吧！等日月太平了，妈妈宁可给人家去挤牛奶、做零工，也要赚些钱来好好抚养他，叫他长大跟两个哥哥一同去念书、学本领。妈妈到年老的时候，看见孩子们都有出息，妈妈也就心满意足了！……

一路上，她领着两个大孩子飞快地走着，东西南北乱想了一阵，而她想得最多的是一句话："妈妈再也不丢下你了，小宝宝！妈妈离开你，心都揪得痛啊！"

她来到离家还有一里路左右的地方，叫大儿子领着二弟弟慢慢走着回家，她自己却拼命地放开大步朝家跑去。

半里路，近了，更近了……

跑到离家只有几丈远时，她便情不自禁地喊起小宝宝的名字：布日古德！

小宝宝还不会答应呢！

包门大开，但看不见小宝宝，他一定滚到哪个角落去了！

她一面跑着，一面上气不接下气地喊着小宝宝！

她来到了门前，一只脚跨进了门限：

"啊！"她突然疯了似的可嗓门尖叫了一声。

包门上溅满人的脑浆，包里遍地是鲜血、碎块的骨头，还躺着布日古德的僵硬了的尸体……

扑通！——她昏倒在亲生孩儿的血泊之中！

十一

部队撤退到厢白旗的沙拉更庙扎下了营。从南部地区过于匆忙地退了下来，没有来得及对部队进行战略教育，战士们思想很混乱,所以师部决定,最近几天各团分头整顿队伍。

沙拉更庙是典型的察哈尔风光:沙漠、湖泊、红柳、草原、庙宇、高山和丘陵。

当夕阳西下的时候,晚霞映照着翠蓝色的湖泊、橙黄色的沙丘、淡绿色的草原、深红色的柳林……这时,在一所雪白的蒙古包旁,有一个年轻的牧妇,蹲在乳牛身边挤着奶,她的婴儿仰卧在草地上,向在高空中轻轻飞翔的大雁挥动着他那肥胖的小手。世界是如此恬静、瑰丽而安详!

战士们并没有因沉湎在这种和平气氛中,而忘却了昨天的枪声;他们越是处身于和平气氛里就越是了解为什么要战斗,要厮杀,要用敌人的黑血洗刷自己的战刀!

铁木尔牵着马,到井边来饮水。马儿往水里舔了一舔,就抬起了头。他打了一会儿口哨,马还是不想喝水。

"连我的马都喝不惯这地方的水!"

他自言自语地拉马往回走。这些天来他心里的疙瘩一直没解开,尤其,当他昨天看见家乡的牧民,受不起国民党反动派的糟害离乡背井,扶老携幼,一群一群地来投奔我们军队时,一种严重惭愧的感觉压迫着他。那些牧民,他差不多全认识。有的被打伤,有的被烧得满身伤疤,年轻妇女们整天捂着脸在哭泣!……从那些人的伤疤和眼泪里,他完全想象出故乡已经被人蹂躏成了什么样子!"我们扛大枪,干革命,为的啥?不就是为的保护家乡和乡亲们吗?可是现在……"昨天整夜他都这样问着自己,天亮时做了一场梦,梦里也净是故乡草原上的战火、牧民们的伤疤、年轻妇女的哭声……早晨醒来,他去找官布,他现在是副盟长,又是团长,但是他毕竟跟他一块儿光着屁股长大的,他想求他带领着明安旗的青年们回到家乡去,砸碎那些国民党反动派的头！官布整天都在开会，他没见到他。但是现在他不再去找他，心里有了另一个打算：他自己跑回故乡去，叫牧民们拿起枪杆，合成伙，跟敌人拼命！他要跟那些勇敢的、有复仇决心的人，一起战斗。十个人，二十个人都行，就是三五个人，他也要干到底！他也曾经想从这里带走一些同志，只要他把自己的主张提出来，明安旗的小伙子们，保险个个都跟他走。但是他很快又打消了这个念头。只要自己拼死拼活为的是乡亲们，到哪儿也有人跟你走。总而言之，他跑回故乡去的决心，已经下定了。眼下是在选择逃跑的时机，想来想去，还是夜里容易逃跑。只有一点难处是，怎样备上马拉出去，又不叫别人知道。这时他想到好朋友沙克蒂尔，他向来听他的话，把他也领回去吧。今天晚上，乘沙克蒂尔站岗的时候，他拉上两匹马，跟他一碰头，就能逃走了。"我跑走以后，同志们会怎么议论我呢？"想到这里，他苦恼起来，"他们一定以为我投到敌人那儿去了，骂我是民族叛徒！洪涛又该说：'铁木尔原来是这样为民族奋斗啊！'官布会说些什么呢？他一定很为难……还有欧阳，她听信别人的话，心里会恨我是一个假情假意的人。当然贡郭尔更不会放过这个机会，保准在全团面前，用最不好听的话骂我……但是他们爱说什么，骂什么，都随他们便吧！我铁木尔不能为怕人家说些不三不四的话，就叫乡亲们受苦受罪，不，铁木尔扛枪杆、干革命，为的是牧民，不是为的叫别人说几句好听的话……"

　　回到营房，他去找沙克蒂尔，把自己的打算一五一十地全对他说了，沙克蒂尔连想都没想一下就答应与他干这一场冒险的勾当。

　　当天晚上，沙克蒂尔站头岗，铁木尔将备好鞍的两匹马，拉到一座破房后头等着他。下一班岗哨是达瓦,他回去叫醒打着鼾响的达瓦之后,便到约定的地方,与铁木尔碰上头,两人就逃跑了。

沙克蒂尔有几门亲戚在厢白旗,前些年到这里来过几趟,所以从厢白旗到明安旗的路,他很熟悉。即使在夜里,也不用走大道。走过这山的右手,再奔那岭的左手,取直路,抄近道,天亮前,就进了明安旗旗界。这时,他们才叫马慢下步来。

"咱俩这一宿就像是做了贼,身后有官兵追着似的,真够苦!"铁木尔说罢,松了一口气。

"活一辈子,啥滋味都尝一尝也不坏,这一夜我过得挺痛快!"

"哎,咱们先到哪儿?是回家,还是到特古日克?"

"特古日克靠前边,国民党糟害得一定很厉害,先到那儿去看一看吧!"

他们来到特古日克村后沙坨子上,停下来听了听动静,村里不像是有敌人,他们这才进了村。他俩商量好,分头先找到地方歇一歇,喝完早茶再碰头。沙克蒂尔到莱波尔玛家去;铁木尔没有别处可去,就去找道尔吉大叔。

他远远地看见道尔吉大叔的蒙古包天窗上盖着毡子,包旁有一头老牛徘徊着,这与他那往日的生活完全一样,好像并没有受到敌人的侵扰。

他为了不叫村里的人们知道他回来,把马拴到牛圈里了。

"他老人家看见我回来,一定会高兴的。"

他这样想着走到包门前,轻轻地敲了两下门,又小声地说:"大叔,大叔!开门,是我。"

道尔吉大叔没有答应。他又推了推门,门从里面闩着,分明他老人家在家里。

"大叔,给我开门,开门!"

斯琴从酣睡中,被这叫门声惊醒过来。

爸爸不在家,只她一个人睡在包里,这些天敌人来来往往,发生过许多不幸的事情,所以当她听见有人叩门时,陡地坐了起来,全身不由得抖了一下,她不知道什么人在叫门,所以没敢答应。

"大叔,别害怕,我是铁木尔!"

她听出确实是铁木尔的声音,这是完全没有想到的事情啊!她跳起来光着脚跑去把门一开,还没等铁木尔看清楚她的当儿,她"扑通"地跪在他面前,两手紧紧地搂住他的双膝,呜呜地痛哭起来。

斯琴在家里,这更是出乎他的意料。他俯下身去忙拉她,但拉不起来。他又往包里看了一下,道尔吉大叔不在家里,一个预感掠过他的脑海:"大概又是出了什么事情!"

"别这样,快站起来,斯琴!"

他搀着她,走进包里,但她不顾叫他看见自己泪水模糊的脸,仍然把头扎在他怀里哭着,只是哭声小了一些。他从肩上拿下大枪,靠着围墙立起,又转过身来,双手捧起她的脸,两眼紧紧逼视着她,用沙哑的声音问道:

"告诉我,出了什么事吗?"

她轻轻地摇了摇头。她那长长的睫毛往上一挑,只看了他一眼,就又合上了。

"那你为啥这么哭?"

"我为啥不这么哭呢!"她一面哭,一面说,"你从哪儿来的?是从天上掉下来的吗?这么突然,这么大清早!"

"你怎么在家里？"他所答非所问地说。

"他们把我放回来了……"

当她刚把话说了半截，他用两只大手抓住她的双肩，并且往自己胸前拉近一些，问道：

"再也不去了吗？"

"再也不去了！"她的脸上掠过一丝笑意，但没有笑出来，紧接着反问他道："你呢？"

"我也不离开你了。"

这回她笑出来了，笑得那么单纯、美丽，她把头紧紧地贴在他胸口，像是在佛前做着真诚的祈祷似的，闭着眼睛在嘴里不停地说着："不离开了，咱俩再也不离开了，就是死，也死在一块儿吧！"

看见她那憔悴的脸上浮现出兴奋的神情，他鼻尖上好像落了只苍蝇似的发痒了，他说不出话来，想俯下头去吻她，但是他们毕竟有些生疏了。

正在这时，包门一响，沙克蒂尔进来了。他显出非常焦急、不安的样子。然而，当他看见斯琴时，却惊愕地说：

"这是斯琴吗？你……"

"我已经回到家来了。"她说着离开了铁木尔，"你跟铁木尔是一同来的吗？快坐吧！"

"我没心思坐下，你告诉我：莱波尔玛到哪儿去啦？她包里为啥满是血？"

听了这话，铁木尔也有些不安了，他又想起道尔吉大叔，于是紧接着也问她：

"大叔也不在家，他们都到哪儿去了？"

她勉强地保持着镇静，先叫他们都坐了下来之后，才将国民党怎样杀害莱波尔玛孩子的经过，详详细细地告诉了他们，并且又对沙克蒂尔说：

"他们想糟蹋她没成，就害了她的孩子，可是那帮狼心狗肺的东西，没过几天又来跟她找麻烦，这回她事先有了提防，看见他们进了村，就领上两个孩子，到别处躲起来了，他们没找到她，就叫村里的人们给她留下一句话：他们迟早非糟蹋她不可！听了这话，莱波尔玛姐不知道怎的是好，就来找我爸爸，爸爸看她可怜，就给她出主意，叫她去找你。她说：她也想去找你，就是找不到你，北沙坨子里也有你亲戚，在那里能够找个地方住下，但是为难的是，她自己没车没马，领着两个孩子没法走。我爸爸就套上牛车，叫她们娘儿三个坐上，还怕她们在前边这段路上出差错，他送她们去了。说是送出几十里路，就回来，可是已经走两天了，还没有回来。"

沙克蒂尔做梦也没想到，在家乡有这样大灾大难等待着他！孩子被敌人摔死了，莱波尔玛也走了，现在他心中燃烧着的只有复仇的怒火："为了给孩子报仇，我要在孩子被杀死的地方，杀死那些敌人！"想到这里，他问斯琴：

"敌人到哪儿去了？他们什么时候再来？"

"他们都回哈布嘎去了，反正总是不过三五天，就出来闹腾一次。有人说，前些天，他们到你们家，叫瓦其尔大叔吃了许多苦。"

"他们还到我家去了？我爸爸吃了什么苦？现在他们怎么样？"

她迟疑了一会儿，回答说：

"我只听村里的人们说，他老人家吃了苦，可是到底怎样，我也说不上。"

听了这消息，沙克蒂尔立刻要回家去看一看，铁木尔也想

去,但是与斯琴见面还没说一句知心话,怎么好走呢?所以他说:

"你先去看一看也好,我在这儿等你,到了晌午你还不来,就是家里出了大事,那么我一定马上也到那儿去。到了家,替我向大叔问好!"

当沙克蒂尔回到家来时,包外四周净是牛粪马尿,又脏又乱,完全不像爸爸治理的家庭了。

接着他又看见一个骇人的景象:在蒙古包后头,放着一辆辖辘朝天的勒勒车。在察哈尔,只有送葬回来的车才这样倒放的。他怔了一下:"莫非爸爸……"他没敢想下去,就急速地走进爸爸的包里。

爸爸还活着。他躺在床上呻吟着。脸上,横横竖竖满是伤疤。

他含着泪,走近爸爸的床边,爸爸费力地抬起眼睑,看了他一眼,然而父子二人谁也没说出话来。过了一会儿,沙克蒂尔才清醒过来,跪在爸爸床边哭着说:

"爸爸,您受罪了!……爸爸!"

瓦其尔却异常平静地说:

"你回来啦!"

他还在哭。

"哭有什么用!你爸爸死去活来受尽了苦,可是没落一滴泪呀!起来!"

沙克蒂尔擦着眼睛站了起来。这时爸爸用湿润的两眼,呆直地望着天窗外的蓝天,轻轻地说:

"孩子,到佛爷前为你妈妈祈祷吧!她已经上天堂了!"

沙克蒂尔的眼前又出现了包后面那辆倒放着的勒勒车的影子。他转过身去,跪在香火缭绕的佛龛前面……

作完祈祷，他向爸爸问道：

"妈妈是他们害死的吗？"

"国民党来的那天晚上，达木汀安奔的太太，到咱家来躲避，你妈妈跟她住在一个包里，所以她把她死去的原因告诉我了：那天夜里，国民党就在这个包里把我拷打得死去活来的时候，你嫂嫂在东包里，跟国民党的大官玩闹了一宿。你妈妈活活叫她气死了！咱们家迟早要败在他们两口子身上啊！你回来，我就放下心了。孩子，我活不长了，你留在家里吧！你爹为了守住这份家业，没等死就尝到了阴间苦刑，但是千难万灾都会过去，老佛爷不会叫恶人活在世上的。我死后，你的手再也别摸枪杆，把家业管住吧！你别依靠旺丹，也别相信那个没有人性的嫂子……"

伤口一阵骤痛，使他中断了话。等他稍微好了些，沙克蒂尔问：

"南斯日玛怎么样啊？"

"她是个好孩子，你跟她好好过吧！她没干卡洛那样没人性的勾当，尤其这些天我不能动弹，家里家外全靠她一个人忙。她真是好孩子。但是她年轻，还不够稳重，也干了一件不大好的事情：国民党拷打我的时候，她忍不下去，就拿瓦罐子打伤了他们一个兵的脑袋，好险叫他们抓去，幸亏是晚上，才脱了险！咱俩是佛教徒，万不能用这种方法对付他们。他们杀害良民，老佛爷从天上都看得清清楚楚，他们死后，都要被扔进地狱去的！可是咱们不管受多少苦罪，手上也不能沾血，只要咱们诚心诚意地给老佛爷多磕几个头，多点几盏灯，就会进天堂！我劝你，看见我被他们害成这个样子，别去跟他们拼死拼活，你转过身去再看一看，这么多天我一直没让断过佛灯啊！"

说到这里,他像孩童沉于美妙的幻想中那样,眯起两眼,脸上从条条伤痕的中间露出笑影来。

爸爸那些埋怨南斯日玛的话语,恰恰起了相反的效果,使沙克蒂尔心里暗暗地钦佩起她来。他向爸爸撒谎说,肚子饿了,吃点东西就来,便走出包去。不料,南斯日玛却站在门口,她像是在这里已经等他好久了。不知怎的,当他们的视线碰在一起时,两个人的脸都红了起来。她没有说话,赶忙走在他前面,去推开自己的包门,先让丈夫进去后,自己才跟了进来。

今天,在他眼里,她显得分外漂亮、温柔。想起结婚时,自己对她那种冷淡态度,不由得惭愧起来。他拉住她的双手,在她耳边轻轻地重复地叫着她的名字:"南斯日玛!南斯日玛!"并且又将她紧紧地搂在怀里,良久地吻她。

这是他们结婚后第一次降临的不寻常的幸福。

他又从她这里证实了卡洛那些丑恶行为之后,脸色立刻阴沉起来,提起大枪,走出包去。

当他走进卡洛的包里时,她正在对着镜子梳着头发,身旁坐着一个陌生的汉人。

"这是什么人?"他没做寒暄就冷冰冰地问道。

她惊愕地看了看他,挑衅地一笑,说:

"沙克蒂尔,你跟莱波尔玛刚见面也是这样说话吗?你呀!让她作弄得连牧民的礼节都忘掉啦!唉!真可怜!你问这个人吗?他是木匠,在咱家做工,刚才向我求一碗茶喝,我就叫他进来了。你喝茶不?坐吧!"

他没坐下,对那个木匠说:

"你出去吧!我有话跟她说。"

刘峰站起来向门口走去，但走到门口，又转过头来看了卡洛一眼，这时卡洛也向他看去，他俩似乎用眼睛说着这样一句话："等他走了，再来。"

刘峰走出去以后，沙克蒂尔把语气变得缓和一些说：

"哥哥给你捎来一口袋东西，我怕家里有外人，没敢拿回来，藏到西沙坨子红柳林里了。口袋里好像是珍珠玛瑙之类的东西。走，咱们去拿回来吧。"

她两手梳头发的动作，变得敏捷起来，眉飞色舞地说：

"你稍微坐一会儿，我梳完头，换上一件衣服就走。"

等她打扮完后，他们各骑着一匹马，向西沙坨子走去。

刘峰从蒙古包门缝偷偷地目送着他们。

在途中，她不断地问他：口袋有多大？重不重？除了珍珠玛瑙，还有些啥？他净挑那些使她满意的话，回答了她。不时，来到西沙坨子。

"下马吧！口袋就藏在这儿。"他先跳下了马。

她向四周巡视了一下，附近一片平坦的沙漠，没有柳林，也不像是藏东西的地方，于是她把怀疑的眼光投向他来。这时他又温和地说：

"快下来呀！还等我去抱下你来吗？"

她看见他那急切的等待的神情，忽然产生这样一个念头："他拉着我到这样背静地方来，莫非是想跟我玩一下吗？"她欣然又向他看去，而他似乎是仍然以急切的、热烈的心情等待着她。即刻，她跳下马来，暧昧地笑着，飞也似的跑去倒在他的怀中说：

"沙克蒂尔，你真是个好人！你知道可怜我这个活寡妇，天哪！你是多好的人哪！"

然而，沙克蒂尔却将她猛地推倒在地上，从她手中把马缰绳抢过来，又扔出手去，往她的马身上狠狠地抽了一鞭，马儿照直向家的方向飞跑而去。

"沙克蒂尔，你这是干什么？"

她看势头不好，脸色发白了。

他把枪往前一举，狠狠地瞪着她，从牙缝里挤出一句话来："我要杀死你！母狗！"

"啊！你杀人！救命啊！救命啊！"

她歇斯底里地跳起来，一面拼命地喊着，一面撒腿就跑。

"往哪儿跑，站住！"

她仍然喊着，跑着……

正这时，嘡的一声——枪响了！

她全身摇晃了几下，向前倒了下去。

从她胸口中流出来的鲜血，将沙地上的几块干马粪染黑了。

十二

斯琴从酣睡中醒来，揉了揉眼睛向包门看去；从门缝透进来几缕灰白色的、柔和的曦光。她赶忙坐起来，一边穿衣服一边自言自语地说：

"哟！好险睡过了劲儿！"

她为了不惊醒睡在身边的铁木尔，便悄悄地站起来，跷着脚走出包去。先把天窗的盖毡拉开，就担上水桶到井边去了。

秋后的晨风，吹到脸上虽然有些凉飕飕的，但使人感到清新、爽快。从她那敏捷的步子，和小声唱着的那支轻快的曲调，可以知道她的心情是那样满足而又欣悦！她每天早晨都来汲水，村里的人们时常在她那婉转动人的歌声中醒来，他们都说："我们的'小燕'又活了。"

真的，她现在变得那样爱动、爱说、爱笑，甚至可以说有点淘气了。

然而，在这些天里，他们的生活中并不是没有一点风波呢！

自从铁木尔由部队回来，他俩就生活在一起。由于久分重合，初见面那两天他们形影不离，真挚而炽烈的爱情燃烧着他们的全身。她几次恳求他说："只要咱俩在一起，就是门外边从天上掉下来金山银岭咱们也别去管它。如果你再离开我，那我就没有力量活下去了。"而他是那样肯定地回答说：他们不再分离，等道尔吉大叔回来，就正式结婚。听了这话，她多么高兴啊！每天比谁都起得早，沿着特古日克湖边一面走一面唱，好像只有歌声才能表达她内心的喜悦！……

可是没过几天，她发觉铁木尔与她慢慢疏远了。他每天喝完早茶就出外去，直到半夜才回来，也不知道在外面干了些什么，回家来时脸上总是显出精疲力竭的神态。她在家里孤孤单单地等了他一天，多么希望在晚上亲切地谈一会儿天哪！然而他每天晚上回来，啃完几根羊骨头自己就睡了。好像在他意识里完全没有了她这么一个人。

她痛苦极了。但是她知道自己有不是，做过对不起他的事情，在他们共同生活中笼罩着的那块黑影，是她亲手造成的！她没有权利去恨他。所以不管他怎样疏远和冷淡，她都忍受下去，并且仍旧全力地去爱他、关照他……后来几天他回来得早一些，神情也比前些日子强一些，有时偶尔也说笑几句，但是这不仅没有减轻她的忧虑,反而给她又增加了一些不愉快,因为他说的都是这样一类的话:"这回闹得差不多了,就要离开这座蒙古包了!""快啦,快活的日子要来到了,等咱俩的人马一齐全,就到外地去追敌人,活扒他们的皮!"你们听啊,他在言语之间对这座蒙古包多么厌烦哪!对这里的人——对她,连半分的留恋的心情都没有啊!你们看,当他一提起离开这里,到外地去,两只眼睛直个要冒火星呢!她左思右想,最后打下这个主意:"不管他心里有别的什么打算,我不能生的熟的都吞下去,要把事情的经过跟他说个明白,我承认自己有罪、有不是,但是那种生活难道是我情愿找上门去的吗?他要是还爱我,那为什么用过去的事情来难为我,叫我伤心呢?……"那天夜里,铁木尔照常很晚才回来,啃完几根羊骨头,刚要睡下时,她坐在他身边说道:

"为了我,你少睡一会儿觉吧!我想跟你说几句话。"

"跟我有话要说?"他向她惊疑地看了一眼,披上衣服坐起来说,"什么事啦?"

她把自己的种种忧虑和痛苦,全都告诉了他,她不知道他会怎样回答,不过既然把话已经说了出来,就不必再顾三怕四的了。正在她等待着回答的当儿,突然,他放声大笑起来。她一时辨别不出这是嘲笑还是善意的笑,所以有些困窘地问道:

"你笑什么?"

"笑什么?你说的那些话,怎么能不惹人来笑呢?斯琴,看来我是越活越缺心眼儿,咱俩住在一个包里,吃的是一锅肉,可是你在那儿左左右右想了那么多事儿,我连点影子都没看出来!"

说到这里,停了一停,他靠近她的身边,握住她的双手,又说：

"斯琴，不要胡思乱想了。这些天，我清早出去，半夜回来，没有照顾你，这是我的不是！可你知道我出外干些什么吗？我在部队里，听说咱家乡被敌人糟蹋得不像样子，就从那里跑了回来，我为的是替牧民弟兄报仇，保护咱们明安旗。回到家来，出乎意料，咱俩团圆了，咱俩快快活活地过了这么多天，这不论对你，对我，都是天大的喜事！但是我怎么能够只因为跟你团圆，就把受苦受难的牧民弟兄们忘掉，把对敌人的血海深仇忘掉呢？难道你是叫我把这支枪扔到湖里，关起家门，只是咱们两个人安安乐乐地过日子吗？你说，咱能干那样坏到家的事吗？……"

她听了这番话默默地哭了起来，过了一会儿，猛地抬起头来，哀求地说道：

"铁木尔，别说了，我明白了……"

然而他仍然继续说了下去：

"当然，谁不愿意幸福和睦地过日子呢？尤其是你和我！几年来，我们互相想念、等待，不都是为的这个吗？我明白你的心思，你受尽千难万苦，好容易回到家来，所以希望我一时一刻都不离开你。前些日子，我在外边事情忙，困难多，早去晚回，叫你难过了，这是我的不对。你说，事到如今，怎么办？是不是我也得哭哭啼啼地给你赔个不是呢？"

他这样开玩笑地说着，笑了。这时她又后悔，又惭愧，不知道怎么的是好，脸憋得通红，最后像是完全打消了疑虑似的也笑了一笑，说：

"还是我给你赔不是吧！"

"赔不是，是件小事，可我想告诉你一件大事，"他眉飞色舞地说,"我们又集合起来十来个人了,全是年轻小伙子。前些天我们找不到枪,难坏了,可巧有人告诉我们说,在西沙梁那片树林里,埋着很多支大小枪,我们十来个人,就每天晚上不声不响地到那儿去挖,挖了一处又一处,怎么也找不到,直到昨天晚上才把宝贝找到了。一共有九支手枪,三支大枪,你看,这是什么?"

他从腰间抽出一支亮晶晶的手枪,放在手掌上掂了一掂,递给了她。她听了这神奇玄妙的故事,又接过这支手枪,变得目瞪口呆!

"是什么人埋下的?"

他迟疑了一会儿,含糊其词地回答说:

"坏人干的!"

他把贡郭尔的名字,有意地没有说出来。

原来事情的经过是这样的:铁木尔集合起来的那十来个人,有一天在西沙梁上碰头,大家都说没有枪杆,空着手难对付敌人。有的人说:要到牧主巴彦家里搜查,有的人不同意这样做,结果谈到半夜也没有想出个办法来。散了会,铁木尔一个人心事重重地往村里走,刚走到村西头,忽然看见前面站起来一个黑影,他一惊,拉开枪栓喊道:

"谁?我开枪了!"

"你别喊,也别开枪,我是来告诉你一件好事。"——一个又低又哑的女人的声音。

他怔了一会儿,但又壮着胆向她走了过去,那女人用一块黑布蒙着头,看不出是谁。

"你别靠近我!"黑影子又说话了,"铁木尔!你们缺枪吗?贡郭尔扎冷去当八路以前,在西沙梁的树林里面,埋了很多支枪,你们去挖吧!"

说完,她转身跑走了。

"我的好人,你是谁?"

他赶忙追问,但是,没有得到回答。

"莫非这是鬼?"他自问自答地想,"可是她怎么能知道我的名字,还知道我们缺枪呢?"

他越想越想不通,就紧跟着那个黑影的后面走进村来。他想知道她到底到哪里去。

那黑影照直向贡郭尔扎冷的家走去了。

显然她不是鬼。但,贡郭尔的家人还能帮助他吗?是谁,是谁呢?……

第二天,他没有对伙伴们说这件事,但是转了个弯问大家,谁向别人透露过我们缺枪。大家不明白他问这句话的意思,面面相觑,都说没有。过了一会儿,有一个小伙子,忽然想起什么似的用右手搔了搔头,说道:

"哎,我跟一个人说过,不过她是疯子,不会露出什么风声去。"

"你跟哪个疯子说过呀?"

"这些天大家都为没有枪着急、犯愁,我也是一样。可巧,前天晚上,我碰见贡郭尔扎冷的那个女厨子笃日玛,她是个疯疯癫癫的女人——这大家都知道的,我心里想:'扎冷家里一定藏着枪呢,把她吓唬一下兴许问出点门路来。'我一打马,赶到她跟前,怒气冲冲地说:'喂!臭娘儿们,快点告诉我:贡郭尔扎冷的枪藏在什么地方?不说就打死你!'她真是疯子,不但一点都没害怕,还满不在乎地说:'你个狗崽子,吓唬不了你奶奶,我早就想死了,来吧,打呀!'说着把胸脯往前一挺,她真不怕死呢！这一下我只好硬装模作样地说：'好，你等着，我去报告司令。'她问：'你们的司令是谁呀？'我说：'是堂堂大名的铁木尔！'那个女人一听这个名字，不知道是高兴，还是害怕，双手紧紧地合在胸口上，叫了一声：'铁木尔，是他吗？'就跑走了……"

铁木尔听了他的话，心里纳闷："笃日玛是叫这小青年吓唬住了，还是成心来帮我的忙呢？"后来他几次想从斯琴那里打听一下她的情况，但是这会很自然地涉及贡郭尔，而他一直都是避免与她提起这个名字，所以没有问她，他也就无从知道了。

铁木尔领着伙伴们，到笃日玛告诉的那个地方，找了三个晚上，终究把枪挖了出来。

挎上枪，小伙子们的干劲儿空前高涨，他们决定在今天早晨，到铁木尔这里来集齐，商量怎样对付敌人。铁木尔昨天晚上睡觉前，告诉斯琴：早晨早些起来，煮好茶，等着他们来。所以她刚才醒来，唯恐误了时间，急忙去担水。

她担水回来时，他还没有醒来。她与往天早晨一样，在他身边坐下来，默默地良久地端详他。这时有一种幸福的、满足的感情在她胸中回荡！她情不自禁地倾下身去，将被晨风吹得冰凉的脸颊，贴在他的脸上，又轻轻地叫他：

"起来吧，他们快来了。"

他醒来，用粗大的手把她的头抱在自己胸口上，问道：

"你早就起来了吗？"

"我刚打水回来，你看我的手凉不凉？"

她把双手放进他那温暖的怀里。

"斯琴，你整天在家里忙，可我一点都没照顾你！"他那惭愧的心情还没有消失。

"你跟我在一起不就是照顾了我吗？"

他轻轻摇了摇头。后来又像是想起什么似的，郑重其事地对她说：

"斯琴，等大叔回来，你跟着我，骑上马，挎上枪，出去走一走好吗？"还没等对方回答，他又继续说："我们部队里，也有姑娘兵呢！现在的女人也应当跟男人一样，要学会杀敌人，报血仇啊！真的，咱们俩并肩骑着马，一颠一颠地在草地上走，该有多么好啊！"

她从他怀里脱身坐了起来，把自己的手举在眼前，看了一会儿，自言自语地说：

"我的手……也会杀人吗？……"

笃日玛的影子在她眼前一现，即刻又消失了。

这时铁木尔坐起来，穿好衣服，拿过一双崭新的靴子，刚要穿上但又放下来，看看靴底上的"盘肠"和图案说：

"你的手这么巧，能做这么漂亮的靴子，我敢肯定，也一定会杀敌人！"

"杀人，血——多么怕人哪！铁木尔，别说了……我得烧茶了。"

她把"吐拉克"的火，吹着了……

当她烧好了奶茶的时候，铁木尔的伙伴们也都陆续到来了。

* * *

中午，村里突然传播开一个消息：据说有一个蓝旗的牧民从南边回来时，看见上千的敌人，分成几路，向草地开过来了，但，他说不知道敌人是不是到特古日克村这一带来。

敌人明知道我军已经撤退到北沙坨子里了,但是他们连续不断地开发整旅整师的兵力,在我军地区的边缘地带,进行示威性的骚扰。他们的目的是一方面镇压牧民,另一方面动摇我军内部的不坚定分子。从他们的活动情况看来,目前他们是在紧张地准备着大规模的战斗。他们每次出来都派许多参谋人员观察各地地形,并且制成地图,此外,他们着重抢夺牧区马匹,大量地扩充着兵力,有些上次抢走的马,敌人在下次就骑来了。

上次敌人在特古日克村一带大肆抢夺以后,似乎认为这里再没有油水可得,因此一直再没有来过,他们目前主要是在白音都仍庙—乌金台—马来一带活动。根据这种情况,铁木尔他们决定:不在这里等待,而要到南部和西部地区去主动地打击敌人。刚才听到敌人出动的消息,他们个个擦手摩掌,都坐不住了。铁木尔和沙克蒂尔当然更是如此,他们从回到家乡来,连敌人的影子也一次都没见过,现在听说敌人向他们走来,真是振奋之极!他俩也没有与大家商量一下打法,就领头跨上了马。铁木尔心里想:反正在这一带没有敌人,一边走一边商量也来得及!

一小队人马从特古日克村出来,盲目地向西南方走去。

在路上,沙克蒂尔说着什么笑话,惹得大家哄然大笑,从他们这种神情看来,好像胜利就在前面等待着他们。

然而他们刚走上离村不远的一座小山上,不由得一齐都勒住马躲藏了起来。原来出乎意料地有十几个骑马的敌人正在山底下悠闲无聊地走着,从山上可以清楚地听到他们的交谈:

"他妈的,当官的人真自在,出来打仗还领着老婆!"

"他自在什么?说起来比咱们还苦呢!咱们白天打完仗,晚上就睡香觉，可他就得昼夜连战，只不过是用的家伙不同：白天打手枪，晚上打肉枪。"

那帮家伙一齐横摇竖晃地哈哈大笑起来。等笑声落下来时，又有人说了：

"哎，咱们去的那个村叫特古什么克，还有多少里呀？"

"快啦，过了这个山就看见了。"显然这个家伙过去来过这里。

"依我看，咱们团长是个胆小鬼，叫咱们打前站，先来看看有没有八路，要是有，他还真不敢来。"

"哎，团长不是说过吗，八路全逃到北沙坨子里去了，事实如此，咱们转了两天，连点八路的味儿都没闻着呢！他倒不一定怕八路，叫咱们打前站，为的是给他先把住处安排妥当，晚上他一到来，就可以休息了。"

"看样子，咱们兴许十天半个月不会离开这儿，要不然团长也不会带老婆来。"

"这话有道理。"

……

正在他们这样交谈时，铁木尔一边仔细听着，一边把伙伴们都布置好，等敌人更靠近时，来它个突然袭击！现在敌人完全没有作战准备，他们就像往猎人挖好的陷坑走来的狼一样——只有死亡在等待着他们。

敌人悠闲无聊地走着，用下流的话语交谈着，像群鬼似的怪笑着……

走近了，更近了……

铁木尔向大家猛地一摆手：步枪和手枪一齐发射起来。

有几个敌人随着枪声，从马身上栽了下去；其余的敌人，被这猛密的、突如其来的枪声吓得蒙头转向,有一个家伙,喊爹叫娘地举起了双手,但是即刻被打死了,有几个已经找到了掩身的地方,向这里还击着……

双方相持不下,枪声渐渐稀疏起来。铁木尔他们居高临下,地势优越,本来可以与敌人软磨;但是铁木尔性急,恨不得一口都吞了他们!他为了速歼敌人,便叫沙克蒂尔带上几个人,到山下从左侧攻击,沙克蒂尔直起腰来正在点人名时,一个藏在大石块后面的敌人悄悄地露出头来向他瞄准,接着"噹"的一声,沙克蒂尔晃了两下,勉强地靠着一个同志蹲了下去。铁木尔急忙跑过来抱住他:

"沙克蒂尔,沙克蒂尔,哪儿伤了?哪儿?"

那些没有作战经验的牧民们,一见自己人受了伤,于是把敌人扔下不管,都向沙克蒂尔围拢过来。

沙克蒂尔那捂在左肩上的右手上沾满了鲜血——他的左肩受伤了。但,他紧紧地咬着牙,向大家说:

"别管我,快去看敌人!"

他这么一提,大家又猛醒过来,赶忙走过去往山下一看,那些万恶的敌人,乘我们停火的机会,正在逃命!愤怒的牧民们,向他们准确地、猛烈地射击起来……最后只有敌人的一匹空鞍马飞也似的逃走,像是为它的主人报丧去了。

战斗结束了。

这时,大家又围拢过来看沙克蒂尔,他伤口还流着血。铁木尔把自己上衣的前襟撕下几条,替他包扎,沙克蒂尔这时才忍不住伤口的骤痛,断断续续地呻吟起来。

这时,有两个小伙子提出:趁热打铁,马上再往前走,冲进敌人心脏,跟敌人分个上下,拼个痛快。

铁木尔不同意这样干，他说：

"沙克蒂尔受伤了，我们往前走，他怎么办？"

"派一两个人送回他去，别的人还可以走啊！"

"不，依目前情况来看，咱们还是应当暂时收兵。"铁木尔仍坚持自己意见，"你们可能把敌人的话没有完全听懂，他们说，他们的团长带着太太，今天晚上要到特古日克来住，看样子还要住个十天半个月的。这些叫咱们打死的家伙们，就是给他来打前站的。既然敌人要把自己给咱们送上口来，咱们何必还去多费那份事呢！再说，敌人知道打前站的全被我们消灭，一定以为这里有几百几千个八路，可能发大兵来对付我们，我们这几个人，跟几百个或几千个敌人正面迎战，寡不敌众，必然会吃亏！依我看，咱们还是先回到特古日克或者安奔西热看看风声，听听动静，再定对策。"

听他这么一说，也就没有人反对了。于是大家把沙克蒂尔扶上马，下山去又把敌人的枪支子弹收罗起来，便向特古日克村走去。

村里的牧民们，刚才听见混战的枪声，在村里惊惶不安地穿来穿去，但谁也不知道到底发生了什么事情。直到枪声停了下来，又不见敌人影子时，他们才各自散去。然而村头上有两个人，仍然站在原地，向西南方观望着。

这是斯琴和莱波尔玛。

"莱波尔玛，我心里总是有点不安，好像又要有什么灾难临到我头上！他领上十几个人刚走出村去，枪就响了！我真担心！……"

"老佛爷保佑，枪子不会往好人身上碰的。"

莱波尔玛虽然口头上这样安慰着斯琴，其实她心里比谁都更加不安！她依靠道尔吉大叔的帮助，领着两个孩子到厢白旗去找沙克蒂尔，一路上吃苦不少，好容易找到部队，但是他已经不在那里了。后来碰见达瓦才知道他跟铁木尔一齐逃跑了。她没有找到他，但又不能把两个孩子再带回来送到虎口里，她只好狠着心把孩子们托放在沙克蒂尔的亲戚家里，自己又跟道尔吉大叔往回走。他们刚走出十几里路，遇见了一个战士，那战士说他们出来执行任务，有一个同志突然得了重病，如果今天送不到沙拉更庙医务所，就会有生命危险，所以求他们帮忙，把牛车借用一天。道尔吉大叔说："不能见死不救，送一趟是可以，可是我的车上还坐着一个人，不能把她扔到大草甸子上啊！"那战士想了想说："我们给这位妇女找一匹马，叫她先骑回去。"就这样，他们分了手：他去送病号，她骑着战士的马回来找沙克蒂尔。临分别时，道尔吉大叔对她说："回去告诉斯琴，别叫她挂念我，过不了几天，我们就见到面了。"

在半小时以前，当她回到村里来时，听见西南方响着枪声，她知道又是来了敌人，就连自己的家都没有回去看一看，便跑来找斯琴，后来又同她一齐来到了村头。

在西南方大道上出现了一队人马，从人数和装束上，认得出来是自己人。斯琴高兴地搂住莱波尔玛的脖子说：

"他们回来了，都骑着马——没出意外的事情！走，咱俩快点跑回去给他们烧茶吧！"

"不，我要在这儿等沙克蒂尔！"

"哎，忙也不忙在这么一会儿，再说，你不是亲眼看见他们往这儿走来了吗？"

莱波尔玛好像没有听见她的话似的，目不转睛地眺望着从远处走来的人马，自言自语地说：

"沙克蒂尔！这么多天，我没看见你了！你是瘦了，还是胖了？快打你的马呀！"

"你呀！想他想得都快疯了！好吧，你在这儿等他吧，我可不能叫他们进到包来，连一碗热茶都喝不上。"

她像只小山羊似的连蹦带跳地跑走了。

队伍离村头还有半里多地时，莱波尔玛就已经等待不及，向他们迎面跑了过去。走在队伍前头的铁木尔，最先看出她来，两腿一夹，让马小跑了几步，走近她惊喜地问道：

"你什么时候回来的？道尔吉大叔也回来了吗？"

她只顾从人群中寻找沙克蒂尔，所以对他的问话，不怎么注意地回答说：

"刚回来的，他老人家过几天才回来，有事。"

她看见沙克蒂尔了！强烈的兴奋使她在众人面前不顾羞耻地喊着自己不合法的丈夫的名字，跑到他马前，两眼盈溢着喜泪，呼呼气喘地说：

"沙克蒂尔！我……"

她突然看见他的衣服上满是鲜血，不由得双手贴住自己两腮，惊愕地张着嘴，往后退了两步：

"那是什么？血！"

有人从一旁告诉她说：

"他受伤了！"

她用痉挛的双手捂住脸，低下头去。

这时沙克蒂尔从马上无力地、短促地说：

"没什么，轻伤，快回去吧！"

他们进了村，都到斯琴家前下了马，只有沙克蒂尔被莱波尔玛接到她自己家里去了。

　　　　　＊　　　＊　　　＊

铁木尔把沙克蒂尔受伤的消息，派人去告诉了他的家人。南斯日玛当时就赶着一辆牛车，来到了特古日克村。真是凑巧，她在村中央遇见了莱波尔玛，她骑着马，像是要出远门的样子。她们按照习惯互相作了寒暄；但是两个人都很勉强而又不自然，所以声音也是冷淡的。

"他在你家吗？"

"在。我打算去给他请大夫。你是……"

"我是来接他的。"

"可是他现在不能坐车受颠动啊！"

"没关系，我会叫老牛轻轻地走。"

"人们都说他的伤口不能受风呢！"

"是啊，受风可不行，你看车上，我不是带来那么多东西吗？给他好好围上，不会受风！"

"他刚睡着，把他叫醒恐怕不大好。"

"让他好好睡吧，我可以一直等到他自己醒来。"

"今天不请大夫给他上药，伤口会熬发的！那他该多受罪呀！"

"可不能叫他受罪！"

"是啊，不上药，伤口怎么能不痛呢？"

"我们家里正有一个大夫给公公治伤呢，他是个有名的大夫，专治红伤。我接回去一定不会叫他受罪，莱波尔玛，你放心吧！我比谁都知道怎样疼他！他是我的丈夫啊！"

是啊！他是她的丈夫啊！谁能有权力阻止人家合法的妻子接回自己的丈夫呢！她再没有什么话可回答她了。她下了马，无精打采地领着南斯日玛向自己家走去。

她呀，就像一只被人射伤了翅膀的鸟啊！

当她们走进包来时，斯琴正在洗着沙克蒂尔沾了血的衣服。她是莱波尔玛出去请大夫时，特地叫来照顾沙克蒂尔的。

沙克蒂尔侧身躺着，脸色苍白，但是从他神情看来倒不像一个受伤的人。他看见了南斯日玛，显然有些感动，两眼不由得湿润了。

这时南斯日玛站在门口，轻轻地说：

"我来晚了，沙克蒂尔！"

"你怎么来的？"他说话的声音很低。

"我是来接你的，牛车还没卸，回去吗？"

"敌人还要来，在这儿待不住，还是回去吧！"

他说这句话时，把视线慢慢地转移到莱波尔玛的脸上，然而她却低下头去避开了他的眼光。

"那么这些东西还洗不洗啦？"

斯琴这话是想探听一下莱波尔玛的意思，但是南斯日玛把东西收拾起来说：

"不用了，我拿回去洗吧！"

莱波尔玛走过来说：

"你把他接回去，还得照顾他，哪儿有工夫洗这些东西呀？给我留下一些吧！"

说着她从她手里拿下从前她送给沙克蒂尔作纪念的而如今沾满了他的鲜血的那件汗衫。

南斯日玛将其余的东西，用自己的头巾包裹起来，站在门口看沙克蒂尔，好像在说："我们走吧！"

他似乎看出了她的意思，自己费力地坐起来，说：

"回到家去有大夫，上几次药就会好了。"

他又想站起来，但是左肩伤口一痛，没能站起来，这时南斯日玛和莱波尔玛同时走过去扶他，由此可以看出她们二人对他的疼爱是完全相等的。斯琴插不进手去，替他们把包门帘撩起来之后，先跑出去铺车上的东西。

她们二人一左一右地将他扶出包来。他低着头，谁都不看，忍着痛来到车旁。

"没有枕头他躺着多不得劲儿啊，南斯日玛！"斯琴说道。

"我一听到他受伤的信，就急着来看他，也没想到带个枕头来！"南斯日玛焦急起来。

"叫他在车上坐一会儿，我回去拿一个来。"

莱波尔玛跑回包里拿来一个枕头放在车上。沙克蒂尔看了看那个枕头，没说什么就躺下了。

命运好像故意要要他们似的，使他们的关系总是不能完全断绝。她刚刚收回自己那件汗衫，没承想又得叫他带走这个枕头。一个枕头倒不是什么珍贵物品，但是她与他枕着这个枕头曾经度过多少个夜晚啊！它是他们爱情的"证人"。

莱波尔玛想最后看他几眼，走过去给他正了正枕头，并且情不自禁地伸出手去把他那散在额前的散发轻轻地理了一下。然而沙克蒂尔却连看都没看她一眼，将斯琴叫到身边说：

"你告诉铁木尔，我回家去了，有什么情况派人告诉我。还有，叫他把我的马照管一下。"

说完就叫南斯日玛赶车走了。

莱波尔玛把他一直目送到看不见了的时候，才无精打采地往包走去，她走到包门口，伏在包身上哭了起来。斯琴怎么劝也劝不住，就有些生气地说：

"他受点轻伤，又不是不能活，这么哭干什么？"

她一面哭,一面回答说:

"他受了伤,正需要有人照看他的时候,我没有权利在他身旁,我怎么不难过呀!"

"什么权利不权利的,你不离开他,谁还敢把你撵走?"

"唉!你是不知道我这样人的苦处啊!"

她摇着头走进包去。

这时铁木尔向这里走来了。斯琴站在包外等着他。

"沙克蒂尔躺下休息呢吗?"他走近她来问道。

"他已经回家去了。"

"谁送他去的?"

"是南斯日玛来接走的。"

"莱波尔玛在哪儿?"

她笑着往包里一指,用手做了一个拭眼泪的动作,他会意地说:

"你也进来吧,我跟你们两个人有点事情。"

他们前后走进包去。莱波尔玛听见他在包外谈话,所以早就拭干了眼泪,坐在地上,但是眼睛还是红着。

"莱波尔玛姐,你别难过,他是个硬实小伙子,一个枪子碰不倒他!不要哭啦!"

"我知道!"她说,"你不是要跟斯琴我们俩说一件事情吗?什么事?"

"事情是这样,"他转过身去做了一个手势,叫斯琴也靠近来听他的话,"刚才我跟同志们研究了一下情况,敌人今天吃了亏,不会甘心,那些狂妄的家伙们很可能在今天晚上,到这村来向我们报复。依我们估计,敌人现在不知道我们的底细,可能要发来几个连的兵力,而且第一步一定先把脚落在这个村上，所以我们大家都说，非得从这里撤走不可。但是这里必须留下我们的人，了解敌情，再把敌情送给我们。男人们是不能留下的，敌人会把他抓走或者杀掉的，那么现在重担就落在你们俩的肩上。"

"你是说，我跟斯琴留在这里？"

莱波尔玛慢慢地抬起头来，脸上没有什么表情，不知道她内心是畏惧还是高兴。

"是这个意思。"他说完，两眼紧紧盯在她脸上。

她突然站起来跳到斯琴身旁，脸上仍然没有表情，但是可以看出她内心里充满了复仇的激动，她说：

"斯琴，你敢陪你姐姐留在村里吗？"

斯琴像是受了委屈似的一撇嘴说：

"你别贬人啦！你敢登山，我就敢驾云！"

莱波尔玛转过身来对他严肃地说：

"铁木尔，就是千斤重的担子，我们也能担起来。"

他不由得笑了：

"莱波尔玛，你不但是个好母亲，还是一个好战士呢！"

"你是说我像一个大兵吗？怎么能把我跟大兵相比呢？"她的脸一红，刚露出笑丝又收敛起来继续说："但是我心里记得清清楚楚，是谁摔死了我的孩子……又打伤了沙……"

"既然你们俩都愿意留在村里，那么我再把任务交代得清楚一些吧。"

接着他叫斯琴等敌人来了之后，主动地去伺候他们，想办法从敌人嘴里探听情况，转告给莱波尔玛，莱波尔玛把备好鞍的马掩藏在村外，得到情况之后，再到安奔西热去告诉给他们……

十分钟之后,铁木尔带领着他的伙伴们向安奔西热走去。

莱波尔玛和斯琴,冒着被污辱和被杀害的双重危险,留在村里了。

* * *

当天黄昏时,有一小股敌人,偷偷地闯进特古日克村。他们进村来,马上分成几路,进行挨家挨户的搜查,但是他们不像往常那样乱喊,乱叫,乱放枪。由此看来,他们是知道白天发生的事之后,来探察我军情况的。同时他们也把白天发生的事,看得异常严重。

敌人在特古日克村搜查的同时,在附近各村也进行着同样搜查。因为敌人打破惯例,把搜查进行得无声无息,所以各村的牧民,互不了解,以为只是他们这一个村倒了霉呢!

夜深了,各村的搜查停止了。敌人从四面八方聚集到特古日克村。顿时,村里人喊马叫,混乱不堪。

斯琴与村里的人们一样,一直不敢入睡,一个人坐在黑暗的蒙古包里,倾听着外面的杂乱声音,不知道今天晚上将会发生什么事情。她,今天负着一种使命留在村里,留在敌人当中,因此不像过去那样,一听见敌人的声音就又惊又怕了。

"我怎么去探听敌人的动静呢?"她想道,"现在就到外面去看一看吗?不行!敌人看见我一个人,半夜里东串西走,会起疑心,说不定把我抓起来呢!还是在家里等一等吧,他们过一会儿,一定来借宿,那时候,我兴许能听到一些什么……莱波尔玛把马藏起来没有呢?叫敌人把马拉走,可就坏了……"

她这样不连贯地想着,不知不觉地睡着了。睡梦中,她骑着一匹大马,手里拿着大刀,与铁木尔一起追击着敌人,敌人的马跑不动了,他们越追越近,甚至听到了敌人的马蹄声,"砰砰砰……"

"砰砰砰!"——她被一阵敲门声惊醒过来,立刻想到敌人来了!

她一时拿不定主意,是应声,还是不应声呢?正在这时,一个黑影"嗖"地踏进门来,回过身去把门关上了。她吓得全身是汗,猛地站起来,喊道:

"谁呀?"

"傻丫头,喊什么?"——是莱波尔玛的声音。

这时,斯琴才松了一口气,站在原地说:

"你为啥不吭声就闯进来?把人吓坏了!"

"外面全是敌人,我是爬过来的,怎么敢出声啊?我是来告诉你,村西口有敌人的岗哨,我把马藏到村北边那个破草棚后头了,你听到什么消息,到那儿去找我。"

"我什么消息都没听见,怎么办哪?"

"别着急,沉住气,我得乘他们还没安顿下来,就跑出村去。"说罢,走出包去。

莱波尔玛走后,没过几分钟,敌人来到斯琴包外喊问:"包里有没有人?"

斯琴一面应声,一面走出包去。包外站着两个人,一个手里端着枪,是兵;另一个却是牧民装束的中年人,大概是敌人暗探。

"包里还有人吗?"那个端着枪的兵问道。

"没有。"斯琴费力地用汉话答道。

"把灯点上。"

斯琴进屋去点着了灯,那两个人也走进包来。他们把包内

环视了一阵,又互相交谈了几句之后,那个兵说:

"这一家还比较干净,让团长太太就住在这里吧!你告诉这个女人,叫她好好伺候团长太太。"

那个牧民装束的中年人,操着一口乌珠木沁蒙古话,对斯琴说道:

"我们团长太太,今天晚上住在你家里。你要好好伺候她,听见没有?"

斯琴惊疑地、愤怒地看着他,没有答话。她第一次看见蒙古人当中还有这样无耻的、败类的家伙,恨不得在他脸上狠狠地吐它一口。

那个大兵叫那个牧民装束的中年人留在这里收拾一下,他自己请团长太太去了。

斯琴打心眼里厌恶这个蒙古人,但是当她想到可以通过这个家伙,打听一些敌人的情况时,不得不抑制着厌恶的情绪,勉强装出好客的样子,满脸堆笑地问:

"你是蒙古人吗?"

"是,姑娘,你家里没有别的人吗?"

"爸爸拉盐去了。"

"拉盐?到哪儿去拉盐?"

"乌珠木沁,那里有很大的盐池,听人说,乌珠木沁那地方可好呢!"

刚才她听出这个人是乌珠木沁口音,所以故意重复地说"乌珠木沁"这几个字,同时她又偷偷地注视他的神情。那个人一听她夸赞乌珠木沁,不知道为什么长叹了一口气,低下头去发了一阵呆,但是当他抬起头来时,两眼里却含着泪水,接着又微微眯笑着说:

"是啊,乌珠木沁,天下最好的地方啊!离开它已经整整五年了。"

"你是乌珠木沁人?那怎么跟他们在一起?他们把咱们蒙古牧民害苦了。"

听了这话,他向她看了一眼,但不是恶意的。接着他转身走出包外看了看,四周没有人,他走回包来,对她小声地说:

"我不是他们的人。我从小就给乌珠木沁的一个大官当奴才,五年以前,我的主人升了官,转到张家口,我也跟着去了,没承想前年主人死了,主人的太太就嫁了一个汉人,那个人现在成了国民党的团长,这次他出来打仗,把我领来伺候太太,我挺高兴地跟来了。"

"这么说,你还要跟他们走,是吗?"

"不,不是这样。"他把声音压得更低了,"我是想趁这次到草地来,逃回乌珠木沁去。姑娘!我是把你当成蒙古人,才跟你说这些话,要是叫他们听到,会杀死我呀!"

"大叔,你叫什么名字?"

"叫朝洛蒙。"

"朝洛蒙大叔,你放心吧!你要逃跑,我一定帮忙。我真不知道你怎么能够跟这帮家伙一块儿活着,他们每次到草地来,至多住一宿,可我们都有些受不住。唉!这一宿可怎么熬过去啊!"

"姑娘,你别想得那么好,这次他们来可不是住一宿就走啊!"

"大叔,你是说他们……"

"我伺候团长太太,这一句那一句地听他们说过一些话。据说,今天他们有一班人,叫这里的八路给杀死了。"

311

"天哪！多么吓人哪！"

"团长可气坏了，他下命令，把全团都开到这儿来，说什么不消灭这里的八路，宁死不收兵，要从明天开始，把附近几个村的男人们都抓起来，盘问是不是八路。他刚才还派人回去向上级报告了情况，看样子，这地方一定闹一场大火大灾呀！"

"大叔，你说一个团有多大呀？团长比安奔还大吗？"

"他们这一团有三百多人马，今天晚上都到你们村里聚齐。要问团长比安奔是大，是小，这我也说不上来。"

"三百多人，在这么一个小村里怎么能住得下呀？"

"官，官太太住在人家里，大兵们都在湖边打野营。"

"团长和团长太太要到我家来住吗？"

"是啊！"他忽然想起什么似的又说，"咱们快点收拾收拾吧，太太快来了。"

他们一齐动手刚挪动几件零星东西时，团长与太太到来了。团长进包来，看见还没收拾好，愤怒地骂道：

"朝洛蒙，你怎么还没打扫干净？唉！这个穷地方，真没办法！把毯子铺上吧！"

刚才来过的那个大兵把一条毯子铺在地上，长着两只猫眼的团长太太疲倦不堪地坐下来，抱怨地说：

"这是过的什么日子？半夜了，才找到这么一个窝。"

团长大概还在为白天整班被消灭的意外事件生着气，对太太的话连理也没理，对另外几个部下大发雷霆：

"我不相信你们的话，为什么连一个八路都没搜出来？今天晚上分头再到北边几个村去搜查。抓不到八路，谁也别想睡！"

几个部下面面相觑，不敢回话，沉默了一会儿，其中有一个胖家伙无可奈何地说：

"团长,今天赶了一天路,兄弟们又饿又累,再不歇歇脚,就连马也走不动了,我们如果过于疲劳,一旦八路出现,势必要吃大亏,我的意思是今天晚上……"

"今天晚上不去搜查,八路就跑光了!"说着他自己却打起哈欠来了,"唉!说来倒也确实很疲乏啊!"

部下们见他不坚持自己主张,几乎异口同声恭维地说:

"是啊,团长您太累了,快些休息休息吧!喂,朝洛蒙,快点烟灯!"

朝洛蒙打开一个小皮箱,把抽大烟的用具摆在团长面前的时候,斯琴偷偷地退出包来,直奔村北头的那个破草棚跑去了。

在路上,她看见敌兵在湖畔上走来走去,升起几堆篝火在取暖,这真叫她提心吊胆,倘若叫他们拦住可怎么办?她默默地向老佛爷祈祷着保佑她安然无事:

"米格木德瑟异,德日沁占林瑟,利格木德沁尼,万布占北扬……"

她诚心实意地、反复地小声念起这首排除灾难的佛经来,这似乎壮大了她的胆量,给了她勇气。她穿过一片柳林,继续向前走着……

"站住!什么人?"

突然从几棵大树身后,传来敌军岗哨的喊声,紧接着就是拉枪栓声。

斯琴束手无策,全身发抖,磕磕巴巴地回答说:

"我的,我的……有事。"

一听是女人的声音,两个敌兵持枪走了过来,又大声问道:

"干什么的?上哪儿去?"

她不慌不忙地回答道:

"团长太太的我的家睡,我的借毯子去。"

敌人似乎相信了她的话,放下枪来,满腹牢骚地骂道:

"他妈的!当官的住在包里,还盖厚的铺厚的,可咱们穿单戴薄站在村头守夜,他妈的!去你的吧!"

斯琴往东走了几步,见敌人不再注意她时,即刻又转身向北跑走。

……

莱波尔玛接到消息之后,马上加鞭,向安奔席日村跑去了。

急促的马蹄声打破了草原深夜的静谧,"嗒嗒嗒……嗒嗒嗒……"

* * *

"嗒嗒嗒……嗒嗒嗒……"急促的马蹄声打破了草原深夜的静谧。

有一个用黑布衫蒙着脸部的人,跨上一匹光背马,如风似电地向特古日克村赶来。他来到村头,与岗哨交涉一阵之后,立刻被引去拜见团长。

那个人来到团长住的蒙古包前,跳下马来,重新把蒙在头上的黑布衫整理了一下,便叫人进包去与团长通了话,不一会儿,团长亲自出来迎接他,并将他请进包里。进了包,那个人仍旧没有拿下蒙在头上的黑布衫,用露在外面的两只眼睛,环视了一下全包,当他的眼光落在正在给团长太太洗脚的斯琴身上时,他不由得往后退了一步,但是还在别人没有发现他这种可疑动作的当儿,他一步跨过去把油灯吹灭了。

"老兄,除了你太太之外,叫别人全退出去。"那个人把嗓音压得很粗,显然是故意改变了自己的声音。

团长迟疑了一下,像是有些莫名其妙,但终究还是按他的话照办了。

等人们都退出包去之后,团长以为完了事,掏出火柴"嚓"地划着,刚要把灯点上的时候,那个人又走过来把它一口吹灭,并且小声吩咐说:

"叫你最可靠的部下,在外边站上岗,不要叫任何人看出我来。"说着他在黑暗中转过身来对团长太太说:"太太,实在对不起,三更半夜打搅你了。"

"唉!老天,这是过的什么日子啊!"团长太太装成没有听见他话的样子,自言自语地说。

团长为太太的无礼貌的言语很为难,赶忙接过去说:

"先生,请多原谅!她这两天身体不舒服,叫她自己先睡吧,你等一等,我到外边去吩咐一下。"

说完,他出外把岗哨布置了一番,等他回到包里来时,那个蒙着头的人问他:

"吩咐好了?"

"这回放心吧!"他一边说着一边点着了灯。

那个人似乎相信了他的话,把蒙在头上的布衫扯了下来,露出干瘦的脸来。

"刘先生连夜赶来,有什么指教吗?"团长给他递过一支香烟,问道。

刘峰接过香烟没有点着它,脸色异常郑重,把他拉近自己身边说:

"我有紧急事要告诉你:我住的那家的二儿子,白天叫你们打伤了,听他们说,他们消灭了你的一班人,怕你们来报复,就躲到我住的那家去了。在半小时以前,突然从这村里跑去一个女人——我没看见她——给那帮蒙古八路送情报说：你们今天住在这村不动，从明天要开始搜查附近各村。接到这个情报之后，那帮八路立刻决定，今天晚上，在你们没有防备的时候，要来个突然袭击。他们的小头子叫铁木尔，那个家伙刚从北沙坨子里钻出来，他对北草地八路的全部情况都知道……"

"要能把他抓住，就太好了。"团长欣然插了一句。

"你必须立刻派一个连跟我去，在他们没有从那里动身之前，就把他们包围起来，来个一网打尽！"

这消息当然使团长振奋，但是太太向他使了一个眼色，警告他今天晚上，不能离开她，所以他只好支支吾吾地说：

"派一个连，没问题，当然，我一定派一个精干的连长，一个能干的人。"

"你现在就派人找他来吧，我要跟他商量几句计策。"

五分钟之后，一个高个子连长来见刘峰。他们商定：刘峰打前锋，到了那里，与平常一样装成没事的样子，先探明他们是不是在家；如果都在，他就高声说："天色不早了，你们还没睡吗？"一听这话，大家包围上去，那时刘峰再突然喊："谁的马开了缰，跑了！"他们一定出来看马，那时大家一拥而上……

* * *

自从今天退到安奔西热村之后，铁木尔和他的伙伴们，一直等待着莱波尔玛送来情报。刚才当她披星戴月地赶来时，大家一拥而上，团团围住，一听说今天晚上敌人疲惫不堪，毫无防备地在特古日克村过夜，大家都异口同声地主张：马上赶去热热闹闹地干它一场！但是敌人有三百多，而我们只不过是十几个人，怎么去打，用什么方法去打？在这问题上发生了争执。有的人主张集体冲进村去，能干掉几个就干掉几个，干完马上撤出来；有的人主张三个人为一组，分成几路，突然袭击，叫敌人摸不清我们有多少人。铁木尔的主张与这两种都不同，他说，敌人比咱们多几十倍，咱们一不能集体冲杀，二不能化为小组，几路袭击，因为敌人不是傻子，听出你只有几支枪响来响去，就会反过来狠狠地咬你一口，所以他提出：干脆就像猎人打猎那样，每个人走每个人的路，每个人找每个人的"野物"，不跟敌人迎面打仗，最好做到杀这个敌人，不让那个敌人知道，这也就是分散地进行暗杀。有本事的多杀几个，没本事的少杀几个；倘若有谁被敌人抓住，宁死也不背叛自己的民族。

大家同意他最后那句话，但是对他的暗杀办法许多人不同意。争来争去，各种主张仍旧不能统一，但是时间却一分又一分地过去了。铁木尔动了急性子，宣布说：

"咱们不必非得叫别人改变主张，谁愿意怎么干，就怎么干吧！反正咱们的目的就是杀死敌人，为草原报血仇！现在不能再争吵下去了，大家快点动身吧！"

于是这十几个人当中，主张三人一组的，组成了一个小组；主张集体冲杀的都凑到了一起；只剩下铁木尔一个人，坚持着个人暗杀的办法。但是他在与大家分手之前，向大家说：

"喂，伙计们，我可有一句话对大家说一说：咱们不能因为主张不一样，从此就散了伙，现在应当说定一个集合地点，晚上猛干一场之后，明天早晨大家都到那个地方去碰头，那时候，就分出高低，谁对，谁不对了。大家同意不？"

"同意！"

"咱们到东山里的白音达巴后边树林里聚齐吧！"有人提

议道。

大家同意这个提议之后，就各自准备出发了。

铁木尔不去准备出发，去找沙克蒂尔。他走进沙克蒂尔的蒙古包时，南斯日玛和莱波尔玛一左一右地坐在他的身旁。从这两个女人的神情看来，共同担忧的是怎样把他的伤治好，而没有一点互相嫉恨的样子。

他看见铁木尔走进来，费力地半坐起来，焦急地、烦恼地问："你们马上就要走了吗？"

"是啊！你在家好好休养吧，敌人今天晚上不会到这儿来，明天早晨有什么意外情况，我再来接你。"

"还是让他躲一躲吧，我总是担心这地方不怎么保险。"莱波尔玛脸色阴沉地说。

"今天晚上不必躲，你们俩在这照顾他吧！"

"有南斯日玛在家，我还是回村去吧，斯琴一个人留在村里，我放心不下。"

"你回去不大方便，斯琴不会吃到亏，再说我马上就回去了。"

在他们谈话的时候，沙克蒂尔一直双手抱头痛哭着，铁木尔明白他的心情，所以安慰他说：

"你别着急，跟敌人拼命的日子长着哪！眼下你的任务就是把伤养好。"

"你别说了，什么好听的话，也减轻不了我的痛苦！唉！一颗指甲大小的子弹，就把我难住了！铁木尔，咱们从部队跑回来是为了什么？是为了回到这间包来睡大觉吗？……"他急得痛哭起来。

铁木尔的两眼也湿润了。这时，官布的身影在他眼前渐渐显现出来，他像是在责备着他："铁木尔，你错了！你为什么离开了集体，离开了部队？"

"是啊！我们为什么离开部队的？为什么？"他在心中自问着，"今天，我最好的助手——沙克蒂尔，不能跟我一起战斗了，别的人不听我的话，各走各的路了，这样下去，我能实现从部队跑回来的时候抱的愿望吗？敌人这么多，来势这么猛……唉！现在顾不得想这些了，去杀死他们吧！杀一个算一个，只要是我的子弹穿的是国民党的胸膛，沾的是蒙古民族敌人的鲜血，我就对得起自己的良心！"

想到这里，他猛地跳了起来，说：

"我要走了，沙克蒂尔你等着吧，明天早晨，我一定给你带来好消息。南斯日玛，莱波尔玛，你们在家吧！"他走出包去。

这时，他的伙伴们早就都出发了。在他们刚才发生争执的那间蒙古包里，唯有一盏羊油灯闪着微弱的光亮。他进到包里，穿上大衣，吹灭了灯，又走出来，走近自己的马喃喃地说：

"马啊！只剩下你和我了，走吧！敌人在等待着我们呢！"

他跃身上了马，向漆黑的夜闯了过去……

他一边走，一边这样计划着：在村外边把马藏在一个地方，自己徒步溜进村去，莱波尔玛不是说，斯琴家里住着团长吗？先从大头子脑袋上开刀……

深秋的夜风已经很冷了，沙漠上的低矮的树木，把一片片的枯叶，撒在大地上，有时被风吹在夜行人的脸上，就像带刺的蝴蝶一样，碰一下就飞走了。

从前边传来一阵马群踏在沙地上的沉浊的噗噗噗噗声响，这是什么人？铁木尔警觉地赶紧勒住马，闪在路旁，倾耳细听。噗噗噗噗，只听见马蹄声，没有人声。

"这不会是敌人，斯琴的情报不会错的。"他想，"也许是我的伙伴们刚好走在我的前头。"

他放下心去，又走上正路。但是刚走了几步，忽然发觉前边的马群是向他迎面走来的，他这时知道这一定是敌人了，即刻把马勒向一旁，狠狠地打了一下，马一受惊，跑走了。他跑到离敌人稍远的地方停下来，躲在树荫下观察他们。敌人大约有四五十人，从他们直奔安奔西热村而来的情形可以分析到：他们已经知道我们在这里，是赶来包围我们的。真是侥幸，大家已经都离开这里了。让他们去扑一场空吧！除此之外，还可以猜出：大部分敌人，仍在特古日克村没有出来。他为了到那里去杀死敌人的团长，打算放走这批狗东西，但是他忽然想起了沙克蒂尔！他在家里，还不知道敌人的出动，倘若敌人抓到他，他就不会活了！想到这里，他又改了主意：比什么都要紧的是，把沙克蒂尔救出来。他立刻拿定主意，向敌人开了枪，随着他的枪声，有两个敌人"啊"地喊了一下，没声了。

果然敌人完全上了他的圈套：一听枪声，马上停止前进，不知道铁木尔这里有多少人马，他们摆好散兵线，向他这里密集射击起来。

谁知道铁木尔这时早已不在这里了，他乘敌人盲目射击的时候，飞也似的跑回安奔西热，叫南斯日玛和莱波尔玛把沙克蒂尔用牛车拉到山后夏营地去了。

把沙克蒂尔送走后，他放下心去，刚要跨上马的时候，刘峰突然从自己包里出来，装成一派无可奈何的样子，向他走过来哀求说：

"铁木尔，你们都走了，家里要是出个一差二错的，我一个做零工的人可担当不起啊！再说老主人和二少爷都病着……"

显然他刚回来，所以不知道铁木尔他们把沙克蒂尔藏到别处去了。

"我现在顾不上这些了。反正你一定要把瓦其尔大叔伺候好。"

"不行啊,你不能走啊!"

他上前拉住铁木尔的双手,接着在铁木尔不注意的当儿,从他身后紧紧地搂住他的腰,铁木尔想挣脱开他,但是并没有对他这不寻常的、别有用心的举动产生怀疑。

"撒开手,别拉拉扯扯的,敌人就要到来了!"

"什么?敌人来了?那么你就更不应当丢下我们不管哪!喂!你们怎么还不来呀!"

刘峰突然提高声音喊了起来,他最后这一句不连贯的话,好像不是对铁木尔说的,而是对高高在上的苍天说的。

"喂!谁的马开了缰,跑了!"他又喊了一遍。

铁木尔忽然警惕起来:"他喊的'你们'是谁?"他如同在摔跤场上与劲敌搏斗似的,猛地一转身,又来个"左脚绊",把刘峰摔得牛跪在地上。但是他仍然撕扯着不肯放手,嘴里还在喊着:"喂!谁的马开了缰,跑了!"铁木尔发现了这家伙的诡计!他刚要掏出手枪来打死他时,忽然从四面八方传来一片马蹄声,这时他已经明白自己被敌人包围了!他愤怒地转过身来骂道:

"你这个披着人皮的狼,我死,你也活不了!"

他刚要举起枪来时,刘峰用一根木棒"啪"地打在他的手上,手枪被打落在地上。

一群敌人同时冲了过来,把枪口对向铁木尔,然而铁木尔这时变得非常冷静而沉着,用深情的两眼望着被夜幕遮盖着的草原,就像一棵久经风雨的大树一般。

"你们还不把他捆起来?"那个高个子连长,向士兵发了脾气,但很快又镇静下来,向刘峰走过去低声下气地说:

"先生,部下来得稍迟了一点,请多加原谅!"

刘峰绷着脸只说了一句:"没有什么。"这说明他还没有消气。他向那个高个子连长使了一个手势,连长会意地跟着他,走进他的包里。

"把这个八路的小头子是抓到手了,但是抓得很不巧妙,你们为什么赶来得这么晚,笨蛋!"他又生起气来。

"这……这实在……"

"住口,你说一句'实在对不起'就算完了事吗?你们要早来一分钟,我就不至于暴露自己身份,你知道吗?我的隐秘身份对党国事业有多么重大的意义!"

他向低着头认了罪的高个子连长轻蔑地看了一眼,把语气变得稍微缓和一些又说:

"事情既然闹到这般地步,现在只有一个办法可以补救,就是把那个家伙捆起来,嘴里塞上棉花,不许任何人跟他说话,再派几个可靠的人,连夜把他押到宝源去。"

"团长不是吩咐我,把抓到的八路,送到他那里去受审吗?"

"你们团长算个老几?他能担保我的工作吗?你要知道,如果不把这个家伙马上送到宝源去,他一旦把我的身份告诉这里的牧民,那么我就无法再留在这里,这你是应当明白的。"

"好吧,那么我就照您的指示去办吧。"说完,他就要走。

"等一等!现在我们只抓住他们一个小头子,他的同党们都跑了。"

"这真可惜!"

"不过你们还可以收拾一个,就是这家的二儿子,他受伤躺在西边那间蒙古包里,去吧!"

连长去抓沙克蒂尔,扑了一场空!回来向刘峰做了报告。

刘峰脸色变了!莫非沙克蒂尔看出他的身份之后,逃走了吗?如果事实如此,那么他今天晚上必须跟大军一起离开这里——辉煌的事业,灿烂的憧憬,一切一切都将随之而破灭!……

他额头上冒出几粒冰冷的汗水,头有些发昏了。

然而这时他忽然想到瓦其尔,从他那里将得到最后的结论。

他叫连长带领士兵,假装撤走,到村外去等候他的命令。

敌人把铁木尔捆起来,嘴里塞满破棉花,带着他撤出村外。

他们撤走之后,刘峰往脸上抹了两把灰土,装成受尽折磨的样子,走进瓦其尔的蒙古包里。

瓦其尔久病耳聋,当刘峰点着灯,走近他床边时,他才知道有人走进包来,他看出是刘峰,小声地问:

"国民党走了吗?"

他低下头去,泣不成声地说:

"走了。您看一看,他们把我打成什么样子啦!"

瓦其尔没有看他,悲愤地沉默了一会儿,对他感激地说:

"张木匠,你为我们受苦了!唉!这是什么世道啊!昏天暗日!"

刘峰默默地擦着眼睛。

"张木匠,我的一家人,我的家业,全都要完了!你看在我大儿子的面上,不要离开家里,照管照管我们吧!我们不是忘恩负义的人哪!"

刘峰已经探出瓦其尔不知道刚才发生的事,心里说不尽地欢欣,脸上不由得露出笑丝,说:

"主人,你们一家人太好了!您的大少爷救了我,把我领到家来,给我一口饭吃,我早就感恩不尽了!您放心,家里家外我一定多留心。您睡吧,我出去看一看。"

转身走出包来,他站在门口,仰望着夜空上的群星,骄傲地、喜出望外地呼了一口气,心里默默地说:

"苍天之助啊!"

几分钟之后,他来到村外,对那个高个子连长,再一次嘱咐:把铁木尔必须连夜押回宝源。连长答应绝对照办。他们分手了。

*　　　*　　　*

刚才铁木尔把沙克蒂尔送到山后夏营地草棚里就走,这使沙克蒂尔很不安,不知为什么他有一种预感:好像今天晚上铁木尔可能有什么不幸的事情。他放心不下,叫莱波尔玛回去看一看。然而他并没有把自己心里想的话,告诉给她,而是叫她回去关照一下爸爸。

莱波尔玛回到村里,来看瓦其尔,他老人家安然地躺在床上,敌人并没有来折磨他。她从他这里听说,国民党刚离开这里。那么铁木尔到哪儿去了?——瓦其尔说不知道。

她出来找铁木尔,在外面遇见了刘峰。

从他这里,她听到了铁木尔被俘的消息。

她没有把这消息去告诉沙克蒂尔,而直接赶到特古日克村,来找斯琴了。

她来到斯琴家后边的柳林里,看见有敌哨在包外走来走去,正苦于没有办法去找她时,她正好从包里走出来,到柳林里,做人们在睡觉之前需要做的那件事情。

"斯琴！"

莱波尔玛卧在地上喊道，喊时唯恐声音太大，把手紧紧地捂在嘴上。

斯琴一惊，陡地站起来，刚要跑走时，莱波尔玛忙说：

"我是莱波尔玛！"

她停下来，半信半疑地回过身，但不敢走过来。

"快过来。"

她听出确实是莱波尔玛的声音，跑过来蹲在她身旁说：

"你真像个小耗子，到处窜，什么时候跑到这儿来的？"还没等对方回答，她又接着问："把消息送到了吗？他们怎么还不来呀？刚才你走了不多时，来了一个用黑布蒙着头的人，跟住在我家的那个头子，谈了半天，走了。随他脚后，一个小官领着几十个人往东北开走了。我真替铁木尔他们担心！……他是猛里猛气的人哪！……"

莱波尔玛，通过从树枝中间透射进来的黎明前微弱的曦光，看见她那刚刚恢复本色的单纯、健美但又有几分忧虑的脸，实在不忍再把那个沉痛的消息告诉她。

踌躇。

沉默。

但是坚强的人是能够经得住打击的！她自己不正是这样吗？——孤寡的生活、不幸的爱情、孩儿的惨死、沙克蒂尔受伤……

她到这里来的目的不正是把铁木尔的消息告诉斯琴吗？耽误消息反而是对不起她，也对不起铁木尔，她最后终于开口说道：

"我是来告诉你一个不幸的消息！"

"什么？你说什么？"

斯琴向她靠近过来，双手抓住她的双肩，直瞪着眼睛问道。

莱波尔玛不敢看她的眼睛，低着头沉痛地吐出几个字：

"铁木尔……叫他们抓走了！"

斯琴的双手痉挛地抓住自己胸口，张嘴刚要喊叫时，被莱波尔玛一手捂住。她倒在她怀里，呜咽起来……然而不一会儿，她停止哭泣，慢慢地站起来，擦干眼泪，对莱波尔玛只说了一句："你在村北边那个地方等着我。"就走了。

莱波尔玛看见她走出柳林，迈着迟缓的沉重的步子回家去了。

她由原道绕过敌人的岗哨，跑出村来，站在一座不高的沙丘上，等待着斯琴。

这时，黎明的光，征服着夜的黑暗，草原的壮阔、无边的身影，渐渐显现出来。

啊！壮阔、无边的草原！你那千万条凸凹不平的山、岭、沟、坡，是伟大的力的源流啊！即使在严寒的冰雪天，它们也穿过冻裂的地层，向这里的人民吐放滚滚的热流！是它，滋养着这里的人民；是它，陶冶着这里的人民。自古至今，我们的人民——草原的儿女，曾经蒙受过多少灾难，然而他们依然生存下来了。严寒，只不过是在他们那粗糙的手背上，留下几条冻伤的痕迹，但是没有能够把他们的生命窒息！荒火，只不过是烧毁这里的几根枯草，但是第二年青草长得更茂盛，花卉开得更鲜艳！

啊！草原——我们慈爱的妈妈！为了你，你的儿女们在战斗着，前进着，虽然他们身上血迹斑斑，但是他们充满了胜利的信心！他们都像莱波尔玛一样，站在你那壮阔的身躯上，迎接着黎明的曙光！

莱波尔玛——伟大的、圣洁的母性啊！你的心，为什么在悸跳？是你眼前的被战火烧黑了的大地，使你沉痛，还是你那被敌人杀害的婴儿的影子，伴同黎明的曙光一起映入了你的眼帘？……

一九五六年九月